SRA.
MARCH

VIRGINIA FEITO

SRA. MARCH

Tradução
REGIANE WINARSKI

Dados Internacionais de Catalogação na Publicação (CIP)
(Câmara Brasileira do Livro, SP, Brasil)

Feito, Virginia
  Sra. March / Virginia Feito; tradução de Regiane Winarski. – 1. ed. – São Paulo: Editora Melhoramentos, 2023.

  Título original: Mrs. March.
  ISBN 978-65-5539-530-3

  1. Ficção espanhola I. Título.

23-141753   CDD-863

Índices para catálogo sistemático:
  1. Ficção: Literatura espanhola 863

Eliete Marques da Silva – Bibliotecária – CRB-8/9380

Título original: *Mrs. March*

Copyright © 2021 by Virginia Feito
Direitos desta edição negociados pela Agência Literária Riff Ltda.

Tradução de © Regiane Winarski
Preparação de texto: Elisabete Franczak Branco
Revisão: Maria Isabel Ferrazoli e Carlos César da Silva
Projeto gráfico: Carla Almeida Freire
Diagramação: Estúdio dS
Capa: Túlio Cerquize
Imagem de capa: Malivan_Iuliia/Shutterstock
Ícone utilizado no miolo: Freepik.com

Toda marca registrada citada no decorrer deste livro possui direitos reservados e protegidos pela lei de Direitos Autorais 9.610/1998 e outros direitos.

Direitos de publicação:
© 2023 Editora Melhoramentos Ltda.
Todos os direitos reservados.

1ª edição, novembro de 2023
ISBN: 978-65-5539-530-3

Atendimento ao consumidor:
Caixa Postal 169 – CEP 01031-970
São Paulo – SP – Brasil
Tel.: (11) 3874-0880
sac@melhoramentos.com.br
www.editoramelhoramentos.com.br

Siga a Editora Melhoramentos nas redes sociais:
  /editoramelhoramentos

Impresso no Brasil

Aos meus pais, Sr. e Sra. Feito

Os fofoqueiros baixaram as vozes,
Mandando que as palavras tornassem os boatos reais

Dylan Thomas,
"The Gossipers"

George March tinha escrito outro livro.

Era um tomo grande. Na capa, uma pintura a óleo holandesa com uma jovem tocando modestamente no pescoço. A Sra. March passou por uma pirâmide impressionante de livros de capa dura na vitrine de uma das livrarias do bairro. O livro, que em pouco tempo seria declarado a obra-prima de George March, já estava, sem que ela soubesse, chegando lentamente a todas as listas de best-sellers e de clubes de livro e inspirando recomendações entusiasmadas entre amigos.

– Você já leu o novo livro do George March? – Esse era o assunto mais comum de início de conversas nas festas.

Ela estava a caminho da sua confeitaria favorita, um lugar adorável, com toldo vermelho e um banquinho branco na frente. O dia estava frio, mas não de um jeito insuportável, e a Sra. March foi devagar, admirando as árvores agora desfolhadas nas ruas, as poinsétias aveludadas ladeando entradas de lojas, as vidas expostas pelas janelas das casas.

Quando chegou à confeitaria, ela olhou para o próprio reflexo na porta de vidro antes de abri-la e entrar, com o sino na porta tilintando para anunciar sua chegada. Ela foi atingida imediatamente pelos bafos quentes e corpos úmidos lá dentro, misturados com o calor dos fornos na cozinha. Uma fila generosa tinha se formado no balcão, serpenteando entre as poucas mesas espalhadas ocupadas por casais e homens de negócios alegres, todos tomando café ou o desjejum, indiferentes ao ruído que produziam.

A pulsação da Sra. March acelerou com a empolgação reveladora e a cautela que sempre se manifestavam logo antes de ela interagir com outras pessoas. Ela entrou na fila, sorrindo para os estranhos ao redor, e tirou as luvas de pelica. Presente de Natal de George dois anos antes, eram de uma cor bem distinta para luvas: uma espécie de verde-menta. Ela jamais teria escolhido aquela cor, sem acreditar nem por um minuto que seria capaz de usá-la, mas se animava com a fantasia de que estranhos, quando a viam usando-as, suporiam que ela era o tipo de mulher livre e confiante que teria escolhido uma cor ousada daquelas.

George tinha comprado as luvas na Bloomingdale's, o que nunca deixava de a impressionar. Ela imaginara George no balcão de luvas, gracejando com vendedoras bajuladoras, nem um pouco constrangido por estar fazendo compras no departamento feminino. Uma vez, ela tinha tentado comprar lingerie na Bloomingdale's. Aquele verão específico tinha sido abafado, e ela estava com a camisa grudando nas costas, e as sandálias, no chão. As próprias calçadas pareciam suar.

No decorrer de um dia de trabalho, a Bloomingdale's atraía principalmente donas de casa ricas, mulheres que se aproximavam languidamente das araras de roupas, com sorrisos rosa-pastel grudados em lábios franzidos, parecendo não querer estar lá de verdade, mas, ah, não tinha jeito, o que se podia fazer além de experimentar umas roupas e quem sabe comprar algumas. Esse tipo de energia era mais intimidador para a Sra. March do que a que se espalhava pela loja à noite, quando as mulheres que trabalhavam se jogavam nas araras sem graça nem dignidade, mexendo nos cabides sem nem se darem ao trabalho de pegar as roupas que caíam no chão.

Naquela manhã, na Bloomingdale's, a Sra. March foi levada para um provador grande, todo rosa. Havia um divã pesado de veludo em um canto, ao lado de um telefone particular, pelo qual ela podia chamar as vendedoras, que ela imaginava rindo e cochichando do lado de fora. Tudo no aposento, inclusive o tapete, era de um rosa grudento e vibrante, como o hálito de chiclete de uma garota de quinze anos. O sutiã que selecionaram para ela, pendurado provocativamente em um cabide forrado de seda na porta do provador, era leve, de textura sedosa e aroma doce, como chantili. Ela encostou a renda no rosto e a cheirou, tocando a blusa com hesitação, mas não conseguiu se despir para experimentar a coisinha delicada.

Ela acabou comprando lingerie em uma lojinha no centro, cuja proprietária era uma mulher manca e cheia de verrugas, que adivinhou corretamente seu tamanho depois de uma olhada rápida no corpo por baixo da roupa.

A Sra. March gostou do jeito como a mulher se aproximou dela, elogiou seu corpo e, melhor ainda, criticou o de algumas clientes entre um ou outro decepcionado *oy vey*. As mulheres na loja olharam para as roupas caras dela com perceptível cobiça. Ela nunca mais voltou à Bloomingdale's.

Agora, parada na fila da confeitaria, ela olhou para as luvas nas mãos e para as unhas, ficando consternada de ver que estavam secas e rachadas. Colocou as luvas de pelica de volta e, quando ergueu o rosto, descobriu que tinham furado a fila à sua frente. Achando que era um erro óbvio, tentou determinar se a mulher estava apenas cumprimentando alguém que já estava na fila, mas não, ela parou à sua frente em silêncio. Inquieta, a Sra. March ficou em dúvida se confrontaria a mulher. Era grosseria furar fila, se é que aquela tinha sido a sua intenção, mas e se estivesse enganada? Sendo assim, ela não disse nada e só ficou mordendo a parte de dentro da boca, um hábito compulsivo herdado da mãe, até a mulher pagar, ir embora e chegar a sua vez.

Ela sorriu por cima do balcão para Patricia, a mulher de cabelão e bochechas vermelhas que gerenciava a loja. Gostava de Patricia, que ela via como uma estalajadeira meio gorducha e boca suja, mas gentil; o tipo de personagem que protegeria um grupo de órfãos humildes em um livro de Dickens.

— Ah, e aqui está a mulher mais elegante do salão! — disse Patricia quando a Sra. March se aproximou, abrindo um sorriso largo e se virando para ver se alguém tinha ouvido. — O de sempre, querida?

— Sim, pão de azeitonas pretas e... bem, sim — disse ela. — E desta vez eu gostaria de duas caixas de macarons, por favor. Das grandes.

Patricia se moveu atrás do balcão, jogando o cabelo enorme de um ombro para o outro enquanto montava o pedido. A Sra. March pegou a carteira, ainda sorrindo de forma sonhadora pelo elogio de Patricia, acariciando as bolinhas do couro de avestruz com as pontas dos dedos.

— Eu estou lendo o livro do seu marido — disse Patricia, fora de vista temporariamente porque se agachara atrás do balcão. — Comprei dois dias atrás e estou quase terminando. Não consigo largar. É ótimo! Muito bom mesmo.

A Sra. March chegou mais perto e se encostou na vitrine de muffins e *cheesecakes*, em um esforço para ouvir a moça em meio ao ambiente barulhento.

— Ah — disse ela, despreparada para a mudança de assunto. — É bom saber disso. Sei que George vai gostar também.

— Eu estava dizendo pra minha irmã ontem à noite que eu conheço a esposa do escritor e que, caramba, ela deve estar orgulhosa.

– Ah, bem, sim, embora ele tenha escrito muitos livros antes...
– Mas esta é a primeira vez que ele baseia uma personagem em você, não é?
A Sra. March, ainda passando o dedo na carteira, sentiu um torpor repentino. Seu rosto endureceu e as entranhas pareceram se liquefazer, de modo que ficou com medo de vazarem. Patricia, alheia a tudo isso, colocou o pedido no balcão e somou o total.
– Eu... – disse a Sra. March, abalada por uma pontada de dor no peito. – O que você quer dizer?
– Eu estou falando... da personagem principal. – Patricia sorriu.
A Sra. March piscou, a boca aberta, sem conseguir responder, os pensamentos grudados no crânio, apesar de tentar puxá-los, como se estivessem presos em piche.
Patricia franziu a testa por causa do silêncio.
– Eu posso estar errada, claro, mas... vocês duas são tão parecidas que eu achei... bem, eu imaginei você quando li, sei lá...
– Mas... a personagem principal... ela não é... – A Sra. March se inclinou e, quase em um sussurro, disse: – uma *puta*?
Patricia soltou uma gargalhada alta e divertida.
– Uma prostituta com quem ninguém quer dormir? – acrescentou a Sra. March.
– Bem, claro, mas isso é parte do charme dela. – Patricia sorriu, hesitante, quando viu a expressão no rosto da Sra. March. – Mas, de qualquer modo, não é isso, é mais... a forma como ela diz as coisas, os maneirismos, até a maneira como ela se veste.
A Sra. March olhou para o casaco de pele comprido, para os tornozelos cobertos por uma meia-calça, para os sapatos engraxados, de borlas, e para Patricia.
– Mas ela é uma mulher horrível – disse ela. – É feia e burra, e tudo o que eu jamais gostaria de ser.
A negativa saiu mais visceral do que ela tinha pretendido, e o rosto carnudo de Patricia se contraiu em uma expressão de surpresa.
– Ah, bem... eu só achei... – Ela franziu a testa e balançou a cabeça, e a Sra. March a desprezou pela expressão imbecil de confusão. – Tenho certeza de que estou enganada, então. Não me dê ouvidos. Eu quase nunca leio mesmo, então o que eu saberia sobre isso? – Ela abriu um sorriso largo, como se isso resolvesse tudo. – Algo mais, querida?

A Sra. March engoliu em seco, nauseada, e olhou para os sacos de papel pardo no balcão, que comportavam o pão de azeitonas e os muffins de seu café da manhã e os macarons que ela tinha pedido para a festa que daria na noite seguinte, uma ocasião íntima de bom gosto para comemorar a publicação recente de George na companhia dos amigos mais próximos (ou, pelo menos, os mais importantes). Ela se afastou do balcão e olhou para as luvas nas mãos feias, surpresa de perceber que as tinha tirado de novo.

– Eu... sabe, acho que esqueci uma coisa – disse ela, dando um passo para trás.

O que antes era um ruído de fundo seguro e pesado agora parecia ter se dissipado em sussurros conspiradores. Ela se virou para identificar os culpados. Em uma das mesas, uma mulher, sorrindo, chamou sua atenção.

– Me desculpe, eu tenho que ver se eu...

A Sra. March abandonou as sacolas no balcão e foi para a saída seguindo pela fila sinuosa, os murmúrios das pessoas ecoando em seus ouvidos, o hálito de manteiga quente em sua pele, os corpos quase a pressionando. Com esforço desesperado, ela saiu pela porta e foi para a calçada, onde o ar frio encheu seus pulmões e ela não conseguiu respirar. Ela se segurou numa árvore próxima. Quando o sininho da porta da confeitaria tocou, a Sra. March correu para o outro lado da rua, sem querer se virar, para o caso de ser Patricia atrás dela. Sem querer se virar, para o caso de não ser.

A Sra. March andou rapidamente pela rua, sem propósito identificável, sem seguir o caminho habitual; e nada estava habitual sem o pão de azeitona e os muffins de café da manhã. Os macarons podiam ser substituídos, acreditava ela; ainda havia tempo até a festa. Ou ela podia mandar Martha buscá-los mais tarde. Patricia e Martha não se conheciam, afinal, embora Patricia pudesse desconfiar se Martha pedisse as mesmas coisas.

– Não posso mandar a Martha lá, é arriscado demais – disse ela em voz alta, e um homem passando ao lado sobressaltou-se.

Ela achou estranho nunca mais ver Patricia, que era uma presença regular em sua vida havia anos. Jamais teria imaginado naquela manhã, enquanto vestia a meia-calça e escolhia a saia marrom para acompanhar a blusa marfim de babados, que aquele seria o último dia em que veria Patricia. Se alguém tivesse lhe dito, ela teria rido. Patricia acabaria se dando conta de que aquele tinha sido o último dia em que elas tinham se visto e talvez também dissecasse os detalhes do último encontro, o que ela estava usando, fazendo e dizendo, e também se questionasse sobre o absurdo de tudo.

Talvez não fosse tão dramático Patricia ter agido de modo tão inconsequente. Uma coisa infeliz, sim, mas, na verdade, Patricia tinha sido a única pessoa a traçar qualquer paralelo entre ela e aquela mulher. A *personagem*, corrigiu-se. Ela nem é real. Possivelmente *baseada* em um modelo vivo... mas George nunca faria... ou faria?

Ela entrou freneticamente numa rua mais agitada e barulhenta, repleta de pedestres e buzinas de carros. Uma mulher sorria para ela com conhecimento em um outdoor, de sobrancelhas erguidas, como aquela mulher da confeitaria. ELA NÃO TINHA IDEIA, dizia o anúncio publicitário, e a Sra. March parou tão repentinamente que um homem esbarrou nela. Depois de uma série de pedidos profusos de desculpas, ela decidiu que precisava se sentar e entrou no estabelecimento mais próximo, um modesto café.

Era sem graça lá dentro, nada aconchegante. A tinta no teto descascava em algumas partes, havia marcas nas mesas, onde tinham sido limpas apressadamente, e a maçaneta do banheiro estava arranhada, como se alguém tivesse tentado arrombar a porta. Ela contou dois clientes no total, não muito glamourosos. A Sra. March parou na entrada, esperando ser conduzida a uma mesa, apesar de saber que não era assim que aquele tipo de lugar funcionava. Ela tirou as luvas verdes e, enquanto olhava para elas, os eventos desagradáveis recentes surgiram novamente como faróis. As palavras de Patricia. O livro de George. *Ela.*

A constrangedora verdade era que ela não tinha lido o livro. Não realmente. Ela mal tinha conseguido passar os olhos pelo rascunho no ano anterior. Os dias em que ela lia os manuscritos de George, sentada descalça em uma cadeira de vime enquanto chupava gomos de laranja no antigo apartamento dele, já estavam no passado, irreconhecíveis no presente cinzento e poluído. Ela tinha uma noção geral do livro, claro, sabia do que se tratava, sabia sobre a puta gorda e patética, mas não tinha parado para pensar. Ela concluiu, agora, que ficara repugnada demais pela personagem principal e a precisão detalhada e de mau gosto da história para se permitir continuar.

– Maneirismos – murmurou ela baixinho.

Ela inspecionou as unhas de novo. Perguntou-se se aquele era um deles.

– Bom dia, senhora. Está sozinha?

Ela olhou para o atendente, usando um avental preto, que ela considerou meio lúgubre para um café.

– Eu, não, não sozinha...

– Mesa pra dois, então?

– Bem, não sei, a pessoa que eu estou esperando talvez não consiga chegar. Sim, vamos dizer para dois por enquanto. Aquela ali? – Ela apontou para uma mesa junto à parede perto do banheiro.

– Está bem. Quer esperar a outra pessoa chegar ou devo anotar seu pedido?

A Sra. March quase conseguia detectar um sinal de sorrisinho de quem acreditava em blefe na cara do atendente.

– Está ótimo assim – disse ela. – Vou pedir por nós dois.
– Sim, senhora.

A Sra. March se lembrava da primeira vez que tinha sido chamada de "senhora" ou, mais precisamente, de "madame". Ela não estava preparada e ficou atordoada e magoada, como se tivesse levado um tapa. Um pouco antes do seu trigésimo aniversário, ela tinha viajado para Paris para uma das turnês literárias de George. Sozinha na suíte de manhã, depois de George ter saído para uma sessão de autógrafos, ela pediu um café da manhã caprichado: croissants, chocolate quente e crepes com manteiga e açúcar. Quando o garçom entrou com o carrinho, ela o recebeu vestindo um roupão enorme, o cabelo ainda molhado do banho, a maquiagem manchada. Ela teve receio de parecer provocante demais, sensual demais, os lábios inchados de esfregá-los com uma toalha para eliminar os vestígios do vinho da noite anterior. No entanto, depois de ela ter agradecido ao garçom (um jovem magro, mal saído da adolescência, o pescoço queimado de sol) e lhe dado a gorjeta, ele disse "Obrigado, madame" e saiu do quarto. Simples assim. Ele não a achou minimamente desejável. Na verdade, é provável até que tenha considerado repugnante a ideia do corpo nu dela e, apesar de ela não ter idade para ser mãe dele, ele devia vê-la assim.

Agora, o garçom de avental preto parou a uma certa distância, coçando distraidamente uma marca no pulso.

– O que posso trazer para a senhora?

Depois de ter pedido dois cafés, um *espresso* para ela e um café com leite para a acompanhante imaginária, ela inspirou fundo e voltou para o assunto em questão. *Johanna*, esse era o nome da protagonista, ela lembrava. Johanna. Ela sussurrou o nome baixinho. Não tinha pensado muito no nome antes, nunca tinha questionado por que George tinha escolhido aquele nome para aquela personagem. Ela não conhecia nenhuma Johanna, nem tinha conhecido no passado. Ela se perguntou se George tinha. Esperava que sim, pois isso indicaria com certeza quase absoluta que aquela caricatura monstruosa era baseada em outra pessoa.

Com o *espresso* na mão, ela lembrou, sentindo uma tristeza por si mesma, que tinha apoiado George no começo da carreira ouvindo-o, assentindo para tudo que ele dizia, não reclamando. Apesar de saber que não se ganhava dinheiro com escrita. George tinha dito isso muitas vezes, como um pedido de desculpas, assim como o pai dela (não tanto como um pedido de desculpas).

Naqueles dias, George a levava ao restaurante italiano barato favorito dele, onde toda noite os garçons recitavam de memória o cardápio, sempre diferente, sempre novo. Lá, sentados a uma mesa sem toalha, com uma vela encaixada em uma garrafa de vinho vazia entre eles, George contava sobre a história mais nova, sobre a ideia mais nova, como se ele também tivesse um cardápio diferente toda noite. Ela se maravilhava com o interesse genuíno que aquele respeitável professor universitário parecia ter pelas opiniões dela. Sem querer estragar tudo com sua personalidade, ela sorria para ele, assentindo e o elogiando. Tudo por ele, pelo seu George.

O que poderia ter feito para merecer essa humilhação? Agora, o mundo todo olharia para ela de forma diferente. George a conhecia tão bem, talvez tivesse suposto que ela jamais leria. Uma manobra arriscada. Mas não, concluiu ela com escárnio, ele não a conhecia tão bem assim. Johanna (ela a imaginava vividamente agora, sentada ao seu lado no café apertado, suada, com os dentes pretos, os seios cheios de pintas e uma existência insignificante) não era nada como ela. Ela considerou entrar em todas as livrarias, comprar todos os exemplares, destruí-los de alguma forma, uma fogueira enorme acesa em uma noite fria de dezembro, mas isso era loucura, claro.

Ela bateu com os dedos na mesa, verificou o relógio de pulso cegamente e, incapaz de aguentar a ansiedade, decidiu voltar para casa e ler o livro. George tinha vários exemplares no escritório e estaria fora até a noite.

Ela pagou pelos cafés e pediu desculpas pela amiga ausente, Johanna, cujo café com leite intocado esfriava sem espuma na mesa. O garçom de avental preto não deu atenção quando ela saiu, a meia-calça enrugando nos tornozelos como testas franzidas, como se reagindo ao frio.

No caminho de volta para casa, a Sra. March passou por uma loja de roupas onde duas vendedoras despiam um manequim na vitrine. As mulheres puxaram as roupas do manequim com rispidez, uma tirando o chapéu e a estola e a outra puxando o vestido, expondo um seio brilhoso sem mamilo. O manequim ficou olhando, com seus olhos azuis vívidos de cílios pretos e uma expressão tão sofrida e maltratada que compeliu a Sra. March a afastar o olhar.

O Sr. e a Sra. March moravam em um apartamento bem agradável no Upper East Side, com toldo verde-escuro na entrada do prédio com o número – mil e quarenta e nove – por extenso e em letra cursiva na lateral, cada palavra com inicial maiúscula, como o título de um livro ou filme.

O prédio, com pequenas janelas quadradas empilhadas sobre pequenos aparelhos de ar-condicionado quadrados, estava protegido pelo porteiro diurno, parado rígido com seu uniforme, que cumprimentou a Sra. March com cortesia quando ela entrou no saguão. Com cortesia, mas com desprezo, pensou ela. Sempre supunha que ele devia desprezá-la... e provavelmente todas as outras pessoas do prédio. Como poderia não desprezar se estava lá para servi-las e se ajustar aos padrões da vida delas enquanto elas viviam em luxo e nunca se davam ao trabalho de perguntar nada sobre *ele*? Se bem que, ela considerou agora com um certo lamento, talvez os outros *tivessem* feito um esforço para conhecê-lo. Talvez o fato de ela nunca ter perguntado nada sobre ele, de ela nunca ter reparado, mesmo depois de tantos anos, se ele usava aliança ou se tinha desenhos de criança expostos na recepção, explicasse o jeito seco dele com ela. Devia achá-la inadequada e indigna, principalmente em comparação com as outras mulheres do prédio, algumas delas bailarinas aposentadas, antigas modelos e herdeiras de grandes fortunas.

Ela atravessou o saguão, que tinha sido decorado para as festas de fim de ano, como acontecia todos os anos. Havia uma árvore de Natal no canto mais próximo da entrada, adornada com estrelas seculares e bengalas de doce (sem coral de anjos e sem presépio rústico) e guirlandas de abeto artificial penduradas sobre o espelho do saguão. Ela olhou para o próprio reflexo ao passar e, como sempre, se considerou abaixo do padrão e tentou ajeitar o cabelo.

Ao entrar no elevador (uma geringonça grandiosa e decorada), ela tomou o cuidado de olhar para trás, para o caso de mais alguém pretender entrar. Era cansativo interagir com vizinhos e com a expectativa de comentar sobre o estado da nação, ou o estado do prédio, ou, horror dos horrores, sobre o *tempo*. Ela não estava disposta naquele dia, mais do que em qualquer outro.

O espelho que ocupava as paredes do elevador revelou várias Sras. March, todas olhando para ela, alarmadas. Ela se virou de costas para todas, a fim de se concentrar nos botões numerados iluminados em sequência enquanto o elevador chegava ao sexto andar. Então, fechou os olhos e suspirou, em um esforço para se centrar.

Seu nervosismo se dissolveu quando ela chegou à porta de número 606. Um número tão lindo e redondo, ela sempre achou. Ela teria se sentido pior depois daquele dia ruim se tivesse chegado em casa em um apartamento de número 123 ou algum outro número desconcertante.

Ela abriu a porta e sentiu uma corrente de ar fresco (Martha devia estar arejando a sala) e se apressou pelo corredor, desejando evitar a empregada a todo custo. Entrou no quarto, onde podia ouvir pela parede o jazz acelerado tocando na casa do vizinho. As paredes eram vergonhosamente finas para um apartamento tão luxuoso, e a Sra. March se perguntou não pela primeira vez por que eles não tinham resolvido essa questão quando fizeram a primeira reforma. Ela talvez nem tivesse reparado na época.

Ela tirou o casaco e as luvas como quem tira uma armadura, depois se livrou dos sapatos e andou pelo corredor, pisando com passos bem leves no piso de madeira rangente que gostava tanto de trair a presença dela. Ficou parada alguns segundos, iluminada apenas pela luz preguiçosa do sol entrando no corredor pela porta aberta do quarto. As outras portas do corredor estavam fechadas, inclusive a do escritório de George. Ela foi nas pontas dos pés até lá. Uma voz, provavelmente de Martha, chamou da sala enquanto ela entrava e fechava a porta suavemente.

Quase esperando ser saudada por uma plateia aplaudindo sua estupidez deplorável, ela foi recebida pelo papel de parede vermelho-escuro com cenas chinesas, pelas estantes lotadas e pelos quadros abstratos imponentes. A Sra. March estava secretamente convencida de que George ficava tão perdido com arte moderna quanto ela, embora os dois fossem entusiastas autoproclamados. Havia um enorme sofá Chesterfield de couro junto a uma parede, decorado com mantas estampadas, salpicado de migalhas e marcado por buracos de queimadura dos charutos dele. George dormia lá às vezes, quando estava em um de seus frenesis de escrita.

As janelas ficavam viradas para uma parede de tijolos bem sem graça. George não conseguia lidar com distrações quando escrevia e devia considerar até mesmo aquela vista nada inspiradora uma distração grande demais, pois a mesa dele ficava de costas e virada para a porta.

A Sra. March se aproximou da mesa quase pedindo desculpas. Ela nunca tinha tido confiança para entrar naquela sala desacompanhada, menos ainda para fazer o que estava prestes a fazer. A palavra para aquilo, no vocabulário da mãe dela, era *xeretice*.

Ela moveu os dedos pela mesa como uma pessoa cega, afastando as canetas com monograma e erguendo a tampa de um pote de porcelana para tocar o conteúdo (charutos e caixas de fósforos). O olhar dela recaiu na ponta de um recorte de jornal saindo de um caderno. Ela o pegou com um leve puxão. Uma jovem linda sorria para a Sra. March em uma fotografia de anuário em preto e branco. Ela tinha cabelo escuro comprido, covinhas nas bochechas e o sorriso fácil de alguém que não posava deliberadamente. SYLVIA GIBBLER AINDA DESAPARECIDA, POSSIVELMENTE MORTA, dizia a manchete. Estranho, pensou a Sra. March, George ter guardado um recorte de um evento tão horrível. Isso fez suas entranhas se embrulharem. Sylvia Gibbler, ela se lembrava vagamente, surgira em todos os noticiários depois de ter desaparecido na cidade onde morava, no Maine. Estava sumida por semanas. Pesquisa para um livro, ela disse para si mesma, enfiando o artigo de volta no caderno.

Finalmente, ela viu sua presa na beirada da mesa. Seus olhos registraram as cores intensas e barrocas da capa antes que sua mente pudesse processá-las. No chão, à esquerda da mesa, havia uma caixa cheia.

Ela pegou o livro. O exemplar pesou em suas mãos, as pontas dos dedos deixando marcas oleosas na capa brilhosa. A textura a irritava. Era estranhamente lisa, como a pele de uma cobra em que ela tinha sido obrigada a tocar em uma aula de ciências. Ela abriu o livro com nervosismo, lentamente no começo, procurando a dedicatória. Passou da folha de rosto para o primeiro capítulo e voltou para a folha de rosto. Não conseguiu encontrar dedicatória. Isso por si só era estranho, pois George incluía dedicatória em todos os livros.

Ela mesma tinha sido homenageada em uma, anos antes. Quando o livro foi publicado, ela pediu a George que autografasse naquela página ao presentear amigos, para que não passasse despercebido.

Ela virou mais algumas páginas e aceitou com frustração que não havia dedicatória. Abriu o livro aleatoriamente, e a lombada estalou. Leu rapidamente, de modo superficial, mas conseguiu absorver as palavras mesmo assim, tão lindas e suaves que derretiam nas páginas como manteiga.

A prostituta de Nantes. Uma desprezível pessoa fraca, simples, detestável, patética, mal-amada, antipática. A descrição física de Johanna podia facilmente bater com a sua, mas a dela era tão comum que não dava para dizer se era intencional. Sempre usando peles, as mãos ásperas cobertas por luvas (a Sra. March folheou o livro em busca de alguma referência à cor; se fossem verdes, ela morreria), as anáguas sempre passadas e perfumadas, ainda que raramente vistas, pois seus clientes, que lhe pagavam por pena, não a tocavam. E, finalmente, um destino inevitável: pobreza e magreza, uma morte digna de ópera italiana, com feridas abertas supurando no vison...

Uma coisa tão feia descrita de forma tão linda. A fim de, sem dúvida, capturar o leitor e seduzi-lo lentamente para que concordasse com aquele retrato deplorável. E o mundo todo saberia, ou, pior ainda, *presumiria*. As pessoas veriam dentro dela a mais cruel das violações.

Com um palpite assustador, ela folheou o livro grosso até a página de agradecimentos, passou os olhos pelos nomes – editor, agente, professores de história francesa, mãe, pai (*sempre em nossos pensamentos e nossas orações*) – até chegar à última linha: "Finalmente, o mais importante, à minha esposa, uma fonte constante de inspiração".

A Sra. March levou a mão ao seio, respirando com dificuldade, levemente ciente de que lágrimas caíam entre ofegos convulsivos. Ela sacudiu o livro, bateu-o na mesa, abriu na fotografia do autor na orelha da capa, enfiou as unhas nos olhos de George, arranhou a lombada costurada e arrancou punhados de páginas, que voaram pela sala como penas.

Só quando a última página no ar caiu no chão foi que a Sra. March registrou o que tinha feito. Ela ofegou.

– Ah, não – disse ela em voz alta. – Ah, não, ah, não, ah, não... – Ela juntou as mãos e as retorceu, como costumava fazer quando estava nervosa. Uma coisa que, agora ela tinha descoberto de forma irreversível, Johanna também fazia.

Ela pegou um livro da caixa no chão para colocar no lugar do exemplar destruído, posicionando-o na mesa com cuidado para compensar o que ela tinha estragado, depois subiu a saia e puxou a meia-calça para baixo. Curvou-se para a frente (com o cabelo no rosto, o nariz escorrendo) e tirou a meia-calça, mudando o peso precariamente de um pé para o outro. Ela se ajoelhou no chão e enfiou tudo na meia, páginas inteiras, pedaços de papel e os restos da capa dura, enrolando e amarrando o tecido brilhoso nos destroços até virar um pacote seguro, ainda que inchado. Era a única forma, ela disse para si mesma, de transportar com segurança as provas para o lixo da cozinha (onde George jamais olharia).

Ela lançou um último olhar ao escritório antes de sair, tão silenciosamente quanto tinha entrado.

Ela se encostou na parede do corredor, um pouco trêmula enquanto passava pela sala (estremecendo ao som de uma cadeira sendo arrastada) e ia até a cozinha. O paraíso frio e ladrilhado.

A lata de lixo ficava escondida atrás da cortininha embaixo da pia. A Sra. March a puxou com um certo esforço e enfiou a bola de meia debaixo de uma caixa de bolo engordurada. Afastou-se triunfante do lixo bem na hora que Martha passou pela porta da cozinha.

– Ah – disse Martha, surpresa de vê-la ali.

Muito tempo antes, elas tinham elaborado um acordo tácito, no qual a Sra. March tinha cedido a cozinha, e sempre que as duas ocupavam o apartamento, elas iniciavam uma dança complicada de se evitarem. Andavam nas pontas dos pés uma perto da outra, fazendo rotação pelos aposentos como se estivessem fazendo um jogo elaborado de dança das cadeiras, sem nunca se encontrar no mesmo lugar. Ou pelo menos a Sra. March fazia isso.

– Está tudo bem, Sra. March?

– Ah, sim – disse a Sra. March, sem fôlego. – Eu só estava pensando em fazer massa para o jantar. O prato de que George gosta, com salsicha.

– Bem, não temos vários dos ingredientes. E massa no jantar... eu não aconselharia, Sra. March. Principalmente depois do empadão de ontem.

Martha tinha uns cinquenta anos. Era uma mulher de ombros largos, usava o cabelo sempre preso em um coque pequeno e dolorosamente apertado, tinha pele com sardas leves e sem maquiagem e olhos azuis com contorno rosado que pareciam sofrer de paciência eterna. Na verdade, a Sra. March tinha certo medo dela. Principalmente, tinha medo de que Martha desejasse ser a chefe (ou melhor, que *soubesse* que era) e que fosse a Sra. March quem estivesse limpando o apartamento.

– Eu recomendaria peixe-espada para hoje – sugeriu Martha.

– Bem, talvez – disse a Sra. March –, mas George gosta daquela massa... Martha deu um passo na direção dela. A enormidade da mulher!

– Eu deixaria a massa para a semana que vem, Sra. March.

A Sra. March engoliu em seco e assentiu. Martha abriu um sorriso sério, quase consolador, e a Sra. March saiu da cozinha, torcendo para que Martha não tivesse notado os tornozelos desnudos.

A Sra. March observou George naquela noite, quando eles se encontraram para jantar. Ele entrou na sala olhando para os sapatos e coçando o queixo, distraído. Ela ficou tensa, um sorriso pronto para o primeiro olhar dele em sua direção. Como ele não ergueu o rosto até segurar o encosto da cadeira e se sentar, o sorriso dela murchou.

 Eles comeram na salinha de jantar, que era conectada à sala por portas de vidro de correr. Os noturnos de Chopin tocavam ao fundo. A mesa estava arrumada de forma luxuosa, um hábito ensinado à Sra. March pela mãe, que ensinou à filha numerosas vezes que um casamento saudável é construído de fora para dentro, e não o contrário. Um marido, ao voltar para casa depois do trabalho, devia sempre ser recebido por uma esposa com a melhor aparência e por uma casa tão arrumada a ponto de manter o orgulho dele dentro dela. Todo o restante floresceria disso. Sua mãe enfatizava que, se não conseguisse ser uma boa dona de casa, ela teria que contratar alguém que fosse. Martha foi treinada para preparar a mesa todos os dias e todas as noites com castiçais de prata, guardanapos com monogramas, pão de azeitonas pretas no cesto de pães de prata e a garrafa larga para o vinho. Tudo era disposto sobre uma toalha de mesa de linho bordado que pertencera à avó da Sra. March (e era parte de um enxoval que sua mãe estava pouco inclinada a lhe dar pelo fato de a filha ter se casado com um homem divorciado, e em uma cerimônia civil, ainda por cima).

 Essa era a arrumação tradicional mesmo que fosse apenas a Sra. March jantando, o que acontecia com frequência. Quando George estava imerso na escrita de um livro, ele mal comia, exceto alguns sanduíches levados por Martha ao escritório. Fora isso, ele viajava em turnês de livros ou ia a conferências ou reuniões em jantares gourmet e longos almoços com a agente ou o editor. Nesses dias, a Sra. March botava Chopin para tocar mesmo assim, usava a baixela de prata e a louça fina e bebia na taça em formato de noz sob os olhos atentos dos retratos vitorianos a óleo que cobriam as paredes da sala de jantar.

O Sr. e a Sra. March estavam sentados em silêncio. George parecia achar o silêncio tranquilizador. Ela olhou para ele de lado, a barriga protuberante embaixo do cardigã cinza sensato, a barba crescendo irregular em tufos na mandíbula. Ele mastigava a comida ruidosamente, mesmo de boca fechada. Ela ouvia o aspargo estalando entre os dentes dele, o jeito como ele bochechava o vinho de leve antes de engolir, a saliva no canto da boca quando ele abria os lábios. Fazia com que ela se encolhesse, sem mencionar a forma como ele soltava ocasionalmente uma fungada alta e alarmante. Ele a viu olhando, sorriu. Ela sorriu de volta. Ele perguntou:

– Está tudo pronto para a festa amanhã?

– Hum, acho que está. – Ela acrescentou um toque de incerteza à resposta, como se não tivesse certeza absoluta de que os preparativos estavam sob controle. Como se ela não fosse ter um colapso total e irremediável se não estivessem. E, casualmente, servindo-se do peixe-espada de Martha que estava na travessa: – Como está indo o livro? Alguma notícia?

George engoliu e levou o guardanapo à boca, o que a Sra. March encarou como pista.

– Bem, bem – disse ele. – Sabe, acho que pode ser meu melhor até agora. Ou pelo menos o de mais sucesso. É o que Zelda diz, pelo menos.

Zelda era a agente de George. Fumava como uma chaminé, tinha voz rouca, preferia penteados quadrados e batons amarronzados. Uma mulher cuja ideia de sorriso era mostrar os dentes. A Sra. March duvidava que Zelda, sempre escoltada por um bando de assistentes esforçados, já tivesse lido um livro de George. Pelo menos não do começo ao fim.

– Que maravilhoso, querido – disse ela para George. – Você gostaria... – disse cuidadosamente –, você gostaria que eu lesse? – Ela ouvia Martha jantando na cozinha, o tilintar dos talheres no prato ecoando pelo corredor e chegando à sala de jantar.

George deu de ombros.

– Você sabe que eu sempre amei seus feedbacks. Mas, neste caso, não tem muito que eu possa mudar, agora que foi publicado.

– Você está certo, claro. Eu não vou ler. De que adiantaria, afinal.

– Não foi isso que eu falei.

– Não, eu sei – disse a Sra. March, atenuando o que disse. – Eu vou ler alguma hora dessas. Quando terminar o que estou lendo agora. Você sabe que eu odeio ler dois livros ao mesmo tempo. Não consigo me concentrar direito em nenhum dos dois e tudo começa a se confundir...

Ela sentiu alguma coisa na mão e olhou para baixo. George tinha colocado a mão na dela para tranquilizá-la.

– Você vai ler quando ler – disse ele com gentileza.

Ela relaxou um pouco, mas, sem querer desistir, sabendo que esse assunto a corroeria depois, falou:

– Eu li um pouco, sabe.

– Eu sei.

– Achei bem... gráfico.

– Sim. Naquela época era assim. Eu fiz muitas pesquisas. Como você sabe.

Ela sabia: as viagens até Nantes, as reuniões com historiadores da Bibliothèque Universitaire, os livros que colaboraram, de especialistas do mundo todo, entregues no apartamento... Ela tinha sido testemunha de um ano inteiro de pesquisas. Mas não tinha prestado atenção, nunca desconfiou da possibilidade de uma traição daquelas. Ela repuxou os lábios, preparando-se para uma última cutucada.

– Você pesquisou as... as prostitutas?

– Claro – assentiu ele. – Tudo.

Ele continuou comendo, despreocupado, e a Sra. March respirou fundo. Talvez Patricia tivesse cometido um erro. Talvez a prostituta de Nantes, a infeliz Johanna, não tivesse sido baseada nela. Talvez, ela considerou com satisfação repentina, ela fosse baseada na *mãe* de George! A Sra. March sufocou uma risadinha feliz.

Depois do jantar, eles deram boa-noite para Martha, que esperava junto à porta, já sem uniforme, a bolsa quadrada oliva pendurada no pulso. Eles trancaram a porta da frente depois que ela saiu e, quando George entrou no escritório, a Sra. March foi para o quarto, para os lençóis recém-trocados, à camisola de flanela branca e ao exemplar de capa dura de *Rebecca* na mesa de cabeceira.

Ela afundou no travesseiro, suspirando com um alívio que confundiu com contentamento. Segurou cautelosamente o livro com as pontas dos dedos, para não manchá-lo com creme para as mãos, mas, quando tentou virar uma página, seu polegar deslizou pelo papel e borrou a palavra *covardia* ao ponto da ilegibilidade. Olhou morosamente para os livros empilhados na mesa de cabeceira de George. Ela sempre teve inveja da relação íntima de George com livros: como ele tocava neles, rabiscava neles, os curvava e dobrava, as páginas impossivelmente amassadas. Como parecia conhecê-los tão detalhadamente, encontrando neles algo que ela não conseguia, por mais que tentasse.

Ela se voltou para o próprio livro, determinada. Depois de alguns momentos, descobriu que estava com dificuldade para se concentrar (com pensamentos de convidados intimidadores na festa e potenciais fiascos do bufê interrompendo cada frase da página, inundando cada quebra) e tomou uns comprimidos que tinha comprado duas semanas antes. Os comprimidos eram leves, garantira o farmacêutico; feitos puramente de ervas, mas faziam efeito, e logo ela estava nadando num sono profundo, sem nem reparar quando George finalmente foi para a cama – ou se tinha mesmo ido.

Como não conseguiram garantir um chef do restaurante fusion no West Village, que era a moda agora e ostentava espera de dois meses (a Sra. March nunca tinha ido lá), os March contrataram um bufê. A Sra. March ligou uma, duas, três vezes para confirmar. Eles seriam supervisionados por Martha, que conhecia a cozinha bem melhor.

Na manhã da festa, a Sra. March se ocupou com a sala, verificando o aparelho de som e a temperatura ambiente. Ela colocou uma fileira de cadeiras encostadas numa parede, para o caso de George ou de a agente dele quererem fazer um discurso para uma plateia sentada. Empurrou a televisão para fora da sala e a colocou no quarto. Trocou a lâmpada do lustre que iluminava o Hopper original e colocou a árvore de Natal em um canto, atenta para os laços e enfeites pendurados. Eles a tinham adquirido, seguindo a dica do Rockefeller Center, logo depois do Dia de Ação de Graças. Ou melhor, George a adquiriu e a arrastou para casa com a ajuda do editor.

– Depois de tantos anos ele ainda tem prazer em coisas infantis como arrastar uma árvore de Natal por aí – murmurou a Sra. March para si mesma.

Ela tinha a tendência de ensaiar trechos potenciais de conversas; ela gostava de se sentir preparada.

Quando posicionou a árvore junto a uma das janelas, onde ninguém esbarraria nela, uma fotografia grande num porta-retrato em uma das estantes de livros chamou sua atenção. Ela esperou os funcionários irem à cozinha antes de pegar a foto. Era uma fotografia antiga da filha do casamento anterior de George. Paula. Ou, como os pais a chamavam, para a repulsa da Sra. March: Paulette.

A Sra. March começou a sair com George às escondidas no seu último ano de faculdade, quando tinha 21 anos. George, com 32 na época, era um autor promissor que dava aulas de literatura inglesa e escrita criativa na universidade. Ela nunca tinha frequentado nenhuma aula dele. Eles se conheceram no refeitório, estando por acaso juntos na fila quando George colocou um pote de iogurte na bandeja e comentou bruscamente: "Subjuguem os vossos apetites, meus queridos..." na direção dela. Embora a Sra. March não estivesse ciente de que ele citava Dickens, ela respondeu com uma risada prazerosa, repetindo a citação enquanto sorria e balançava a cabeça, repreendendo George de brincadeira pelo atrevimento.

As palavras *George March é o homem mais atraente do* campus, murmurada por sua colega de quarto no ano em que elas eram calouras, tinha ressoado com a Sra. March bem antes de ela ter visto George em pessoa, e ela tinha encontrado motivação nelas desde o primeiro encontro dos dois. Palavras que ela conjurava até hoje com triunfo, valorizando-as como heranças familiares valiosíssimas.

George a cortejara de forma lenta, sutil... tão sutil que ela muitas vezes se perguntara se ele a estava cortejando mesmo. Ele aparecia aleatoriamente onde quer que ela estivesse, mas sempre parecia coincidência, sempre parecia espontâneo. Eles namoraram por seis anos, tempo em que aconteceu a ascensão dele a uma respeitável fama e subsequente estrelato, depois ele a pediu em casamento de forma adorável com um pote de iogurte entre os dois.

Ela tinha desejado um casamento tradicional na igreja, mas George tinha se casado com a primeira esposa assim, e a Sra. March aceitou uma cerimônia civil, que sua mãe desprezava até agora entre os momentos de demência.

Casar-se com George na frente de todas as pessoas que foram ao primeiro casamento dele foi previsivelmente grotesco. Elas tinham testemunhado a promessa dele de amar aquela outra mulher na saúde e na doença até a morte dele. E, apenas alguns anos depois, com as promessas rompidas, os tributos fotográficos retirados de porta-retratos e de prateleiras... era inevitável que o valor daquele segundo casamento diminuísse aos olhos das pessoas. Quando George e a Sra. March trocavam votos, ela teve certeza de ter ouvido um dos convidados de George murmurar:

– Vamos torcer para que a comida seja melhor neste.

Junto com um apartamento novo para os dois e uma conta conjunta, vinha a filha de oito anos, Paula. Nos meses anteriores ao casamento, a Sra.

March temeu encontrar a ex-esposa de George, preparando-se para um confronto ciumento ou pelo menos uma hostilidade mal disfarçada, mas ela ficou satisfeita de descobrir que eles se tratavam com civilidade. A antiga Sra. March tinha convidado a futura Sra. March para tomar um café, e elas passaram quase duas horas discutindo superficialmente os benefícios de uma educação no exterior enquanto cada uma se revezava cortesmente a olhar de lado para o relógio até o encontro terminar.

O problema, a Sra. March ficara decepcionada de descobrir, era a filha. Ela esperava uma versão complacente e menor de si mesma; uma que ela pudesse vestir de jardineiras e moldar como quisesse. Mas Paula era pretensiosa. Cheia de opiniões. Bonita demais. Fazia perguntas impertinentes ("Por que suas mãos são tão secas?"; "Por que meu pai trabalha, mas você não?"). Tinha por hábito disputar a atenção do pai; "Papai, ah, *papai*", choramingava ela (pateticamente, achava a Sra. March) sempre que havia uma tempestade ou um joelho ralado (a voz estranhamente forte para alguém supostamente com tanta dor). A Sra. March não suportava a forma como George se gabava de Paula para os amigos. Ela acabava concordando, repetindo que a criança era mesmo especial e dotada, enquanto gritava por dentro.

Ela temia os fins de semana em que Paula ia visitá-los e, depois que ia embora, rastros da criança sempre ficavam. Uma saia rosa de babados, dobrada por Martha, no meio das coisas da Sra. March no armário. Marcas de dedos de chocolate no cobertor de pelo de camelo, o favorito da Sra. March. Copos sujos com restos de água deixados em todas as bancadas.

Mesmo na ausência dela, o ar ainda carregava o aroma de Paula: aquele cheiro leitoso, floral e arrogante que resistia ao spray de bergamota espalhado freneticamente pela Sra. March por todo o apartamento.

Como forma de provar a todos que era capaz de gerar uma criança infinitamente mais graciosa e sensível, e também como uma espécie de punição para Paula, a Sra. March teve um filho. Ela ficou feliz por ser um menino, satisfeita por não ter sido sentenciada a testemunhar sua juventude refletida pura e intacta em uma menina.

Jonathan, agora com oito anos, ocupava o quarto em que Paula dormia nas visitas. Um quarto que a Sra. March tinha reformado e redecorado a ponto de ficar irreconhecível. Ela revestiu as paredes com tecido quadriculado Ralph Lauren, que criava uma atmosfera aconchegante no inverno, mas ficava abafado nos meses quentes, quando o cômodo desenvolvia um microclima próprio. Jogou fora todos os brinquedos de Paula, os Mickeys e princesas Disney, e comprou outros simples e antiquados, como um cavalinho de madeira e um trenó antigo. As prateleiras, ela encheu de primeiras edições absurdamente caras de livros infantis antigos (*As aventuras de Huckleberry Finn, O pequeno lorde*). Em uma parede, ela pendurou uma fileira de capas emolduradas da *National Geographic*. Jonathan nunca tinha lido uma única edição, nem a Sra. March permitiria, para que ele não desse de cara com fotografias de mulheres indígenas sem blusa, com as clavículas adornadas de grossos colares de contas, os seios caídos apontando para os umbigos. Mas, ao receber visitas, ela alegava com orgulho que as edições emolduradas eram as favoritas dele. O quarto estava pronto para ser fotografado para uma revista, se necessário, a qualquer momento.

Jonathan era uma criança bagunceira e às vezes emburrada, mas era calado e pensativo e tinha um cheiro modesto de roupa lavada e grama de campo de futebol. Estava fora agora em uma viagem da escola para o Retiro Fitzwilliam de Xadrez e Esgrima no norte de Nova York e voltaria em dois dias. A Sra. March sentia orgulho de si mesma por se perguntar ocasionalmente o que ele estaria fazendo, que ela tinha decidido que era um sintoma de sentir saudade dele.

Paula, agora com 23 anos, tinha um estilo de vida fabuloso, como devia supor que era seu direito de nascença, e morava em Londres, por incrível que pareça, onde a Sra. March por muito tempo fantasiou em morar; filé no Wolseley e drinques no Savoy, uma peça no West End aos sábados. Paula ligava com frequência para falar com George. Ela sempre perguntava sobre a Sra. March, o que a Sra. March via como intromissão.

A Sra. March observou a fotografia em que uma Paula de dez anos posava, os olhos de um caramelo líquido debaixo de sobrancelhas arqueadas, os lábios carnudos repuxados (a Sra. March pensava nisso com escárnio) de forma muito sedutora. A Paula de dez anos insistira para que George colocasse a fotografia ali, sem dúvida porque seria na altura dos olhos, garantindo que todo mundo a visse ao entrar na sala. A Sra. March agora a colocou em uma prateleira mais alta, virada para baixo, e continuou os preparativos para a festa.

Ela arrumou as almofadas no sofá, colocando na frente a floral, com uma estampa de tordos comendo frutas. Jogou a manta de casimira no encosto do sofá e repetiu a ação de novo e de novo, até obter um visual artístico descuidado que sugeria que a Sra. March estivera lendo e perdera a noção do tempo, tão relaxada que tinha se esquecido da festa que ia dar; e só depois de um lembrete educado de Martha (uma versão mais dócil e subserviente de Martha), jogara a manta de lado e fora fazer o que precisava ser feito.

Naquela manhã, a Sra. March tinha ido à floricultura, aquela cara da avenida Madison, que ostentava uma estufa própria, onde comprou vários buquês grandes: rosas vermelhas aninhadas em galhos de eucalipto e de amoras, e galhos de pinheiros volumosos e curvados que pareciam as baquetas vassourinha que ela tinha visto músicos de jazz usarem no Carlyle. Colocou dois na sala e um no lavabo, onde também dispôs uma vela de magnólia, uma exibição impressionante de sabonetes estrangeiros e uma garrafa de vidro dourada de loção para as mãos que ela costumava esconder na mesa de cabeceira. Isso era por preocupação, para o caso de Martha confundir com sabonete. A loção era francesa, e a Sra. March desconfiava que Martha não pudesse saber que *lait pour mains* significava "creme para as mãos".

Ela ajeitou o quadro que ficava acima do vaso sanitário, uma peça brincalhona e provocante de várias jovens se banhando em um riacho. Raios de luz entravam pelas árvores acima da margem e iluminavam os cabelos e corpos lisos das mulheres. Elas sorriam modestamente, os olhos baixos, todas encarando o espectador. Era uma peça valiosa, adquirida por uma ninharia depois de ter sido desenterrada em uma galeria de arte antiga à beira da falência. A Sra. March ficou admirando o quadro por um tempo, satisfeita com a ideia de que era uma mulher capaz de admirar arte sugestiva, apesar de não saber o nome do artista e de não se sentir nem remotamente à vontade com nudez, e saiu do banheiro, que agora estava com um cheiro sufocante de pinho.

Ela foi até a cozinha e a achou tão agradavelmente escura e tranquila com o ronco suave da geladeira que quase sentiu culpa pela invasão iminente dos funcionários do bufê. No fim das contas, ela tinha decidido não servir macarons de sobremesa e comprado tarteletes de *cheesecake* de framboesa de uma pequena padaria do outro lado do parque (a um código postal de distância de Patricia) e o tradicional e certeiro morango com chantili. Os morangos, empilhados no chão da cozinha dentro de caixas de madeira, eram um colírio para os olhos. Brilhavam em escarlate como papoulas. O chantili, batido com baunilha bourbon de Madagascar e açúcar de confeiteiro, poderia ter flutuado da tigela de cristal como uma nuvem. Ela visualizou o rosto dos convidados, corados de alegria e admiração (e um pouco de inveja também), e quase pôde se alimentar da imagem.

    Ela admirou seu trabalho espalhado pela cozinha. Seria a mais invejável das festas, concluiu ela, certamente a mais impressionante a que *ela* já tinha ido, e o mundo literário se lembraria dela por muito, muito tempo.

Não que ela nunca tivesse ido a festas sofisticadas. Já tinha ido a várias, na verdade.

Quando era jovem, seus pais costumavam dar jantares ostentosos no apartamento deles. Eram eventos de *black tie* com chefs particulares e quartetos de jazz. Nessas noites, a Sra. March e sua irmã Lisa jantavam cedo na cozinha, normalmente uma seleção de sobras que elas consumiam com mau humor enquanto os canapés rosados e brilhosos que seriam servidos na festa as provocavam na bancada, justificando uma ou duas lambidas discretas.

Os pais depois as trancavam nos quartos, que eram conectados por um banheiro. Elas passavam a maior parte da noite no quarto de Lisa, pois ela era a mais velha e a que tinha o quarto com televisão, vendo filmes de terror e um ocasional filme europeu de arte, rindo da nudez em intervalos cada vez mais estarrecedores.

Às vezes, elas levavam sustos por uma explosão aguda na sala ou roncos animalescos no corredor. Uma noite, a maçaneta da porta girou lentamente, depois com mais violência, sacudindo toda a porta, sob o olhar atemorizado das garotas, que ficaram sentadas juntas, imóveis, até o movimento cessar.

O gato, junto com a caixa de areia, a comida e a água, ficava trancado com elas, para que os convidados não fossem perturbados pelos miados, ou seus casacos não fossem arranhados, ou – que Deus não permitisse – para prevenir algum ataque à mesa. Ele arranhava a porta, miando incessantemente para fugir. Incomodado pelo sofrimento dele, a Sra. March empurrava a porta, em uma tentativa fingida de abri-la, depois fingia irritação, para que o gato entendesse que ela também estava presa lá dentro.

Nas manhãs seguintes a essas festas, a casa ficava com um cheiro diferente, de perfume de sândalo, charutos e velas aromáticas (o que era confuso, porque seus pais não tinham nenhuma).

Quando fez dezessete anos, finalmente a Sra. March foi convidada a participar de uma festa. Foi o pai que mencionou bruscamente para ela em uma manhã de sábado, por trás do jornal.

Sentindo-se muito madura, ou muito nervosa, ou uma combinação das duas coisas, ela roubou uma garrafa de xerez do armário de bebidas e bebeu no quarto, com timidez e hesitação no começo, depois em grandes goles consecutivos.

Naquela noite, ela debateu com uma certa animação exagerada com os amigos dos pais sobre teatro e arte. Riu com entrega das piadas que não tinha certeza se entendia. Interrompeu uma discussão profunda e intelectual do debate natureza *versus* criação, citando Mary Shelley, cujo trabalho ela vinha estudando em aula. Ela comeu todos os pratos que o chef tinha preparado (um banquete pesado e extravagante da era Tudor), inclusive veado assado e torta de carne, e continuou bebendo até se dar conta de que todos os convidados tinham ido embora e ela estava parada sozinha segurando uma taça de vinho do porto que não se lembrava de ter servido.

Ela passou a noite abraçada ao vaso, ajoelhada no piso frio de azulejos do banheiro que dividia com a irmã, passando mal até de manhã, expurgando do corpo a refeição pesada e densa, que saiu dela em pedaços fibrosos.

Ela se escondeu no quarto até bem depois da hora do almoço do dia seguinte. Quando saiu, a arrumação dos móveis na sala pareceu sutilmente fora do lugar por dois centímetros, os livros do pai pareciam fora de ordem e o vaso azul de porcelana no piano exibia um dragão que ela tinha certeza de que sempre fora um pássaro.

Seus pais estavam sentados em pontas opostas do sofá, cada um lendo um exemplar do mesmo livro, parecendo alheios ao odor do veludo molhado de álcool. Eles não ergueram o olhar quando ela entrou. Nenhum dos dois mencionou a festa, o que a Sra. March entendeu como uma aceitação tácita e austera das falhas dela... mas a mãe insistiu em lavar o cabelo dela. Era uma coisa que sempre fizera para a filha e continuou fazendo até a Sra. March ir para a faculdade.

Naquele dia, o seguinte à festa dos pais, a Sra. March se ajoelhou no chão do banheiro enquanto a mãe se sentava na borda da banheira e fazia espuma em seu cabelo. Elas não se falaram, mas a mãe puxou o cabelo dela com força, e a Sra. March lutou para segurar a náusea, o que foi particularmente desafiador estando de cabeça para baixo. Ela considerou isso sua punição pelo comportamento na noite anterior. Enquanto a mãe esfregava vigorosamente sua cabeça, ela jurou não tomar nem uma gota de álcool até se formar na faculdade.

Ela cumpriu a palavra e ia às festas da universidade mais como espectadora do que como participante. Como um fantasma, andava pelos alojamentos e fraternidades, observando as partidas bêbadas de pingue-pongue e os casais se beijando avidamente nos cantos.

Ela conheceu seu primeiro namorado sério, Darren Turp, em uma das festas no *campus*. A Sra. March tinha imposto a si mesma outra regra rigorosa: perderia a virgindade com o primeiro garoto que dissesse que a amava. E foi o que ela fez um ano e meio depois, em um atípico dia quente de primavera, suando no colchão do alojamento de Darren (o pai dele, amigo do reitor, tinha conseguido um quarto só para ele). Depois, eles adormeceram e, quando a Sra. March acordou naquela noite, fez um esforço para se lembrar de qualquer outra coisa além da luz do sol nas pálpebras fechadas e de lençóis enrolados com força nos tornozelos dela, como mãos agarrando-os. Ela saiu da cama o mais silenciosamente que conseguiu e inspecionou o lençol usando a lanterna Eagle Scout de Darren, mas não havia nada, nem uma mancha cor de ferrugem estilo menstrual. Seu hímen, aquele dito pedaço sagrado dela, devia ter se rompido muito tempo antes.

Ela continuou namorando o doce e despretensioso Darren até o último ano, quando conheceu George e se apaixonou por ele (*George March é o homem mais atraente do* campus). Ela disse a Darren que queria terminar e não lhe deu explicação alguma. Ele suplicou para que ela ficasse ou ao menos pensasse até o dia seguinte, e quando ela recusou com educação, ele a importunou para que ligasse para a mãe dele e desse a notícia ela mesma.

– Minha mãe merece ao menos uma explicação – disse ele com agitação – depois de tudo que ela fez por você.

A Sra. March tinha passado vários Dias de Ação de Graças na casa dos Turp em Boston, onde ela e Darren dormiam em quartos adjacentes para agradar a tradicional Sra. Turp. Todas as manhãs, ao amanhecer, a mãe de Darren entrava no quarto dela; no começo, a Sra. March supôs que era para verificar se o casal não tinha passado a noite juntos, mas, no fim das contas, a Sra. Turp ia pegar as toalhas da hóspede para aquecê-las na secadora antes do banho matinal.

Assim, a Sra. March ligou para a Sra. Turp de uma cabine telefônica em frente ao refeitório minutos depois de ter terminado com o filho dela. Estava chovendo consideravelmente, o céu cheio de relâmpagos e com trovões a intervalos de três segundos. As mulheres mal conseguiam se ouvir com o barulho.

– O quê?

– Darren e eu concordamos que seria melhor...

– Não consigo ouvir!

– Eu estou terminando com Darren! – gritou a Sra. March no aparelho encostado ao ouvido esquerdo, o dedo tapando o direito.

Essa explosão foi recebida com silêncio, seguido da voz fria e entrecortada da Sra. Turp.

– Tudo bem. Obrigada. Boa sorte com tudo. – Com isso, a linha ficou muda, e a Sra. March deixou a cabine telefônica sem dizer mais uma palavra a Darren, que estava andando em círculos do lado de fora o tempo todo, encharcado. Ela se permitiu dezesseis minutos para chorar pelo relacionamento, que foi a duração exata de sua caminhada até o alojamento.

Depois de casada com George, ela encerrou a interrupção autoimposta de bebida e começou a apreciar vinho e kir royal no número crescente de eventos para os quais seu marido em ascensão era convidado. Um deles, um evento exclusivo no Met que aconteceu depois do horário de funcionamento, envolvia um passeio particular por uma exposição que ainda seria inaugurada, seguido de um coquetel na sala de jantar exclusiva para membros. Os participantes da festa foram de mesa em mesa, se agarrando a elas como a botes salva-vidas.

Foi nessa festa que a Sra. March viu Darren de novo. Oito ou nove anos tinham se passado depois do rompimento, mas Darren continuava com as mesmas bochechas arredondadas, o mesmo cabelo cacheado, o mesmo estilo de camisa de linho listrada (mas seu coração despencou quando ela se deu conta de que aquela camisa era desconhecida dela, como se ela tivesse o direito de conhecer o guarda-roupa todo dele para sempre).

George estava perdido em uma conversa animada, o que deu a ela oportunidade de se aproximar de Darren, que estava em um canto tomando uma coisa cor-de-rosa. Ela bateu no ombro dele e, quando Darren se virou, o rosto do homem se transformou.

– Ah – disse ele. – É você.

Só porque havia gente olhando, a Sra. March soltou uma gargalhada alta, fingindo que ele tinha feito uma piada.

– Eu te vi mais cedo – continuou Darren – com o professor March. Vocês estão namorando mesmo? – O olhar dele foi na direção de George, que ainda estava conversando.

– Sim... bem, nós somos casados – disse a Sra. March com orgulho escancarado, erguendo a mão para exibir a aliança de tamanho considerável no dedo. – Ele não é mais professor – acrescentou, torcendo para Darren perguntar sobre o sucesso recente de George.

Ele bufou.

– Eu devia saber.

– Saber o quê?

– Que você me traía com um professor.

A Sra. March engoliu em seco.

– Eu não fiz nada disso.

– Claro que fez! Me disseram que viram vocês dois juntos um dia depois que você me deu o fora. Não pôde nem esperar 48 horas, não é?

A Sra. March ficou sem palavras. Parecia besteira, ainda que um tanto lisonjeiro, que alguém se desse a esse trabalho, que a considerasse importante o suficiente para ser espionada.

– E claro que você foi atrás do professor – disse Darren. – Tudo que você faz é só pra se exibir.

– Não seja tolo.

– Você por acaso gostou de mim? Ou me escolheu porque a minha família tinha dinheiro?

A Sra. March estava prestes a fazer a observação de que sua própria família tinha bem mais dinheiro do que a dele, mas o mandou se calar e disse:

– As pessoas estão olhando.

– Bom, saiba que eu estou muito bem agora. Eu fui contratado pela *The New Yorker*. Paga bem, como você deve saber.

Essa notícia a magoou um pouco, pois George tinha enviado recentemente um conto para a *The New Yorker*, mas fora rejeitado com firmeza.

– Parabéns – disse a Sra. March sem entusiasmo.

Ela estava com vontade de jogar a bebida nele, de cuspir na cara dele... não, o que ela queria mesmo era saber quem tinha contado sobre ela e George e se mais alguém sabia daquilo, essa pequena mancha na reputação dela. Tonta por causa do álcool e da música, afastou-se de Darren, com seu pequeno e idiota "parabéns" a atormentando agora. Ela conseguiu com esforço parecer alegre e descontraída o restante da noite, o tempo todo evitando a figura de cabelo cacheado andando de forma ameaçadora pela multidão.

Mais tarde, ela acabou descobrindo, com investigação delicada entre amigos em comum, que ele tinha mentido para ela. Ele era apenas um repórter júnior, e mal pago ainda por cima. Enquanto George continuava a ascender, Darren, até onde a Sra. March sabia, não conseguiu entrar no mundo literário (e em nenhum outro mundo). Ela tinha vencido. O que ela esperava desesperadamente agora era que Darren nunca botasse os olhos no novo livro de George. Daria tanta satisfação a ele.

VII

O dia da festa do livro de George se arrastou num ritmo frustrante. O assunto em si pareceu pairar no ar, como uma neblina incômoda. Pairou em cada uma das conversas da Sra. March, esperando-a em cada pausa. O apartamento parecia concordar com ela; todos os aposentos agora arrumados e estranhamente espaçados com novos arranjos de mobília, aguentando a expectativa com algo como reprovação.

Ela estava agitada demais para comer, mas pediu a Martha que preparasse algo leve, "para não ficar inchada". Ela não queria que Martha soubesse como a festa a deixava ansiosa, como ocupava todo o espaço nos pensamentos e relegava todas as outras prioridades para o fundo.

Ela comeu os legumes languidamente, engolindo pedacinhos com grandes goles de água e respirando pela boca, como fazia quando garotinha, sempre que era obrigada a comer uma coisa de que não gostava. O relógio de piso reclamava com reprovação no saguão, como uma espécie de juiz vitoriano de peruca estalando a língua e – quando batia a hora – tocando o sino nos degraus do fórum em proclamação da culpa dela.

O cozinheiro e os garçons, depois de organizarem tudo, tinham ido vestir os uniformes. De repente, a Sra. March considerou, de modo absurdo, que eles já tinham voltado todos ou nunca tinham saído e estavam escondidos no corredor, esperando para dar um susto nela. Ela empurrou o prato de legumes para longe e colocou o guardanapo em cima do prato, em uma tentativa de disfarçar como tinha comido pouco.

Então foi para o quarto, enquanto Martha tirava a mesa. Naquela hora do dia, faixas de luz do sol entravam na suíte como facadas. A Sra. March fechou as cortinas, com medo de uma dor de cabeça. Tirou os sapatos e se deitou na cama, ajeitando a saia e olhando para o teto, as mãos apoiadas na barriga. Ela tentou cochilar, mas sua pulsação, latejando nos ouvidos, estava alta demais para ser ignorada, assim como a constante certeza de que tinha cometido algum erro irremediável com o bufê. Seus convidados estariam em estado similar de expectativa? A festa paralisava todos os pensamentos deles, dominava todas as atividades? Provavelmente não. Ela engoliu em seco, a garganta seca e arranhando. Olhou para o relógio de pulso, para os ponteiros trêmulos tiquetaqueando, até marcarem quinze para as quatro, o primeiro horário em que ela se permitia se vestir para a festa.

Ela deu um pulo e abriu as portas do closet. Estava muito assombrada pela desconfiança de que, embora seu guarda-roupa fosse de bom gosto e boa qualidade, a forma como ela arrumava ou escolhia as roupas as fazia parecerem baratas e cafonas. Desconfiava da mesma coisa em relação à mobília e a todos os seus pertences, mas principalmente das roupas. Roupas não pareciam ter nela o caimento que tinham nas outras mulheres; tudo ficava apertado demais, curto demais, ou pendia dela, deformado e largo; sempre parecia estar usando as roupas de outra pessoa.

Ela ficou imóvel na frente do closet, os olhos percorrendo os tecidos e as estampas dos vestidos, saias e terninhos. Que estranho, pensou ela, que um dia fosse escolher o último traje que usaria. A última blusa que oscilaria quando respirasse, a última saia que apertaria sua barriga quando comesse. Ela não necessariamente morreria com aquelas roupas (vislumbres de camisolas de hospital surgiram na mente), nem seria enterrada com elas (sua irmã, escrava do protocolo, escolheria o traje mais enfadonho e menos lisonjeiro, provavelmente), mas ainda seriam as últimas que ela teria escolhido para vestir. Ela morreria naquela noite, antes de ter tempo de ser anfitriã da festa? Enquanto imaginasse ativamente o cenário, não aconteceria. Esse era um joguinho que ela muitas vezes fazia consigo mesma. Se ela se perguntasse se um traje seria seu último, não seria. Se ela se imaginasse morrendo hoje, não morreria. Era uma superstição boba, mas, falando sério, quais eram as chances de algo terrível acontecer quando você o esperava? Bem baixas mesmo. Ninguém dizia "Minha esposa morreu hoje, como esperado" ou "Eu sofri um acidente horrível, como previra".

Ela percorreu os cabides, procurando o vestido que tinha em mente para a festa desde que tinha sido decidido que haveria uma festa. Era um vestido verde-garrafa com mangas compridas. Seus braços tinham ficado flácidos com a idade e ela tratava de escondê-los.

Ela encontrou o vestido escondido entre dois terninhos de estampa *pied de poule* e o pegou. Lembrava-se de só tê-lo usado uma vez, para um jantar meses antes com George e o primo dele, Jared. Embora tivesse examinado a lista de convidados daquela noite, um medo irritante agora surgiu, se Jared estivesse presente. A Sra. March só tinha visto Jared duas vezes e não poderia ser vista usando o mesmo vestido em duas vezes de três. Ele a cumprimentaria calorosamente, sem dúvida esperando que a esposa do seu ilustre primo o impressionasse, mas ao perceber que ela estava usando o mesmo vestido, joias e penteado, sua atenção sem dúvida se desviaria para as mulheres mais elegantes da sala.

Seus olhos pousaram, então, em um azul-royal com ombros de fora, que estava no fundo do armário. Ela nunca o tinha usado. Na verdade, ainda estava com a etiqueta. Que cor forte e elegante, pensou ela, improvável de ser usada pelos outros convidados. Mas, infelizmente, o vestido não tinha mangas. Ela o tirou do armário e inspecionou os dois vestidos, um em cada mão. O azul era mais bonito, mas ela não podia correr o risco de alguém com uma câmera capturá-la com os braços expostos. Ela o colocou de volta no armário.

Depois de tirar o vestido verde-garrafa do cabide, ela o levou para a cama com cuidado, como se fosse uma criança adormecida, e o abriu sobre a colcha. Ao lado do vestido ela colocou um broche dourado e brincos redondos de ouro.

Ela começou a ajeitar o cabelo, enrolando cachos em rolinhos mecha a mecha.

Ela lixou e pintou as unhas, uma coisa que sempre fazia em casa de modo a evitar manicures profissionais, para que elas não julgassem o estado das suas unhas (coisa que já tinha acontecido no passado, quando perguntaram "Por que suas unhas são tão amarelas? Você deixa o esmalte muito tempo?" na frente de outras clientes).

Enquanto esperava as unhas secarem, ela ficou olhando com firmeza seu relógio mostrar a passagem dos segundos. Em seguida, tirou os rolinhos quentes do cabelo. Enquanto desenrolava um cacho, o rolinho, ainda quente, roçou na pele e queimou a parte de trás de um lóbulo de orelha. Ela inspirou fundo e bateu de leve na orelha ardida com um pedaço de papel higiênico molhado.

Ela se despiu, tomando o cuidado para não ver seu corpo nu no espelho. A pele do ventre fazia uma dobra por não ter se recuperado de Jonathan.

A barriga tinha marcas de estrias que iam na direção dos pelos escuros e densos entre as pernas. Ela conseguiu com certa dificuldade enfiar a barriga mole na cinta apertada cor de pele antes de entrar no vestido verde-garrafa. Quando finalmente se permitiu uma boa olhada no espelho do banheiro, ela sorriu... de uma forma nada natural, como se posando para uma fotografia. Movendo-se, simulando segurar um copo na mão, ela fingiu que estava rindo.

– Obrigada por ter vindo – disse ela para o espelho. – Obrigada a *você* por ter vindo.

Ela experimentou batons diferentes, todos nunca usados, duros e brilhando como cera de vela, mas tirou cada um esfregando com irritação, manchando o queixo todo, arranhando a pele com toalhas de papel e, em determinado momento, furiosamente, de propósito, desenhando um risco no pescoço em vermelhão... antes de voltar, derrotada, para o batom nude sensato que ela sempre usava.

Em um ataque de indecisão, tirou o vestido verde-garrafa, voltou ao closet e experimentou o azul-royal. No espelho, fez uma careta pela curva em destaque da barriga; seus braços, de alguma forma simultaneamente esticados e flácidos. Ela arrancou o vestido com um grito abafado. Vestiu uma blusa de seda (a que costumava usar com as abotoaduras velhas de strass da mãe) e uma saia preta, só para acabar colocando de novo o vestido verde-garrafa.

George chegou em casa ao crepúsculo, quando a Sra. March estava fazendo experimentos com as lâmpadas de teto e de piso para determinar que combinação inspiraria uma atmosfera aconchegante e ao mesmo tempo vibrante. Enquanto cantarolava baixinho de uma forma que só uma mulher calma e controlada faria, sua performance passou despercebida pelos garçons, que a ignoraram educadamente na hora que ela mexia com as luzes.

Ela olhou com agitação para o relógio de pulso. Alguns dos convidados já deviam estar a caminho: os casados brigando em elevadores e nos bancos de trás de táxis, as mulheres com penteados tão firmes que parecia que tinham acabado de passar por uma cirurgia cosmética, os homens fingindo ainda caber em ternos Armani de dez anos atrás.

Ela estava fazendo uma última tentativa hesitante de trocar o vestido enquanto George dava o nó da gravata no banheiro, quando, do nada, ele disse:

– Paulette me ligou para me parabenizar.
– Ah, é? – disse ela.
– Ora, ora, não vai começar.
– Não vai começar o quê? Eu só disse "Ah, é?".
– Bom, foi muito gentil da parte dela telefonar, principalmente porque ela está tão ocupada agora com as sessões de fotos...
– Bem, ela é muito *talentosa* – disse ela.
– Sim, ela está se saindo muito bem.

O estômago da Sra. March ficou embrulhado quando ela imaginou o orgulho de George por Paula sendo espalhado pela festa. Ela tinha se esforçado tanto e tinha inventado esperanças que eram agora grandiosas demais (fantasias de George fazer um discurso amoroso para ela, os convidados parabenizando seu gosto impecável, dentre outras coisas) para compartilhar a admiração de George naquela noite.

– Tão bem, na verdade – continuou George, agora prendendo uma abotoadura –, que fez uma proposta para uma casa em Kensington.
– Que adorável.
– Sim. Ao que parece, é linda... e ainda por cima é um ponto turístico. Ela diz que somos bem-vindos para ficar lá quando formos visitá-la.

Ser hóspede de Paula, ficar *grata* a ela por qualquer coisa era tão estranho, um anátema tão grande, que uma das pálpebras da Sra. March tremeu. Ela se acalmou, concentrando-se nos dedos de George enquanto trabalhavam em outra abotoadura. Ela já tinha visto aquelas abotoaduras?

– Ela está se saindo muito bem – repetiu ele baixinho, distraído.

Ela nunca tinha visto aquelas abotoaduras, e isso a perturbou. Ela conhecia cada abotoadura de George, assim como cada gravata e cada lenço, pois a maioria tinha sido presente dela ao longo dos anos. De onde tinham vindo aquelas abotoaduras? Deu um passo para a frente e abriu a boca para falar, mas a campainha tocou.

Os primeiros convidados chegaram em um grupo de cinco, como se todos tivessem conspirado para se encontrar em algum lugar antes. "Ah, Deus, quem ia querer ficar sozinho naquele apartamento conversando com *ela*?", imaginou um deles dizendo para os outros. De qualquer modo, a perspectiva de conversar trivialidades com uma ou duas pessoas que chegassem cedo era suficiente para fazer as partes de trás dos joelhos dela suarem. Aliviada, ela os deixou na sala enquanto cumpria uma tarefa com gestos espalhafatosos, que nesse caso envolvia se esconder no banheiro da suíte, empoleirada no tampo fechado da privada para não amassar o vestido.

Em pouco tempo, o apartamento estava cheio de convidados, a música (uma versão mais animada e meio jazz de *O quebra-nozes*, que ela considerava a escolha perfeita para uma festa de inverno) em harmonia com o baixo latejante de vozes e uma percussão ocasional de risadas metálicas.

Alguns convidados, velhos amigos de George, o presentearam com uma fotografia do seu avô, em preto e branco e em um porta-retrato, na qual posava seriamente ao lado do setter inglês pintado, com uma das mãos segurando o rifle, e na outra, um pato morto, pelos pés. A Sra. March a odiou na mesma hora. A solenidade da foto, a expressão majestosa no rosto do homem (e do cachorro) era absurda. Que alguém acreditasse que a coisa merecia ficar num porta-retrato era ainda mais. Ela tomou uma nota mental de escondê-la atrás das caixas de chapéus no closet assim que os hóspedes fossem embora.

Conforme a festa progredia, e a sala se enchia de pessoas, a Sra. March encarregou Martha de cuidar do lavabo: dobrar as toalhas e refrescar o assento da privada e o piso com uma solução leve de amônia. Os vapores antissépticos intensos se misturavam com o cheiro denso e natural de pinho, criando um cheiro tão distinto que os convidados, em futuras visitas a hospitais ou ao passar por um lojista esvaziando um balde de água de esfregão na rua, se lembrariam imediatamente daquela última festa na casa dos March.

VIII

A Sra. March observou as mulheres. A atenção dela foi atraída por uma na casa dos vinte a quase trinta anos, o que a marcava facilmente como a convidada mais jovem da festa. A Sra. March observou a cabeleira dourada brilhante, o vestido vinho, deslumbrante em sua simplicidade e envolvendo lindamente o corpo magro. A Sra. March se encolheu, sentindo-se estranha e exposta; ela parecia estar se esforçando demais, "carneiro vestido como cordeiro", diria sua mãe. E seu cabelo, tão sem vida e tão simples, que ela nem sabia de que cor era. Ela estava suando, e seus cachos começavam a murchar, fios úmidos caindo na testa.

Os garçons, segurando bandejas de canapés de salmão defumado e cebola e tortinhas de brie, andavam entre os convidados enquanto o aparelho de som tocava uma canção sonhadora cantada por Anna Maria Alberghetti. A Sra. March fixou o olhar novamente na mulher, que conversava com dois homens impressionados e, ao vê-la prender casualmente uma mecha de cabelo atrás da orelha, imitou instintivamente o gesto. Seus dedos roçaram o lóbulo queimado da orelha e irritaram a pele avermelhada e descascando. Com uma careta suave e dentes trincados, ela se aproximou do grupo furtivamente, como se tivesse cometido um crime.

— Está tudo bem aqui? — perguntou ela, retorcendo as mãos.

Eles viraram a cabeça para olhar para ela. A mulher estava fumando um cigarro exótico, fino e comprido, cor de marfim, como o pescoço dela. As pulseiras no pulso ossudo tilintaram quando ela levou o cigarro aos lábios.

— Sra. March, que prazer ver você — disse um dos homens, que a Sra. March lembrava vagamente que era o consultor de investimentos de George.

Não conseguia se lembrar do nome dele, mas sabia que ele e George às vezes jogavam tênis juntos.

– Espero que vocês estejam se divertindo – disse a Sra. March, mais para a mulher jovem.

– Está bem cheia – disse o consultor.

– Ah, sim – disse a Sra. March. – Nós temos um bom grupo, eu quase não conheço ninguém.

A mulher jovem estava olhando para outro lugar, a cabeça inclinada para trás ao fumar, como se bebendo de uma taça de champanhe ridiculamente longa.

– Bem, eu posso começar apresentando o Tom aqui – disse o consultor – e a Srta. Gabriella Lynne, que eu tenho certeza de que você reconhece da *Artforum* do mês passado.

A Sra. March sorriu de forma um pouco agressiva demais para a figura de gazela da Srta. Lynne, que, soprando uma pluma de fumaça, não disse nada.

– A Srta. Lynne é a designer de capa de livro mais procurada do momento – declarou Tom.

Gabriella balançou a cabeça e soprou outro fluxo de fumaça, a expiração se misturando com uma risada baixa.

– Temo que esses dois se impressionem com qualquer coisa – disse ela para a Sra. March, o que a fez dar uma risadinha, feliz por ser incluída no comentário. – A festa está maravilhosa; aliás, muito obrigada por me convidar – acrescentou Gabriella em um tom monótono e apático.

O sotaque, sedutor e não identificável, tinha sido adquirido, a Sra. March depois saberia, em uma infância itinerante na Europa.

– Ah, claro, o prazer é meu – respondeu a Sra. March. – E qualquer amigo de George é meu amigo. Você fez o design de algum dos livros dele?

– Ah, quem me dera.

Gabriella apagou o cigarro no que restava de um blini de caviar e *crème fraîche*, que um garçom removeu em seguida. A Sra. March não sabia bem se devia se sentir ofendida pelo comportamento de Gabriella. O blini, inacabado, estava destinado para o lixo mesmo, mas profaná-lo daquela maneira podia ser visto como um insulto à sua hospitalidade. Um desejo repentino de chorar tomou conta dela, e a mera possibilidade disso a apavorava.

– Na verdade, me pediram que criasse a capa do novo livro dele – continuou Gabriella –, mas, infelizmente, eu tinha outro compromisso. Só que tudo deu certo: o designer escolhido usou aquele quadro icônico. Ficou perfeito e combina com o espírito do livro mais do que qualquer coisa que eu pudesse ter criado.

A Sra. March assentiu inexpressivamente, se perguntando como era o corpo de Gabriella debaixo do vestido fino de cetim: de que cor eram os mamilos dela, se ela tinha sardas ou pintas; talvez uma que Gabriella não gostasse que fosse vista, mas que todos os homens concordavam que era absurdamente sexy.

– Suponho que você tenha lido o livro – disse Gabriella, olhando diretamente nos olhos dela e inclinando a cabeça para o lado, os lábios ligeiramente entreabertos em uma exibição de curiosidade brincalhona.

– Ah, claro, eu leio *todos* os livros de George – disse a Sra. March, a voz oscilando.

Antes que a conversa pudesse se desviar na temida direção da personagem principal do livro, outro homem (recém-chegado, ao que parecia, pois ainda usava o casaco com gotas de chuva cintilando nos ombros) abraçou Gabriella e a cumprimentou com um beijo em cada bochecha. A Sra. March sentiu, quase que fisicamente, a atenção de Gabriella ser arrancada dela, afastada do seu corpo como um órgão ainda pulsando. Ela olhou para a mesinha de centro. No cinzeiro havia três guimbas brancas de cigarro manchadas de batom. Ao lado estava a cigarreira de prata de Gabriella, com as iniciais dela gravadas. Tomada de um impulso nada familiar, a Sra. March pegou a cigarreira e a enfiou no sutiã, onde ficou alojada com desconforto junto ao seio esquerdo.

Ela se afastou sem ser notada, meio tonta pela emoção do seu delito, mas fazendo um esforço para sorrir... em parte para evitar desconfiança, mas mais para disfarçar sua própria culpa pelo que tinha acabado de fazer. Infelizmente, ou talvez felizmente, ela foi nesse momento abordada pela agente de George.

– Como vai, querida, a festa está simplesmente espetacular – disse Zelda, tudo de uma vez, e inspirou fundo.

Por ser fumante inveterada, Zelda tinha dificuldade para enunciar frases longas; seus pulmões pareciam desabar cada vez que ela tentava. Sua voz estava ficando mais rouca a cada segundo, e a Sra. March imaginou que no fim da noite as frases dela poderiam estar reduzidas a meros assobios.

– Obrigada, Zelda. – Seus olhos pousaram nos dentes da mulher, manchados com o batom castanho-avermelhado e amarelado por décadas de nicotina. – Experimente o *foie gras* – acrescentou quando um garçom se aproximou trazendo um tronco cercado de cebola caramelizada e compota de morango. – É de uma fazendinha nos arredores de Paris. Minha irmã nos deu. O marido dela que fez. Naquela fazenda, nas férias.

– Que espetacularmente *rústico*! – disse Zelda, esticando os braços e olhando para o teto de forma dramática.

– Isso não é feito com alimentação brutal à força dada aos gansos?

A Sra. March se virou para essa nova voz, que pertencia à figura longa e magrela de Edgar, o editor de George. Com as mãos nas costas, a cabeça abaixada, ele estava sempre curvado, como um ponto de interrogação.

– Não é possível! – protestou Zelda, embora seu rosto não expressasse essa descrença quando ela se virou para a Sra. March, o corpo tremendo com uma risada que os pulmões não tinham força para produzir.

– É um processo chamado *gavage* – disse Edgar com uma pronúncia exagerada e irritante do francês, a boquinha cheia de saliva –, que é o termo para alimentação forçada do animal com um tubo até o estômago.

– Aah! – disse Zelda, fazendo uma careta, mas ainda rindo, a risadinha dolorosa agora interminavelmente audível, como o choramingo de um cachorro.

– É por isso que o fígado tem aquele sabor distinto – declarou Edgar.

Como se combinado, o garçom reapareceu com o *foie gras*, que estava suando rios viscosos de gordura amarela.

Edgar puxou os punhos da camisa, pegou a faquinha ao lado do *foie gras*, cortou um pedaço enquanto o garçom segurava a bandeja trêmula e o passou em uma torrada. Seus olhos se fixaram com atenção na Sra. March, um sorrisinho brincando nos lábios quando ele enfiou a torrada na boca. Ela retribuiu o olhar, fixando-se nos óculos grossos e transparentes e no cabelo fino, leitoso e ralo como o de um bebê. A cor da pele dele era de um branco nauseante pontilhado de rosa; o rosa dos nós dos dedos, dos sinais em alto-relevo, das veias que se irradiavam no nariz.

O som de uma colher sendo batida repetidamente num copo interrompeu a repulsa momentânea dela, e ela e Edgar se viraram um para longe do outro, na direção da fonte do barulho. Era George, Deus o abençoe, parado com certo constrangimento na frente da lareira, agradecendo a todos pela presença. Zelda tinha ido até ele em determinado momento, sem a Sra. March nem Edgar perceberem que ela tinha se afastado.

– Quero agradecer a todo mundo aqui – começou George – porque, se vocês estão aqui, significa que tiveram alguma coisa, grande ou pequena, a ver com esse livro. Quer tenha sido editando, divulgando, lidando com meus impulsos de escritor nos meses anteriores ou simplesmente inspirando essa mais nova história. – Seus olhos pousaram na Sra. March, que contraiu as nádegas na mesma hora.

Zelda o interrompeu para falar que as listas de ficção de inverno do mercado editorial estavam particularmente cheias e que era um tremendo feito o livro de George ainda não ter páreo.

– Bem, os fãs são leais... – disse George, olhando para baixo enquanto segurava a haste da taça de champanhe.

– Besteira, besteira, não seja modesto – interrompeu-o Zelda de novo e se virou para os convidados: – Ele está sendo modesto!

Ela riu e o som saiu chiado, numa rouquidão quase inaudível.

A Sra. March levou os dedos ao lóbulo queimado da orelha e passou o polegar na superfície dura. Ela se lembrou brevemente de torresmo e, sem perceber o que estava fazendo, lambeu o polegar.

– A verdade – continuou Zelda – é que esse livro é revolucionário, um livro que agrada não só aos fãs, mas a *todo mundo*, não, espere – ela balançou um dedo para George, que tinha começado a protestar –, e, me sinto obrigada a dizer, é o *meu* livro favorito da última *década*! E eu *odeio* ler!

Houve uma explosão de gargalhadas. A Sra. March olhou para o vaso meio torto no lintel acima da lareira atrás de Zelda e se esqueceu de participar.

– Então, sem mais delongas, um brinde... ao encantador e talentoso George! Edgar?

A Sra. March voltou o olhar para Edgar quando Zelda o puxou do meio das pessoas. Ele ergueu a mão em um gesto modesto enquanto a plateia comemorava e pedia que ele falasse.

– Bem... querem saber? – disse ele, ajeitando o lenço de seda de bolinhas. – Não vamos brindar a esse livro porque, sejamos sinceros, o livro não precisa. Vamos brindar ao próximo livro de George, porque *esse* vai ser louco.

– Viva!

Enquanto as pessoas procuravam outras com quem brindar, algumas se viraram para a Sra. March, cujo rosto estava esticado em um sorriso exagerado, quase maníaco, os olhos arregalados e brilhando – antes de ela levar a taça de champanhe na direção da boca e o líquido gasoso, agora quente, queimar-lhe a garganta.

IX

A Sra. March aproveitou o brinde e a alegria seguinte para sair da sala e ir à cozinha, onde Martha estava curvada sobre a ilha, embrulhando as sobras com filme plástico. O cozinheiro já tinha ido embora, os garçons serviam digestivos e agora era hora da sobremesa.

Os morangos estavam no escorredor na pia da cozinha, lavados e prontos. A Sra. March os colocou um a um em uma travessa de porcelana, maravilhada com o frescor, com a porosidade úmida de cada um. Ela pediu a Martha que aprontasse o creme e se preparou para levar os morangos para a sala, na esperança de que fossem admirados antes.

Quando estava prestes a passar pelo batente para o corredor, uma voz clara e impassível de mulher chegou a ela, vinda da sala.

– Você acha que ela sabe? Sobre Johanna?

A Sra. March parou, um salto na cozinha, o outro no corredor. Houve risadas, no meio das quais a Sra. March teve certeza de conseguir discernir a gargalhada profunda de George, seguida de um pedido de silêncio e umas risadinhas.

O medo tomou conta da Sra. March. Seus ouvidos ecoaram e pareceram ficar tapados. Seus braços ficaram frouxos e a travessa que ela estava segurando virou. Os morangos despencaram em uma chuva escarlate no chão, rolaram para cantos e para debaixo de móveis (alguns só seriam encontrados semanas depois).

Ela ficou parada piscando até Martha fazer um barulhinho atrás dela e mãos grossas e inchadas aparecerem para tirar a travessa de sua mão.

– Minha nossa, eu... que sujeira. Eu vou limpar – disse a Sra. March com uma voz estranhamente sonolenta enquanto Martha se ajoelhava para pegar morangos no chão.

A Sra. March cambaleou pela sala até o quarto e andou em círculos antes de entrar no banheiro adjacente, onde fechou e trancou a porta. Sentou-se na beira da banheira e tirou a cigarreira de prata do sutiã, parando para acariciar as iniciais gravadas antes de abri-la com um clique. Ela pegou um cigarro e, com as mãos trêmulas, acendeu-o com um fósforo da caixa que estava em uma das gavetas do banheiro. Ela fumou um, dois e três cigarros, sugando o ar fedorento com avidez. Bateu as cinzas na banheira e deixou as guimbas no ralo. Quando estava terminando o que tinha prometido a si mesma que seria o último cigarro, uma mancha preta passou correndo pelo chão. Seus olhos seguiram o movimento repentino e ela identificou (com um véu sombrio de horror caindo sobre si) uma barata correndo pelos ladrilhos. A Sra. March gritou, saiu correndo do banheiro e bateu a porta. Apertou a mão sobre a boca para não gritar e colocou outra na ferida atrás da orelha. Em seguida, pegou os travesseiros na cama e os colocou bloqueando o vão entre o piso e a porta.

Exausta, ela se sentou no chão do quarto e apoiou as costas na cama. Pensou brevemente na perspectiva de não voltar para a festa, mas a educação ditava que ela tinha que voltar. Poderia fingir um mal-estar terrível? Mas as pessoas comentariam. Elas considerariam sua ausência uma confirmação de que Johanna era baseada nela, e mais lamentavelmente: de que ela se importava.

– Você soube da Sra. March? – ela imaginou o consultor de investimentos de George dizendo para a esposa. – Aquela pobre mulher. Agora ela passa os dias trancada no apartamento. Uma lástima.

Imaginou, então, a esposa dele (que ela não conhecia e que talvez nem existisse) sentindo pena dela, aquela estranha patética e feia (o consultor a teria descrito rapidamente como sem graça), cujo marido a desprezava tanto que tinha baseado a personagem horrível nela.

– Que personagem exatamente? – perguntaria a esposa enquanto secava as mãos delicadas num pano de prato.

Um sorriso surgiria nos lábios do consultor e ele descreveria Johanna, a prostituta, e contaria que ninguém queria dormir com ela, nem os clientes regulares.

– O livro é muito bom – diria ele. – Dizem que o filho da mãe inteligente vai ganhar o Pulitzer por insultar a esposa.

Eles ririam com uma certa culpa e a esposa comentaria que a coisa toda era uma pena, pois ela imaginava que os March eram um casal feliz.

– Bem, acho que agora nós sabemos a verdade.

A Sra. March se perguntou como as outras mulheres aguentariam aquela humilhação se estivessem no lugar dela; sem dúvida Patricia, a confeiteira simplória, com o cabelo cheio de frizz e cara de bolacha, acharia hilário o marido ter baseado a prostituta lamentável nela. Decidiu que não ligaria para a opinião de mais ninguém. Mas era esse o tipo de mulher que a Sra. March queria ser? O tipo de mulher que não ligava para a própria imagem, sobre como o mundo a veria? Ela tentou imaginar como Gabriella aguentaria. Mas isso nunca aconteceria com Gabriella, concluiu ela com infelicidade. Gabriella, sem dúvida, seria retratada como uma deusa atraente, vulnerável e resiliente, alguém por quem os personagens masculinos duelariam e morreriam. Uma personagem menos profunda, provavelmente menos "realista" (o que havia no realismo que fazia as pessoas o elogiarem tanto?), mas bem mais agradável. Claro que o problema da Sra. March não era o fato de Johanna ser desagradável. Era o fato de que parecia não haver dúvida na mente das pessoas de que ela também era.

Os convidados teriam notado a ausência dela? Ou estariam aliviados? Ela pensou em trocar o vestido idiota, em usar algo mais simples e mais sexy, mas todo mundo notaria, todo mundo a julgaria, todo mundo a classificaria como alguém que se importa demais. Ela desejava algum tipo de vingança e, embora roubar a cigarreira de Gabriella (que ela tinha recolocado no sutiã) tivesse acalmado essa coceira, eles mereciam coisa pior. Devia envenená-los, refletiu ela... com arsênico. Na época vitoriana, George uma vez contou, todos os lares eram equipados com veneno. Arsênico era vendido sem controle para qualquer um e usado em pigmentos de papéis de parede e vestidos. Ela serviria outra sobremesa... e envenenaria a todos com um prato de queijo torrado e ópio. Imaginou-os caindo por toda a sala e então o silêncio em uma paz estranha depois de uma festa tão barulhenta, ela passando pelos corpos em um estado atordoado.

Ela foi arrancada da fantasia pela percepção de que a festa tinha ficado silenciosa. E se os convidados tivessem ido embora a pedido de George, ainda dando risadinhas, porque eles tinham chateado sua esposa supersensível? Vocês sabem como ela é, frágil, não aguenta esse tipo de constrangimento... Vocês leram o livro?

Ela se levantou do chão, foi até a porta do quarto e abriu uma fresta. Os ruídos da festa – a música, o barulho e as risadas ainda vibrantes – chegaram pelo corredor. Ela respirou fundo antes de sair e andar com hesitação até a sala, se segurando nas paredes enquanto ricochetcava em câmera lenta de uma à outra. Algo foi esmagado sob seus pés. Ela olhou para um galho de amoreira e viu várias frutinhas vermelhas rolando pelo chão.

Que bobagem, ela disse para si mesma, supor que qualquer coisa pararia por causa dela. A festa continuou com o tilintar de copos, o disco girando na vitrola, o relógio de piso tiquetaqueando no saguão; o mostrador de lua com bochechas vermelhas sorrindo para ela. Tudo estava como ela tinha deixado.

Em uma mesinha lateral, o que restara dos morangos estava espalhado na travessa, alguns com creme, alguns afogados nele, outros sangrando vermelho. A Sra. March os contemplou com certa tristeza antes de voltar para a festa, como se estivesse submersa em água e olhando para os membros dos outros banhistas das profundezas.

Ela se aproximou de um grupo absorto numa conversa. "O livro", estavam dizendo, e "talento" e "geração dele". Ela sorriu e assentiu para ele, mas eles não reconheceram a presença dela e ela se virou, o sorriso congelado na cara enquanto limpava uma gota de suor da têmpora. Foi nessa hora que ela viu Gabriella parada ao lado de George no meio da sala, os dois brilhando debaixo do holofote criado por eles mesmos, deixando tudo (e todos) apagado. Gabriella apertava a mão no braço dele enquanto cobria a boca com a outra, como se rir fosse uma gafe social, como um bocejo ou um arroto. A Sra. March os observou enquanto bebia de uma taça aleatória com champanhe à temperatura ambiente que tinha encontrado perto dos morangos. George ficou sorrindo aquele sorriso irritante dele, detestável na falsa humildade, até um amigo se aproximar e se apresentar para Gabriella.

Alegre pela influência do álcool (e pela atenção, sem dúvida), George viu a Sra. March e a guiou pelo cotovelo para apresentá-la a duas mulheres, uma loura e uma morena, que, George explicou com orgulho, estavam entre seus últimos alunos antes de ele passar a escrever em tempo integral. A Sra. March não tinha convidado nenhuma das duas mulheres; supostamente, George as tinha convidado sem a avisar, embora não estivesse claro por que ele tinha voltado a ter contato com elas depois de tanto tempo.

– Professor March...

– Ah, por favor, você não é mais minha aluna. Me chame de George.

– Tudo bem... George – disse a morena, rindo.

A Sra. March ficou olhando para as mulheres sem sorrir. Elas não podiam ter muito mais do que trinta anos, ela achava, mas não tinha certeza se isso fazia sentido. Quando George tinha parado de dar aulas? Ela tentou se lembrar do ano.

– Você não sente orgulho, Sra. March? – perguntou com avidez a loura, como se desejasse que a mesma pergunta fosse feita a ela um dia.

– Ah, minha esposa está bem cansada de mim, eu acho – disse George, sorrindo para a Sra. March. – É muita coisa aguentar um escritor.

As duas riram de novo e suspiraram, como se as risadas as tivessem exaurido. Enquanto isso, uma agitação tinha se iniciado do outro lado da sala. Gabriella estava procurando a cigarreira desaparecida, ajudada por voluntários, todos homens e todos de quatro, olhando embaixo de móveis e no meio de almofadas. A Sra. March sentia a cigarreira apertando seu seio e procurou com espalhafato nas prateleiras.

A festa não durou muito mais, pois as paredes eram finas e os vizinhos tinham mania de reclamar. Quando os últimos convidados saíram com alegria pela porta, Martha já tinha ido embora, a bolsinha quadrada na mão, assim como o pessoal do bufê, com os casacos abotoados sobre os uniformes sujos, deixando tudo o mais arrumado possível.

No quarto, o Sr. e a Sra. March se despiram em silêncio.

Parado perto do banheiro, ele farejou o ar.

– Alguém andou fumando aqui?

A Sra. March engoliu em seco e se beliscou.

– George – disse ela, torcendo para ele confundir a voz trêmula com bebedeira –, você baseou aquela mulher em mim?

Ele piscou.

– O quê?

– Johanna. Você a baseou em mim?

– Ela não é baseada em ninguém, ela... – Ele indicou as mãos, procurando a palavra certa, que acabou sendo um decepcionante: – apenas *é*.

– Então por que você riu quando aquela mulher disse isso?

George franziu a testa e a olhou por cima dos óculos.

– Que mulher?

– Aquela mulher! A mulher na festa! Ela disse, ela *deu a entender* que Johanna tinha sido baseada em mim!

George pareceu pensar.

– Bem, não tinha nem passado pela minha cabeça. Sinceramente, eu não pensei nisso assim quando estava escrevendo. Acho que vocês podem ter certas coisas em comum...

A Sra. March fez um ruído de deboche.

– Ah, é mesmo, ah, como o quê, George, me diga. Que parte adorável de mim eu compartilho com a prostituta? – Mesmo com raiva, ela falou em tom controlado, com medo de os vizinhos ouvirem.

George suspirou.

– Eu acho que você está vendo isso do jeito errado. Johanna não é baseada em mulher alguma, embora eu ache que ela *seja* uma mistura de qualidades de muitas mulheres diferentes que eu conheci ao longo dos anos. Eu poderia listar, sem dúvida alguma, características que ela tem iguais às de muitas mulheres que me influenciaram, e, sim, você estaria entre elas. É isso que escritores de ficção fazem.

– Então faça.

– O quê?

– Sente e faça uma lista. Uma lista de características.

– Você está falando sério?

– Estou! – disse ela. – Eu quero saber quem são todas essas mulheres que te inspiraram. Eu quero saber onde eu fico em relação a Johanna.

– Onde você *fica*? Ela é uma personagem de ficção!

– Então por que parece que ela existe e eu não?

Essa última pergunta, feita em um volume que, pelos padrões da Sra. March, só poderia ser considerado um grito, ecoou frouxamente pelo quarto agora silencioso. Ela não sabia de onde tinha vindo, não sabia bem que sentimento estava tentando transmitir, mas foi sólido o suficiente para deixar um gosto amargo na sua boca depois de enunciado.

George franziu a testa.

– Eu não quero entrar nesse assunto. Acho que você está... bem... Você está cansada, nós dois estamos cansados. Vamos tentar dormir. Podemos conversar sobre isso de manhã.

– Eu não vou dormir agora. Não com você aqui – disse a Sra. March, abraçando a própria cintura.

George suspirou.

– Vou dormir no escritório. – Ele pegou uma coberta de lã em uma poltrona no canto. – Boa noite – disse sem nem olhar para ela ao passar e fechando a porta ao sair.

Depois que ele saiu, a Sra. March ficou olhando, sem enxergar, para a porta branca de painéis. Ela a trancou e recuou lentamente, como esperando alguém quebrá-la com um machado. Oscilando ao caminhar, foi até o seu lado da cama, o mais próximo da janela, e se afundou no linho frio, de cara para baixo.

X

Um par de pombos barulhentos pousou no parapeito da janela da Sra. March. Eles arrulharam num crescente, um particularmente estridente, parecendo de forma constrangedora cada vez mais com uma mulher à beira do orgasmo, e a Sra. March ficou aliviada de acordar sozinha no quarto. Entrava luz pelas aberturas da cortina na janela, e ela protegeu os olhos, gemeu e rolou para o outro lado do colchão para ligar para Martha pela extensão da cozinha. Ela pediu café da manhã na cama: só uma salada de frutas e um ovo *poché*, por favor. E uma aspirina.

Alguns minutos depois, a maçaneta foi sacudida de leve e, depois de uma pausa, houve uma batida à porta. A Sra. March pulou da cama, girou a chave e, com expressão envergonhada, deu boas-vindas a Martha.

– Nós precisamos arejar este quarto – disse Martha, colocando a bandeja de café da manhã na cama. – Está com um cheiro desagradável.

A Sra. March inspirou fundo, mas não conseguiu detectar nada além do aroma revigorante do café que Martha trouxera.

– É mesmo? – perguntou ela. – De quê?

– De quarto que não é arejado há muito tempo.

– Eu não estou me sentindo muito bem, é melhor você abrir as janelas depois. O ar frio pode me fazer mal agora.

– Claro. Precisa de mais alguma coisa, Sra. March? – Martha ficou olhando na direção do banheiro, os braços pendendo junto ao corpo. A Sra. March seguiu o olhar dela até a fortaleza de travesseiros que tinha construído na noite anterior no pé da porta do banheiro.

– Não, nada por enquanto – disse ela, uma certa rispidez na voz. – Obrigada, Martha.

Ela trancou a porta quando a empregada saiu. Aqueles pequenos adendos que ela usava ("nada *por enquanto*", "não *exatamente*", "sim, *eu acho*") deviam atormentar Martha, uma mulher que via a indecisão como fraqueza e desperdício, uma marca clara de criação mimada.

A Sra. March voltou a atenção para o café da manhã, exposto com capricho na porcelana rústica com estampa floral que ela tinha comprado em um mercado nos arredores de Paris. A aspirina estava em um pires pintado à mão. Martha também tinha fritado umas tiras grossas de bacon oleoso por vontade própria. A Sra. March surpreendeu a si mesma cortando-as com as mãos e salivando loucamente com a gordura escorrendo pelos pulsos.

Ela dissolveu a aspirina em um copo de água usando uma colher. Quando bebeu o que havia no copo, ouviu uma espécie de farfalhar, se virou e viu um envelope sendo enfiado por baixo da porta. De George, ela achava. Foi na ponta dos pés até lá, caso ele ainda estivesse do outro lado, e reconheceu na mesma hora o papel de carta branco, as iniciais em vinho: G.M. (ele não tinha nome do meio). Ela o ajudara a escolher a tipografia na Dempsey & Carroll treze anos antes, depois do primeiro adiantamento significativo de livro. Ele não tinha mudado mais o design.

O envelope ficou ali, intocado no tapete pelo que pareceu uma eternidade, até que ela decidiu pegá-lo e abri-lo. Dentro, um convite: "Trégua? Tartt's às seis". Ela amassou o papel e o jogou na lareira apagada.

◆

Naquela manhã, ela ficou no quarto, lendo, cortando as unhas e evitando George. Sempre que entrava no banheiro, acendia a luz em um movimento violento, numa tentativa de pegar as baratas de surpresa. Passava os olhos pelo chão e pelo espaço embaixo da pia, mas não via nenhuma.

Na hora do almoço, ela desistiu de se esconder. Martha ligou para anunciar que o almoço estava servido e a Sra. March ouviu a porta do escritório do George, diretamente em frente ao quarto, se abrir. Ela se encostou na porta e ouviu os passos desaparecerem no corredor. Inspecionou-se no espelho do banheiro, soltou alguns fios de cabelo de trás da orelha ainda machucada e um pouco inchada e foi para a sala de jantar.

O piso de madeira tinha sido limpo e a árvore de Natal e os sofás tinham sido empurrados de volta para a posição original. George já estava sentado no lugar de sempre à mesa, se servindo de um copo de água, quando ela passou pela porta de vidro. Ela se sentou na cadeira em silêncio e olhou para os mocassins de couro e para o guardanapo bordado no colo, evitando contato visual com o marido. Achou que conseguia ver pela visão periférica a imagem borrada de um George mostrando os dentes para ela de um jeito estranho. Ela limpou a garganta quando pegou um pedaço de pão de azeitona na cesta de pães. Tinha recorrido a comprar seu pão favorito na mesma padaria em que comprara as sobremesas da festa. Era um lugar pequenininho abaixo do nível da rua, espremido entre uma lavanderia e um salão de manicures bem simples; nada como a confeitaria acolhedora, de bom gosto e até mágica de Patricia, mas era um preço baixo a se pagar para nunca mais a ver.

– Gabriella ligou mais cedo – comentou George, quebrando o silêncio de forma tão abrupta que a Sra. March deu um salto na cadeira. – Ela ainda não encontrou a cigarreira.

A Sra. March não respondeu. Tinha guardado a cigarreira de prata em uma de suas gavetas de lingerie, enrolada com cuidado em um xale de organza. Que irresponsabilidade de Gabriella ficar andando por aí com um bem daqueles, levando para festas e esquecendo nas mesas de estranhos. Bem feito para ela.

– Então... – continuou George, percebendo que aquele desvio não estava levando a nada. – Você vai aceitar meu convite para jantar?

A Sra. March deu de ombros e passou manteiga em um pedaço de pão.

– Não fique achando que *precisa* me levar a algum lugar...

– Eu não acho nada disso. Eu quero levar você para sair. Seria um prazer para mim.

– Bom, me parece que você está me levando para me agradar, para me calar, como se eu fosse um dos seus filhos.

– Está bem, está bem – disse George, mostrando as palmas das mãos em um gesto de rendição. – Que tal isto? Nós vamos sair para jantar para comemorar a festa incrível que a minha esposa deu para mim.

– Então... nós vamos comemorar uma comemoração?

Ela pretendia fazer George se sentir idiota, mas o rosto dele se iluminou com a ideia.

– Comemoração de uma comemoração! – disse ele. – Adorei. É a nossa cara, não é? – Ele levou os dedos dela à boca e os beijou.

Para a Sra. March, não era nem um pouco a cara deles, embora ela não tivesse certeza do que era. Em vez de incomodá-la, a pergunta a intrigou: quem eles eram? Eles riam e brigavam e ficavam acordados até tarde conversando. Ela gritava quando ele beijava a nuca dela, e estalava a língua fingindo desprazer quando ele dava um tapa no traseiro dela ao saírem do metrô. Não era ela? Ou aquelas eram cenas que tinha tirado de filmes e livros? Ela olhou de lado para George, que cortava com animação os cogumelos salteados. Quem ele era?

XI

Eles tomaram um táxi para o restaurante. Dava para ir ao local a pé, mas as calçadas estavam molhadas, o ar úmido e frio, e a Sra. March estava de saltos.

Eles foram quase o caminho todo em silêncio.

– O Monkey Bar está ficando muito sem graça – comentou George enquanto o táxi seguia pela rua 54.

– Hum – disse ela.

Os murais berrantes de desenho animado do Monkey Bar tinham abrigado os jantares românticos deles por anos. Com o tempo, George começou a levar amigos e parceiros de trabalho lá. Como ele fazia com quase tudo, aproveitou em excesso e acabou ficando entediado com o lugar quando a novidade passou. E, assim, eles trocaram os compartimentos de couro vermelho e colunas espelhadas do Monkey Bar pelas salas tranquilas com papel de parede do Tartt's.

O táxi parou no meio-fio espalhando água. George pagou ao motorista, e o valete uniformizado se aproximou com um guarda-chuva. Eles entraram no restaurante precisamente às dezoito horas, onde o *maître*, um homem pálido com cabelo oleoso de pomada e nariz arrebitado, perguntou em nome de quem a reserva tinha sido feita. A Sra. March observou o rosto do homem em busca de algum sinal de reconhecimento quando George recitou seu nome completo, mas ele continuou ilegível enquanto anotava no caderno e os acompanhava até a mesa.

– Por que não estamos em uma sala particular? – perguntou ela quando eles estavam sentados e o *maître* estava longe.

A mesa habitual deles ficava em um espaço pequeno separado da área principal de jantar por cortinas grossas com borda cheia de pompons. Fazia com que ela se sentisse majestosa e segura.

– Bem, eu fiz a reserva hoje de manhã – disse George –, e foi um desafio conseguir uma mesa.

– Mas não teriam dado para você uma mesa melhor se tivesse dito quem era?

– Ora, querida, esta mesa é perfeita. Além do mais, eu não ia querer parecer um babaca.

– Não, acho que você está certo – disse a Sra. March, sem no fundo supor nada do tipo.

Ela esticou o pescoço para observar o local. Era de bom gosto, com iluminação baixa. Havia um bom número de pessoas já sentadas e mais vinham chegando, todas com trajes e cabelos impecáveis. Nenhuma pareceu reparar neles nem reconhecer George, o que teria irritado a Sra. March no passado, mas agora a fazia sentir alívio. Ela baixou os olhos para o cardápio. *Azedinha*, *zabaglione de Marsala*, *abóbora cabotiá*... Os óculos de casco de tartaruga de George estavam pendurados no peito por um cordão e batiam ocasionalmente nos botões da camisa. A Sra. March olhou para ele por cima do cardápio e limpou a garganta, mas George continuou alheio. Quando ele finalmente colocou os óculos para ler a carta de vinhos, a Sra. March voltou a olhar as entradas ininteligíveis.

– Tudo parece tão gostoso, querido – disse ela. – Não consigo decidir. Por que você não pede para mim?

– Pode deixar – disse George sem olhar para ela nenhuma vez –, e também vou pedir um ótimo vinho.

O garçom apareceu, curvado, as mãos unidas na frente do corpo como se ele estivesse pedindo perdão e, com cautela treinada ("Já sabemos o que queremos? Alguma pergunta?"), anotou o pedido. Enquanto George fazia os pedidos, a atenção da Sra. March oscilou e sua visão se alterou, a falação e o tilintar dos talheres ficaram temporariamente silenciados. De longe, o garçom perguntou a George se eles gostariam de *baked Alaska* de sobremesa, pois era algo que exigia um tempo absurdo para ficar pronto. Como se emergindo da água, ela chegou à superfície e viu George responder na afirmativa. Ela não tinha sido consultada, mas era melhor, pois ela sempre se arrependia de não pedir a sobremesa ou de pedir. Era melhor George tomar a decisão por ela. A Sra. March tinha desistido de fazer dieta anos antes, pois nunca conseguia manter. Quando Martha não estava por perto para mantê-la na linha, ela invariavelmente cedia aos desejos peculiares que tinha desde que era garotinha (biscoitos com arroz, molho de tomate no iogurte).

Ela olhou para baixo e viu um prato de bodião-da-areia, o especial da noite. Não tinha notado quando fora servido a ela. Eles já tinham comido a entrada? Ela não lembrava se George tinha pedido. O bodião-da-areia parecia um desenho animado com as listras coloridas e as íris amarelas. Ela empurrou o prato, relutante em comer, vendo George comer o dele. O olho do peixe a observava, a pupila envolta de um aro colorido atrás do outro. De repente, ele piscou. A Sra. March empurrou a cadeira para trás e pediu licença para ir ao banheiro.

O toalete feminino do Tartt's era surpreendentemente masculino, com painéis de carvalho e iluminação fraca, com cheiro de canela e citrus. Em um canto havia uma estante de madeira com portas de alambrado e, na parede mais distante, uma pia de porcelana bem comprida, com torneiras curvas como pescoços de cisnes, onde uma mulher retocava a maquiagem no espelho. A Sra. March ameaçou um cumprimento, mas a mulher não registrou sua presença. A Sra. March bateu de leve à porta da cabine e, sem ouvir resposta, a abriu. A cabine que ela tinha selecionado era quase mais chique do que o banheiro todo, com pia própria, metais dourados e papel de parede de seda chinesa. De uma caixa de som saía uma voz de homem, narrando um audiolivro com sotaque britânico tranquilizador. Ela ouviu trechos enquanto se despia, subia a saia apertada e empurrava a meia-calça para baixo, tomando cuidado para não a rasgar.

O aroma da mulher que tinha usado o vaso antes dela pairava no ar. O cheiro das entranhas dela, como de carne crua. A Sra. March engoliu para segurar a ânsia de vômito e se agachou sobre o vaso, tomando o cuidado para não encostar no assento com a pele exposta, como sua mãe a tinha ensinado. Ficou parada, esperando que a bexiga se esvaziasse enquanto ela tremia sobre o vaso. Para manter o equilíbrio, concentrou-se nas palavras do narrador do audiolivro.

"Ela removeu a armação do espartilho, que estava apertando seu peito, amarelada de suor entre os seios com espinhas. As iniciais 'B.M.' estavam entalhadas no osso de baleia. Não pertencia a ela, pois seu nome era Johanna."

A Sra. March ofegou e o fluxo de urina se desviou para o chão. Não era possível; o audiolivro já tinha sido lançado? Ela conseguiu se secar rapidamente com papel antes de vestir a meia-calça, rasgando-a no processo – "*Ela a tinha roubado, uma figura patética na escuridão da noite, de outra prostituta alguns anos antes*" –, uma gota de urina desceu pela perna enquanto ela usava a torneira dourada – "*um marinheiro a tinha entalhado com as iniciais* B.M., *expressando um carinho que Johanna nunca tinha recebido de alguém, nem mesmo de um de seus clientes*" –, ela lavou as mãos com rapidez e pegou a toalha de papel, a voz explodindo dos alto-falantes, ameaçadora – "Nós sabemos que você está aí dentro, *Johanna*" –, ela gritou, se lançou contra a porta, brigou com a tranca dourada.

Quando saiu da cabine, encontrou o banheiro vazio, uma das torneiras abertas. Ela jogou a toalha de papel amassada no lixo e saiu rapidamente do banheiro.

O restaurante pareceu ter ficado em silêncio. Não havia sons de facas e garfos em porcelana, nem copos tilintando, nem ruído de conversas, nem movimentação da calça engomada do *sommelier*. Silêncio. Ela andou pelo salão de jantar pouco iluminado enquanto as pessoas dos dois lados a observavam, virando a cabeça para acompanhá-la, as expressões sérias e críticas. Até os garçons a olhavam, um por cima do rosbife no carrinho de corte. Apenas um casal na extremidade não estava olhando, mas rindo um com o outro. A mulher virou a cabeça para olhar para ela, um sorriso ainda brincando no rosto, os lábios roxos de vinho. A Sra. March correu até a mesa, onde George continuava comendo sem preocupações.

Um garçom apareceu do nada com uma pinça na mão. Ele moveu a pinça diretamente para ela, encarando-a, e ela recuou e fechou os olhos. Quando os abriu, ela viu que ele tinha usado a pinça para colocar um guardanapo limpo no colo dela. Com medo de se virar e olhar as pessoas jantando no salão de novo, ela encarou o próprio reflexo dentro da colher de prata. O salão estava espalhado, de cabeça para baixo e côncavo, em volta de seu reflexo deformado, e ela não conseguiu identificar os rostos do seu júri.

O *baked Alaska* veio sendo empurrado com cerimônia em um carrinho do outro lado do salão de jantar. O garçom o colocou em cima de um prato de bolo entre os March e, com um floreio, ateou fogo à sobremesa. A Sra. March a viu queimar com uma chama azul psicodélica, as espirais cremosas de merengue como rosas brancas murchando na seca.

Ela bebeu um gole grande da taça de vinho. Odiava George por mentir para ela, odiava a si mesma por sempre acreditar tão rapidamente que ele tinha boas intenções. De agora em diante, prometeu ela, daria a *si mesma* o benefício da dúvida. Ela bebeu de novo, virando o copo enquanto olhava a sanca decorada do teto. Merecia levar a si mesma mais seriamente, se valorizar. Afinal quando *ela* tinha traído a si mesma? Enquanto enchia o copo, sem querer esperar o garçom, um jorro quente de carinho por si mesma explodiu dentro dela. Em seu lindo e pobre eu, sempre lutando para fazer tudo dar certo. De agora em diante, jurou ela com um ar de triunfo, sua atitude mudaria.

XII

Todas as resoluções dela sumiram na luz fria e pragmática da manhã. Ela ficou particularmente desanimada ao ver outra barata. No meio da noite, sem conseguir se segurar mais depois de todo o vinho que tinha tomado no jantar, uma relutante Sra. March entrou no banheiro. Assim que acendeu a luz, seus olhos foram na direção de um ponto preto no meio do piso branco. Com as antenas balançando, um corpinho gordo seguiu andando. Ela gritou, chamando George, que não estava na cama, e bateu repetidamente com o chinelo no inseto, deixando uma mancha preta como geleia no mármore. Ela usou papel higiênico para jogar os restos dentro da privada e passou mais tempo do que o necessário esfregando a sola do chinelo e o ladrilho.

– Sai, mancha maldita! – disse ela em voz alta. Uma risada trêmula escapou de seus lábios, surpreendendo-a.

Na manhã seguinte, entrou no banheiro com um chinelo na mão. Viu seu reflexo de olhos arregalados e cabelo desgrenhado no espelho e sentiu pena de si mesma. A ideia de um exterminador uniformizado andando pelo saguão e fazendo perguntas ao porteiro a apavorava. Ela pesou as opções no café da manhã com George. Os dois ficaram sentados em silêncio, George lendo o jornal, a Sra. March mexendo o chá. Ela olhou para o centro de mesa enquanto George afundava os dentes na torrada, as migalhas caindo no jornal como gotas de chuva barulhentas. Enquanto isso, o relógio de piso tiquetaqueava, sempre fiel, no saguão.

Em meio ao tique-taque, à mastigação de George e às migalhas caindo, a Sra. March se deu conta, em uma onda de inspiração, que ela iria ao museu naquele dia. Ela tinha estudado história da arte (um diploma que seu pai chamou de "sem sentido algum" – provavelmente visualizando a filha desenhando o cabelo trançado das colegas o dia todo e lixando as unhas enquanto aguardava um marido em potencial) em uma faculdade da Nova Inglaterra que era tão bucólica, tão mergulhada na folhagem vermelha e mostarda e afastada do mundo lá fora, que ela sentira como se estivesse em um quadro. Ela tinha se deleitado com o conceito de arte, com a ideia, sim, mas ficou intimidada com o quanto parecia envolver tudo, de iconografia medieval a quadros de Kandinsky, óperas *avant-garde* e livros e arquitetura barroca. Ela até fez um curso de cinema no último ano com os alunos boêmios do departamento de teatro, que fumavam na aula e saíam com ar de indiferença casual quando lhes mandavam apagar os cigarros. Tinha sido estudiosa e quieta, uma aluna obediente que tirava notas satisfatórias, mas nunca estelares. Ficava mais à vontade como observadora, uma testemunha impressionada dos debates animados sobre o que constituía arte, sobre seu verdadeiro valor.

– Arte é intenção – dissera seu professor favorito certa vez. – A arte precisa emocionar. De qualquer forma, positiva ou negativamente. Apreciar arte é questão de entender o que a peça se predispôs a fazer. Você não precisa querer pendurá-la na sala de casa.

Ao longo dos anos, a Sra. March repetiu essas palavras como se fossem dela em vários jantares beneficentes, coquetéis de lançamento e cerimônias de premiação. Ela nunca parou para interpretar a mensagem do professor e jamais admitiria, nem para si mesma, que não conseguia. Mesmo assim, ela gostava da ideia de ter aquele conhecimento, aquela pequena vantagem intelectual sobre os outros. E ela gostava bastante de visitar museus. Formigava com a possibilidade, enquanto andava pelos corredores frios e silenciosos, de que alguém que ela conhecia poderia encontrá-la lá, apreciando tudo.

Iria hoje, decidiu ela, e todos os seus problemas desapareceriam. Sorrindo, ela bebeu chá.

Estava frio, mas o sol brilhava mais forte do que em muito tempo e, em um arroubo de otimismo, ela decidiu ir andando e deixar em casa o guarda-chuva, que costumava carregar como precaução. Se começasse a nevar, ela poderia chamar um táxi, embora sempre a deixasse nervosa ter que fazer isso para um trajeto tão curto.

O ar matinal estava frio, enrubescendo bochechas e fazendo narizes escorrerem. A Sra. March vivenciou Nova York como que pela primeira vez. Andando pela rua, sorriu para um sofá descartado (com espuma saindo do estofamento) no meio-fio ao lado de uma lata de lixo lotada. Ela andou por uma fileira de árvores de Natal aromáticas empilhadas junto a um andaime e acenou para os vendedores amontoados ao lado enquanto eles esquentavam as mãos com o bafo. Do outro lado da rua, um vendedor de cachorro-quente, com o rosto cheio de veias saltadas como as de um cavalo, cuidava de um carrinho debaixo de um guarda-sol listrado enquanto outros ofereciam pretzels, empilhados sob lâmpadas para se manterem aquecidos. A Sra. March trocou o que ainda tinha de dinheiro por uma porção de castanhas assadas acomodadas em um cone de papel marrom. Enfiou tudo na bolsa sem intenção de comer; só gostava do cheiro.

Ela passou por uma mulher idosa de casaco de pele empurrando uma criancinha num carrinho. A mulher tinha cabelo branco espetado, curto como o de um garoto, o que impressionou a Sra. March. Jamais seria ousada de revelar a idade daquele jeito. Cabelo curto só ficava bem em mulheres com corpos magros, de qualquer modo, e, da forma como ela estava indo, duvidava muito que fosse uma avó magrela.

Seu coração inflou de orgulho não merecido quando ela se aproximou do prédio majestoso com a grande fachada Belas Artes. Havia faixas vermelhas penduradas entre colunas gregas em pronunciamentos oficiais, o que deu a ela uma sensação de importância, mas também um sentimento de fraudulência, de tentar pertencer a um lugar que não era dela.

Àquela hora do dia, o museu estava quase vazio, exceto por alguns turistas e grupos escolares fazendo visitas. Um grupo maior passou por ela indo em direção à saída e, dentre as roupas, a Sra. March teve um vislumbre de uma estampa familiar de raquetes de tênis. Um alarme disparou nos recessos escuros da mente dela quando uma lembrança surgiu, como o odor de uma fruta podre esquecida no fundo da geladeira, mas, quando ela se virou para olhar para ele, não era ele, era uma mulher com capa de chuva com estampa de morangos.

O estalo de seus saltos ecoou quando ela foi na direção das galerias no andar de cima.

Ali, todos precisavam dela, aquelas pessoas nos retratos. Seus olhos pareciam encontrar os dela independentemente do canto da galeria em que ela estivesse, alguns esticando o pescoço para observá-la. Olhe para mim, todos pareciam estar dizendo. A Sra. March andou pelo labirinto infinito de corredores, cada galeria lotada de olhos, mãos e testas franzidas. Passou por uma pintura a óleo de Jesus na qual o corpo maltratado era tirado da cruz e colocado em uma pilha de tecidos luxuosos em tons de vermelho e azul. Imagens assim eram familiares para ela, evocativas de todas as manhãs de domingo passadas na igreja. Os pais dela sempre preferiram a de St. Patrick, na mesma rua do apartamento deles. Os sermões a entediavam. Uma vez, ela se inclinou na direção da mãe e perguntou em um sussurro por que as mulheres não podiam ser padre.

– Mulheres engravidam – respondeu a mãe com um sussurro.

Ela olhou agora para a cena da crucificação, na qual Cristo olhava para o céu, as sobrancelhas erguidas, os lábios entreabertos. O sofrimento pintado nas feições dele era tão dramático, tão prolongado... tão feminino, agora que pensava naquilo.

Ela seguiu até o fim do salão e virou para a direita, para entrar na galeria em que sabia que estava exposta, na moldura dourada barroca, a contraparte menos popular do Vermeer da *Moça com brinco de pérola*. Inclinando a cabeça para o lado, a Sra. March observou o retrato. A garota, envolta em um xale cintilante sedoso, era tão feia, a anatomia facial tão estranha (testa ampla, olhos separados, sobrancelhas quase inexistentes) que, se não estivesse sorrindo, ela seria apavorante. Havia algo de perturbador naquele sorriso também. Como se ela soubesse que um destino horrendo aguardava o espectador e estivesse apreciando a visão.

– Oi, Kiki – disse a Sra. March.

Ela tinha visto a garota pela primeira vez em uma visita com os pais quando estava chegando à puberdade. A um primeiro olhar, supôs que a garota era lenta ou, como gritado por crianças cruéis no pátio da escola, retardada. Os olhos dela não se alinhavam direito e havia algo meio limitado na expressão vazia. A Sra. March tinha se escondido atrás do pai ao ver o quadro pela primeira vez; quando espiou pelas dobras do paletó dele, jurou que a garota estava dando um sorrisinho debochado para ela.

A Sra. March viu as similaridades entre as duas imediatamente: a pele pálida, a aparência simples e, sim, aquele meio-sorriso burro. Havia em casa muitas fotografias nada lisonjeiras dela para reforçar essa conexão.

Naquela noite, na escuridão do quarto, ela acordou com o som de uma respiração doente e cheia de catarro. Era a garota do retrato; de alguma forma, eles a tinham levado para casa. Foi tomada de pânico, mas, depois de algumas noites, a familiaridade da respiração quase a reconfortava, e ela se viu conversando com a garota.

Em pouco tempo, a Sra. March estava interagindo com ela diariamente: brincando, tomando banho e também sonhando com ela. O rosto daquela garota se mesclava irrevogavelmente com o dela, e a garota não era mais a do retrato, mas sua gêmea, que ela batizou de Kiki. Seus pais, a quem a Sra. March apresentou Kiki em um jantar constrangido, a descartaram como sendo uma fase, até que Kiki começou a aparecer em todas as refeições. Um amigo psicólogo, consultado superficialmente para não gerar desconfianças, teorizou que Kiki era uma ferramenta elaborada pela Sra. March para transmitir seus sentimentos. Kiki, como a Sra. March, não gostava de torta de abóbora, por exemplo, então a Sra. March pedia que não servissem. Kiki não gostava do frio, então pediam que a empregada fosse rápida na hora de arejar os aposentos.

A Sra. March levava Kiki para todo lado. Kiki sussurrava as respostas no ouvido dela durante uma prova de matemática. Kiki a divertia enquanto sua mãe olhava amostras de cortinas na loja de departamentos. Ela telefonava para as amigas de escola e contava que Kiki estava de visita e a colocava no telefone, falando com uma espécie de ceceio infantil. Uma vez, ela escreveu uma carta elogiosa para si mesma... com a mão esquerda, para que a caligrafia não fosse identificada, e a exibiu com orgulho para os amigos, alegando que era de Kiki. Não muito tempo depois, uma colega de turma disse que ela não era mais bem-vinda no grupo de amigas porque não gostavam de gente mentirosa.

– Eu não estava mentindo – respondera a Sra. March com indignação.

Ela sabia que estava mentindo, claro, mas não podia enfrentar a humilhação de confessar, e ela não teria mesmo como explicar por que tinha feito uma coisa tão absurda. A vergonha da Sra. March ao revisitar essas memórias foi palpável. Até hoje, não tinha contado a ninguém o quanto fizera com a amiga fictícia.

Ela deu uma última olhada atenta na garota, em sua Kiki, que olhou para ela de lábios apertados, os olhos cansados, quase decepcionados.

XIII

A Sra. March passou o dia seguinte se ocupando com o apartamento, em preparação para o retorno do filho, em viagem com a escola. Ela encheu a geladeira com achocolatado, queijo em tiras e salsichas, e a despensa, com toffee e biscoitos de nougat. Arrumou os bichos de pelúcia dele, do maior para o menor, na prateleira. Não havia sinal de baratas e a parte de trás da orelha dela estava macia de novo depois de a casca da ferida ter se soltado. Dava para descrever o humor atual dela, por falta de palavra mais empolgante, como contente.

Enquanto afofava os travesseiros na cama de Jonathan, ela começou a cantar "Arrumando o ninho, ninho, ninho" baixinho. Não fazia isso desde que tinha ficado grávida de Jonathan, e fazer essa conexão deslanchou uma sucessão de lembranças desagradáveis. Lembranças do chá de fralda, para o qual ela decorou a sala com cegonhas de papel e serpentina azul. Tinha convidado Mary Anne, sua colega de quarto da faculdade, torcendo para que ela sentisse inveja da Sra. March por ter agarrado George (*George March é o homem mais atraente do* campus), e Jill, uma conhecida chata que tinha seguido a Sra. March no ensino médio até as pessoas suporem que elas eram amigas. Dois primos de George também estavam presentes, assim como uma antiga aluna dele, que parecia quase amarga por estar lá. Ninguém da família da Sra. March conseguiu ir.

Em um ataque particularmente forte de náusea, a Sra. March foi para o banheiro social e, entre jatos de vômito, ouviu uma das mulheres dizer para o restante:

– Vocês sabem que ela não está preparada para um bebê. Ela mal consegue se cuidar.

– E com uma pessoa que *já teve* um com *outra*? Eu *jamais* faria isso. Ele não vai se importar com essa gravidez *nem* com esse bebê. Ele já passou por tudo isso antes! Para que se dar a esse trabalho? – disse outra.

Quando a Sra. March deu descarga, pôde jurar que ouviu risadas.

Ela secou a boca e voltou para a sala com um sorriso largo, a voz tremendo de euforia exagerada ao anunciar:

– Voltei!

Ela participou de algumas brincadeiras degradantes, inclusive "adivinhem as medidas da mãe", a pedido alegre dos convidados, que seguraram o barbante e a tesoura com tanta força que os nós dos dedos ficaram pálidos. Depois pediu licença, alegando mais náusea, e mandou todos para casa. Sozinha, ficou em silêncio no quarto do bebê, olhando o gancho para o móbile, preso no teto, que ela nunca chegou a pendurar. Depois, reuniu o que sobrara de comida e de decoração, assim como os presentes do bebê, em um grande saco de lixo preto e jogou tudo fora.

Então veio o parto, uma situação horrenda. Apesar das tentativas de bloquear tudo, ela ainda se lembrava do médico abrindo suas pernas suadas, e ela desajeitadamente fazendo grande esforço para fechá-las, no torpor da peridural, tentando esconder a vagina do holofote intenso. Quando uma enfermeira dobrou um pano absorvente e o usou para limpar debaixo dela, um sinal claro de defecação, ela se dissolveu num choro sem lágrimas. A equipe médica supôs que era uma reação hormonal, mas a humilhação abjeta de ser cutucada e exposta por horas sem fim foi agonizante. Tudo o que eles queriam era o bebê, ela se deu conta. Ninguém ligava para o que acontecia com ela.

Na letargia drogada que os médicos chamaram de "recuperação", ela acordou sozinha na cama de hospital e encontrou seu pai sentado ao lado, lendo o jornal, o que foi meio inesperado, considerando que ele estava morto havia dois anos.

– Pai – chamou ela repetidamente.

Ele não ergueu o rosto nenhuma vez.

Depois do nascimento, o cabelo dela caiu aos maços. O corpo liberou uma secreção densa misturada com sangue. Os absorventes não eram páreo para os coágulos grandes, e as fraldas de adulto da caixa que ela escondera atrás das toalhas de hóspedes estalavam alto sempre que ela se mexia. Os pontos demoraram a cicatrizar, deixando-a incomodada bem depois das quatro semanas estipuladas de recuperação. Mas essa nem foi a pior parte. O mero ato de estar grávida tinha sido especial. As pessoas (amigos, familiares, estranhos na rua, em lojas e restaurantes) sorriam para ela, a amavam, a viam. Depois que o bebê chegou e a barriga voltou para o lugar, vendedoras não se aproximavam mais dela com empolgação e perguntas sobre a data do parto, ninguém se oferecia para carregar as compras dela até em casa, ninguém oferecia o táxi para ela.

No começo, as pessoas iam fazer visitas ao bebê, ou os vizinhos perguntavam sobre ele no elevador, mas, quando seu filho estava andando, o interesse de todos passou e uma névoa silenciosa de indiferença se acomodou sobre ela de novo. Ela culpava a criança por isso, pela falta repentina de atenção de todo mundo, pelas mudanças horrendas no corpo dela, pela falta de interesse rápida e mútua entre ela e George. Ficou com raiva da cria, mas a culpa a deixou simultaneamente com medo por ele, pela fragilidade cheia de veias aparentes e leitosa. Por compulsão, ela verificava umas trinta ou quarenta vezes por dia, para ter certeza, se ele estava respirando; uma vez até voltou correndo para o apartamento no meio de uma apresentação de *O lago dos cisnes*, cantarolando a música enquanto corria pelo Central Park escuro, alarmando os mendigos – e a babá, quando entrou arfante no quartinho.

Ela ficava perto do berço às vezes até tarde da noite (com a camisola suja, o cabelo caindo em mechas oleosas e compridas), sem se mexer, observando o subir e descer da barriga de Jonathan, cada vez se convencendo de que tinha imaginado tudo e esperando para ver se haveria outro movimento. Foi depois de alguns encontros perturbadores na madrugada com essa Sra. March indiferente e fantasmagórica que George se intrometeu e contratou a enfermeira por tempo integral. A Sra. March continuava se sentindo compelida a ir olhar o bebê, mas a vontade estava menos forte agora que ele estava sob o cuidado de uma mulher bem mais qualificada do que ela.

Passou pela cabeça dela agora, enquanto dobrava um cobertor na cama de Jonathan, quanto tempo havia que não dava uma olhada nele assim. Ele nunca tinha sido um menino carente; dormia bem durante a noite, tinha poucos pesadelos, não tinha medo de monstros embaixo da cama nem no armário... e ela achava que tinha se ajustado à independência dele. Uma pontada intensa de reprovação por si mesma acompanhou essa observação: e se ela não tivesse cuidado dele o suficiente? Ela não deveria estar indo buscá-lo do passeio da escola em vez de ele pegar carona com o Sr. e a Sra. Miller, os pais de um colega de turma que morava poucos andares acima dos March?

Mas como ela conseguiria fazer isso? A Sra. March não sabia dirigir, e George estava dando autógrafos no centro.

Os Miller eram boa gente, ela achava, embora não gostasse da forma como Sheila Miller às vezes a olhava, com uma espécie de sorriso de pena, ou de como tinha cortado o cabelo tão curto, expondo a nuca nua, ou de como os Miller sempre expressavam afeto físico um pelo outro, de mãos dadas ou fazendo massagem nos ombros um do outro, como se não conseguissem se controlar. Talvez eles estivessem fingindo paixão, fantasiou a Sra. March. Ou, teorizou ela, com uma vibração elétrica subindo pela coluna, ele esteja escondendo a homossexualidade e ela chore todas as noites, desejando que ele a tocasse na privacidade do quarto como faz em público.

Sheila Miller acabou chegando sem o marido quando bateu no apartamento 606. De calça jeans sob medida enfiada em botas de neve brilhantes e coloridas (ambos itens impróprios para a idade dela, aos olhos da Sra. March), Sheila parecia estar se esforçando demais para ser uma mãe moderna e descolada. O que mais irritava a Sra. March era a verdade digna de raiva de que Sheila conseguia fazer isso com facilidade. De fato, Sheila era o tipo de mãe do qual o filho se gabaria porque ela conseguia descascar a laranja de uma só vez. O tipo de mãe que também era amiga. A mãe da Sra. March tinha lembrado a ela muitas vezes quando ela era criança: "Eu não sou sua amiga nem quero ser. Eu sou sua *mãe*". A Sra. March sabia que não era para procurar a mãe com algum assunto que pudesse ser mais apropriado para uma amiga.

Quando a Sra. March abriu a porta para ela entrar, Sheila sorriu e olhou nos olhos dela como sempre fazia, levando a Sra. March a encarar o chão. De trás de Sheila saiu Jonathan. Jonathan, com o nariz arrebitado e os olhos escurecidos por olheiras, que davam ao garoto uma aparência de melancolia, o que levou George, em um ataque pretensioso de capricho literário, a apelidar o garoto de "Poe". Jonathan era quieto, mais do que o habitual para um garoto da idade dele, mas conseguia demonstrar certa agitação na companhia de algum amigo. Com um acompanhante, ele costumava fazer sons que nunca fazia em outras ocasiões (risadas, gritos e berros), ruídos que ecoavam pelo apartamento como fantasmas raivosos assombrando.

A Sra. March se curvou para abraçá-lo com um sorriso tão largo que pareceu que seu rosto se partiria e começou a falar com ele com voz cantarolada, uma voz que não usava com o garoto em particular. O cabelo de Jonathan estava com cheiro do frio lá fora e um pouco de fumaça, como de uma fogueira. Ele ficou quieto, assentindo para as perguntas agudas dela ("Você se divertiu? Foi lindo lá? Estava nevando?"), enquanto mexia em um cubo mágico que, Sheila explicou, seu filho tinha dado para Jonathan. Enquanto isso, o dito filho, Alec, ficou no corredor do lado de fora, balançando a cabeça quando a Sra. March ofereceu achocolatado.

– Acho que eles ainda estão de barriga cheia de tantos doces e batata frita que comeram nos últimos dias – disse Sheila em tom fingido de reprovação.

Ela piscou para a Sra. March, que não sabia qual seria a reação esperada a isso.

– Bem, muito obrigada por tê-lo trazido, Sheila – agradeceu a Sra. March. – Aceita alguma coisa? Chá? Água?

– Não, obrigada. Nós vamos logo embora para você poder passar o resto do dia com seu filho.

– Muito bem – disse a Sra. March, aliviada de não precisar conversar mais. – Se precisar de alguma coisa, me avise.

– Tudo bem, então tchau! Diga tchau, Alec.

Mas Alec já estava andando para o elevador. Sheila abraçou a Sra. March (*meninos!*) e foi atrás dele. A Sra. March fechou a porta. Quando se virou, Jonathan tinha desaparecido. Ela supôs que ele tivesse corrido para o quarto, ansioso para ver o ambiente familiar e os brinquedos favoritos, mas, quando seguiu pelo corredor, percebeu que o menino estava na cozinha, conversando com Martha em sussurros empolgados.

– Eu comi a minhoca – ele estava dizendo. – Eles duvidaram e eu comi.

Constrangida sem querer interrompê-los, a Sra. March seguiu em frente.

XIV

Ao longo da vida, a Sra. March, nascida Kirby, tinha morado em casas com muitos empregados. O desfile de empregadas, cozinheiras e babás que permeou sua infância foi longo e em geral esquecível... exceto por uma.

Alma foi a última empregada que morou na casa. Especificamente, morava em um quartinho apertado e sem janelas depois da cozinha. Tinha sido projetado para ser a lavanderia, mas a Sra. Kirby o reformou para caber um chuveiro pequeno e uma pia de parede.

Alma era gorducha e tinha pele escura. O cabelo preto comprido ela prendia em uma trança grossa, como uma corda de navio, e sempre a escondia, porque a mãe da Sra. March considerava cabeleiras esplendorosas soltas uma afronta pessoal. Ela falava com voz doce e intensa, parecendo cantarolada, a dicção cheia de termos mexicanos. A Sra. March, que tinha dez anos na época, nunca tinha visto uma pessoa tão humilde e comum tão disposta a rir sem vergonha alguma dos próprios erros... mais do que isso, a aceitá-los.

– Você come muito – disse ela para Alma certa vez, vendo-a comer várias samosas à mesa alta da cozinha.

– Sim, eu sei! É por isso que eu sou tão roliça! – respondera Alma, apertando um rolinho de gordura da barriga entre os dedos.

A forma sensual e desavergonhada com que ela se entregava à comida, como se fosse uma parte carnal dela, do corpo, causara uma impressão significativa na jovem Sra. March, que tinha crescido cercada de mulheres em constantes greves de fome. Sua irmã mais velha, Lisa, que sempre fora uma criança gorducha, voltou da faculdade com a metade do corpo que tinha, acostumada a uma dieta de batata cozida e obcecada por corrida. A Sra. March tinha testemunhado todas as amigas da mãe murchando ao longo dos anos enquanto ofereciam desculpas para recusar uma refeição ("Eu comi muito no café da manhã"; "Eu nunca sinto fome a esta hora, mas você tinha que me ver no jantar"; "Eu comi demais nas festas de fim de ano!"). As dietas que faziam pesavam sobre elas, como penitências eternas. Sua própria mãe mal tocava no prato, como se tivesse medo de que a comida reagisse. Ela se nutriu tão mal quando estava grávida da Sra. March que deu à luz prematuramente. Solta entre as páginas do álbum de família havia uma fotografia da Sra. March dentro da incubadora: uma bolinha rosada com a pulseira plástica do hospital comicamente enorme frouxa no pulso. Ela não se reconhecia naquele corpo murcho, naqueles olhos saltados e inchados. Muitas vezes tinha se perguntado se aquele bebê não seria a filha de verdade que tinha morrido dentro daquela incubadora. Se ela nunca teria tido parentesco com os pais e seria apenas o bebê substituto que eles ficaram compelidos a adquirir.

Havia fotografias anteriores no álbum, da mãe grávida, magra e abatida, um cigarro nos lábios finos, a barriga quase imperceptível no vestido de verão; e algumas depois, segurando a filha recém-nascida, o cotovelo se projetando do braço como um graveto em uma árvore.

Tudo em Alma era redondo e gorducho, exceto os dedos finos de juntas marrons, que terminavam em unhas finas de tom arroxeado. A Sra. March a seguia pela casa, conversando com ela enquanto Alma limpava o apartamento. Muitas vezes, ela jantava às pressas na sala de jantar só para poder se juntar a Alma, que jantava na cozinha. Alma contava histórias: lembranças da infância e histórias mexicanas antigas. Ela ensinou a Sra. March a descascar a borda da mortadela antes de comer e a colocar as facas com as lâminas para baixo na lava-louças, por segurança.

Alma era boa companhia no café da manhã, quando a Sra. March comia sozinha à mesa de jantar enorme porque a irmã estava fora, na faculdade, o pai tinha ido trabalhar e a mãe comia queijo cottage e toranja na cama. Alma fazia perguntas (como tinha sido a escola, se ela tinha muitos amigos, quem era o professor favorito dela, se as outras meninas eram cruéis com ela) e parecia genuinamente interessada nas respostas.

A Sra. March não estava nem um pouco interessada em qualquer parte da vida de Alma que a excluísse, como os filhos que ela tinha deixado no México, que recebiam a maior parte do salário dela. Alma tinha uma fotografia deles fixada na parede acima da cama. A Sra. March a observara muitas vezes, sem conseguir discernir os gêneros das crianças por causa dos cortes em forma de cuia e das camisetas enormes. Apesar de Alma sempre dizer que ela era sua "*chica* especial", a Sra. March não suportava a ideia de dividi-la. Um dia, ela arrancou a fotografia das crianças, que sorriam para ela, desdentadas, enquanto a rasgava.

Quando Alma entrou e pegou a Sra. March com os pedaços da foto no chão aos seus pés, chorou intensamente com o rosto nas mãos, se balançando para a frente e para trás. A Sra. March foi nas pontas dos pés até a porta, constrangida com aquela demonstração tão extravagante de emoção, diferente de qualquer comportamento que ela visse em casa, e saiu sem dizer nada.

Na manhã seguinte, no café da manhã, Alma ficou calada e retraída. A Sra. March perguntou várias vezes por que ela não estava falando, suavemente primeiro, depois quase violentamente, gritando com Alma por cima do cereal. Alma só abriu um sorriso débil.

As semanas acabaram passando e tudo pareceu esquecido. A Sra. March voltou a se sentar em um dos bancos altos em volta da mesa da cozinha, ouvindo Alma falar junto com os sons do rádio e da frigideira. Ela corria para Alma à noite durante tempestades e dormia com o cheiro úmido de feijão mungo. Na manhã seguinte, acordava na própria cama sem se lembrar de ter sido carregada até lá e odiava que a vida de Alma tivesse continuado sem ela enquanto dormia.

Foi mais ou menos nessa época que a jovem Sra. March começou a fazer coisas físicas com Alma, beliscando-a e arranhando-a e, de vez em quando, no auge disso, mordendo-a. De modo suave no começo, com as gengivas, depois com crueldade, deixando marcas de dentes úmidas e inflamadas na pele de Alma. A mulher quase não reclamava; ela afastava a Sra. March em silêncio ou a segurava pelos ombros até que se acalmasse.

Quando a mãe da Sra. March viu uma das marcas em forma de crescente no pescoço de Alma, decidiu pôr um fim àquilo imediatamente. A Sra. March foi levada a um psicólogo infantil (com tanto sigilo que nem ela sabia aonde estava indo), que revelou que ela estava sofrendo de "falta de atenção parental" e também de "falta de ferramentas emocionais para controlar a imaginação excessiva". A mãe ouviu o diagnóstico com seriedade. Ela nunca mais levou a filha à terapia e decidiu demitir Alma. Era bem mais simples assim.

A Sra. March tinha se esforçado para esquecer tudo. Era uma vergonha pensar em si mesma como uma criança tão *carente*, mimada e malvada que agora ela se perguntava se tinha imaginado a coisa toda. Afinal, ela era uma adulta tão dócil.

Depois que Alma foi despedida, a Sra. March nunca perguntou dela. Ela sabia que não devia. A aceitação silenciosa e nada sentimental de seu comportamento a encheu de vergonha, e ela fez questão de ignorar o restante das empregadas dali em diante. Nenhuma delas morou com a família no apartamento de novo e, ao longo dos anos, o quartinho triste e estranho depois da cozinha virou despensa. Com o tempo, a Sra. March aprendeu a apreciar a solidão silenciosa do café da manhã.

Quando o Sr. e a Sra. March se mudaram para o apartamento do Upper East Side, a Sra. March chamou Martha a mando da irmã, Lisa, que a tinha empregado por muitos anos e lamentou se separar dela quando se mudou para Maryland a fim de cuidar da sogra moribunda. Lisa morava agora em uma rua pitoresca em Bethesda, em uma casa de tijolos vermelhos com janelas verde-escuras. O tipo de lugar onde os moradores encontravam animais selvagens afogados embaixo da lona da piscina, onde crianças brincavam com formigas nas calçadas até serem chamadas para jantar ao escurecer.

Não muito tempo depois que a sogra de Lisa morreu, a mãe delas, a Sra. Kirby, começou a mostrar sintomas de senilidade. Ela morava sozinha no antigo apartamento de Manhattan, pois o pai tinha morrido alguns anos antes. Uma empregada preocupada começou a encontrar cartões religiosos na geladeira, uma ampla coleção de fichas do metrô e bonecas russas soltas empilhadas na gaveta de calcinhas. A Sra. Kirby começou a recusar ajuda para entrar no apartamento, alegando não as conhecer. Lisa, encontrando uma evidente vocação em cuidar de idosos, decidiu levá-la para Bethesda. A Sra. Kirby agora morava o restante de seus dias em uma residência com topiarias no jardim e um pátio. Todas as despesas eram divididas pelas duas filhas. Foi um alívio para a Sra. March a irmã ter assumido o controle da situação. A doença da mãe a deixava incomodada. Ela tinha ido vê-la no lar algumas vezes e odiado as visitas. Detestava o cheiro de aromatizador de ambientes de limão, o odor de decomposição por baixo e a forma como os residentes antigos se agarravam nela sempre que a viam. Lisa andava pelos corredores como se estivesse em casa, parecendo alheia às tentativas de interação de estranhos sofrendo de demência que puxavam o cardigã dela. A Sra. March tinha decidido então não se sentir mal pelo fato de a irmã carregar o peso dos cuidados da mãe. Ela parecia satisfeita com a situação e, além do mais, ela e o marido viajavam muito (excessivamente, na opinião da Sra. March), então ela não via a mãe tanto assim também.

Lisa tinha tentado fazer Martha se mudar para Maryland com eles; afinal, argumentara ela, Martha era solteira e não tinha filhos, então o que a poderia estar prendendo? Mas esse arranjo não serviu para Martha, que desejava ficar em Nova York por algum motivo que eles não se preocuparam muito em entender.

Quando a Sra. March entrevistou Martha, ficou imediatamente intimidada por ela, mas concluiu que esse era o sentimento apropriado de se ter por uma empregada; devia significar que ela era rigorosa e ficaria no controle e, de um modo geral, era ferozmente boa no serviço. E Martha entrou na casa e na vida deles assim mesmo: a firme e direta Martha, com os ombros largos, o coque grisalho e as unhas grossas sem corte. A Sra. March era grata por ela; grata por todas as maneiras pelas quais ela era diferente de Alma e por tudo o que tinha levado Martha até ali, até seu apartamento, até sua cozinha, onde ela estava agora cochichando com Jonathan, cochichando todos os tipos de coisas que a Sra. March desconhecia.

XV

Depois de acordar com outra barata contemplando-a da parede do quarto, a Sra. March finalmente decidiu chamar o dedetizador. Ela tinha perguntado sobre a possibilidade de usar veneno em todo o prédio em sussurros com o porteiro, mas ele descartou a ideia, sugerindo à Sra. March uma tentativa mais detalhada de limpeza regular. Ela respondeu com uma risada nervosa, envergonhada de ele a ver como suja, como indigna de morar naquele prédio chique. Ela não tocou mais no assunto.

No entanto, ao encontrar o espécime voyeur na parede do quarto, a carapaça preta como graxa de sapato esticada sobre o tórax como as mãos grossas e cheias de veias de um velho, ela decidiu acabar com o problema de uma vez por todas. Não podia arriscar que alguém soubesse da infestação, uma invasão tão horrível que era mostrada em filmes e livros como sinal evidente de pobreza e imundície. Baratas gostavam de aposentos sujos e decrépitos de drogados, e não de apartamentos decorados com bom gosto nem dos aposentos simples e impecáveis de um profissional trabalhador. Ela nunca tinha visto baratas no apartamento dos pais, nem na antiga casa de George, a que ele alugava perto do *campus* quando se conheceram. Com medo de ser julgada, a Sra. March não tinha contado à Martha sobre os insetos, mas tremia toda vez que imaginava Martha dando de cara com uma no banheiro.

Na manhã seguinte depois de ter chamado o serviço, ela deu boas-vindas ao dedetizador. Ele era um homem gentil de pele avermelhada e usava macacão verde-escuro e botas pesadas. Foi direto para o banheiro da suíte dos March, tomando o cuidado de não derrubar nada com a lata de inseticida. Ele se ajoelhou no chão ao lado da privada, olhou cada canto, ralo e rachadura e garantiu a ela que não havia baratas morando em seu apartamento.

– Não vejo nenhuma... e não vejo sinal de fezes. Talvez umas duas tenham chegado ao seu banheiro pelos canos – disse ele enquanto examinava uma pequena rachadura na base –, talvez tenham vindo de fora, talvez de outro vizinho – o coração da Sra. March saltou com essa possibilidade –, mas nós não estamos lidando com uma infestação aqui – continuou o dedetizador. – Então eu vou fazer o seguinte. Vou aplicar o veneno no banheiro, só um pouco em cada canto, e nos próximos dias você talvez veja algumas mortas, mas não se preocupe com elas. Depois de algumas semanas, elas vão parar completamente de aparecer.

Ele explicou tudo isso ainda apoiado no joelho, gesticulando como um comandante explicando um estratagema de guerra para as tropas.

O homem espalhou o veneno, um gel marrom gosmento, em cada cantinho, enquanto a Sra. March tomava chá em uma caneca com a inscrição "Hoje pode ser um dia maravilhoso!". A caneca, velha e lascada, foi parte de uma cesta de café da manhã surpresa que a irmã tinha enviado de aniversário. Ela não teria comprado aquela caneca; parecia otimista de uma forma ameaçadora demais para seu gosto. A cesta era de piquenique, linda e de vime, cheia de framboesas suculentas e graúdas e uvas roxas, com suco de laranja em uma garrafa de vidro fechada com rolha, doces com cobertura de açúcar e um pequeno buquê de margaridas. Sua irmã tinha reputação de ser meticulosa com presentes. Ela sempre conseguia presentear com coisas adoráveis. Era irritante, na verdade. Quase parecia uma competição. A Sra. March ainda devia ter a cesta em algum lugar, provavelmente enfiada no armário de toalhas e lençóis. Podia encontrá-la, enchê-la de flores, talvez colocá-la em uma prateleira ou em cima da geladeira na cozinha. Ora, ela podia até renovar a cozinha toda seguindo esse estilo, transformá-la em um sonho rústico de cadeiras com encosto de vime, toalhas de estampa xadrez vermelho e flores secas em regadores velhos de metal ou penduradas de cabeça para baixo nas vigas do teto.

O dedetizador olhou para ela do piso do banheiro.

– Isso deve matar todas. Posso lavar as mãos?

Quando a Sra. March se despediu dele, andou da forma mais casual que conseguiu até a cozinha para jogar no lixo a toalha de mão contaminada e pedir a Martha que empanasse os pedaços de frango para o almoço. Ela tinha decidido contar a Martha apenas se fosse necessário que a visita do dedetizador era meramente preventiva, pois ela tinha ouvido falar de uma infestação no prédio vizinho, mas Martha apenas assentiu ao ouvir o pedido sobre a preparação do frango e continuou descascando batatas.

◆

Depois do almoço, a Sra. March ficou lixando as unhas na sala, a televisão ao fundo para fazer companhia em uma casa indiferente; Jonathan estava no quarto depois de voltar da escola e George estava tomando banho. Enquanto isso, Martha limpava o escritório de George, aproveitando a rara ausência dele para entrar lá e arrumar.

– *O corpo de Sylvia Gibbler, desaparecida desde 18 de novembro, foi encontrado. A causa da morte continua desconhecida, aguardando autópsia oficial.*

A Sra. March ergueu o olhar das unhas manchadas para a tela da televisão, que exibia a fotografia familiar em preto e branco de Sylvia, sorrindo para ela tão amplamente quanto do recorte de jornal no caderno do George.

– *As autoridades estão interrogando amigos, vizinhos e os clientes dessa lojinha pitoresca, onde Gibbler trabalhava até seu desaparecimento.* – A câmera filmou de forma dramática, pensou a Sra. March, a fachada roxa, exibindo uma vitrine confusa sem paleta de cores aparente, uma mistura de bules velhos e latas de biscoito, com festões metálicos espalhafatosos pendurados no teto. Por cima da porta roxa, letras pintadas de ouro diziam *Baú da Esperança.* – *Essa pequena comunidade está de luto depois de perder toda a esperança de ver Sylvia viva outra vez* – disse o repórter. – *Voltamos com você no estúdio, Linda.*

A Sra. March desligou a televisão, uma inquietação remexendo na barriga como um punhado de larvas. Ela foi na direção do escritório de George com a intenção de dar outra olhada furtiva no recorte de jornal escondido no caderno enquanto ele ainda estava no chuveiro. Mas o encontrou andando do escritório para o quarto, arrumando uma malinha de couro aberta na cama.

– George? O que você está fazendo?

– A mala. Para Gentry.

– Você vai *hoje*?

– Sim. – Ele olhou para ela meio surpreso. – Esqueceu, querida? Nós conversamos sobre isso.

– Conversamos? Tem certeza de que você disse que era hoje?

Ela tinha mesmo se esquecido da viagem de George, que ia caçar com o editor. Edgar tinha um chalé perto de Augusta, Maine, em uma cidadezinha despretensiosa chamada Gentry. Ela nunca tinha ido lá (nunca tinha ficado tentada a visitar, nem tinha sido convidada), mas tinha uma ideia de como era pelas fotos que George compartilhara com ela ao longo dos anos. A Sra. March tinha uma sintonia quase maior com as temporadas de caça do que com seu ciclo menstrual.

Ela ficou olhando George fazer a mala.

– Edgar precisa estar lá?

– Bem, seria estranho ir sem ele. O chalé é dele, afinal.

Ela olhou para as próprias mãos e viu um pedaço de unha quebrada. Começou a puxá-la.

– É que eu fico com a sensação de que ele está sempre implicando comigo. Ele me deixa... incomodada às vezes.

– Besteira! Edgar adora você. Na verdade, ele a acha simplesmente adorável. Ele vive dizendo que não se cansa de você.

A lembrança de um Edgar arrogante, os dentes amarelados mordendo o *foie gras* cor de pele, gerou uma onda de bile na garganta dela.

– Eu só não sei por que você passa tanto tempo com uma pessoa que gosta de matar. É um esporte cruel.

– Eu sei, eu sei o que você acha e entendo. De verdade. Pode parecer selvagem e desnecessário... o máximo do complexo de superioridade.

– Então por que você vai?

George olhou para ela por cima dos óculos enquanto se curvava sobre a mala, um cachecol xadrez na mão.

– É emocionante. Há algo de primitivo, até de *instintivo* nisso, apesar de não ser mais tão intenso depois da Idade do Bronze. – Ele sorriu. – É tão gracioso da sua parte se preocupar com os animais, querida. Mas não duvide nem por um segundo de que eles fariam o mesmo conosco. Ou pior.

A Sra. March visualizou brevemente um alce apoiado nas pernas traseiras segurando um rifle, o troféu humano sem vida posicionado para uma fotografia. Uma ilustração que ela tinha visto em um dos quadrinhos de Jonathan, talvez.

– Não precisa se preocupar – disse George enquanto fechava a mala. – É tudo regulamentado. Até demais, se quer saber a minha opinião. Deve dar menos trabalho caçar humanos atualmente. – Ele riu e se aproximou da Sra. March. – Cuida da casa por mim?

Ele beijou a testa dela e foi na direção da porta puxando a mala. Ela o viu entrar no quarto de Jonathan para uma despedida rápida enquanto o descabelava e então o viu sair. Depois, ficou parada atrás da porta fechada, como um cachorro sem capacidade para entender que o dono tinha saído. Ela tocou delicadamente a porta, mas teve um sobressalto quando sentiu uma batida rápida e intensa. Esperando que um George distraído tivesse voltado para pegar um chapéu esquecido, ela girou a chave, que eles sempre deixavam na fechadura (seu cunhado uma vez disse que era mais difícil arrombar uma casa por fora se a chave estivesse na porta), e abriu a porta, dando de cara com Sheila Miller.

Elas se olharam com um mal-estar compartilhado antes de Sheila falar:

– Oi. A gente queria saber se Jonathan pode dormir lá em casa?

Sheila estava pela primeira vez evitando o olhar da Sra. March. Ela coçava o pulso, e a Sra. March notou que a pele do pescoço dela estava vermelha. Ciente do som da porta do quarto de Jonathan se abrindo para o corredor, a Sra. March disse:

– Ah. Bem, não sei...

– Alec está implorando, eles ficaram muito próximos depois da viagem da escola.

Jonathan apareceu no saguão, a cabeça inclinada para o lado.

– Oi, Jonathan – disse Sheila. E, para a Sra. March: – Desculpe chegar assim, sem nem ligar primeiro. Eu estou tão enrolada! – Ela revirou os olhos e sorriu. – O que você diz? Jonathan pode ir?

Um Jonathan silencioso andou até Sheila, parou ao lado dela e olhou para a Sra. March com os olhos escuros e fundos.

– Mas... amanhã tem aula.

– Ah, não vai ter problema – disse Sheila, colocando as mãos nos ombros de Jonathan.

– Você já deve estar bem ocupada – disse a Sra. March com inquietação. – Tem certeza de que não vai dar trabalho?

– Trabalho algum! – disse Sheila.

A velocidade e o volume da resposta foram tais que a Sra. March não teve escolha além de entregar Jonathan para Sheila, juntamente com a mochila da escola, uma escova de dentes, uma camisa e uma cueca limpa. Quando ele saiu de mãos dadas com Sheila, a Sra. March viu o brasão da escola na mochila ir ficando menor, a mascote de coruja da escola (não era um texugo?) olhando para ela, enquanto os dois andavam pelo corredor até o elevador.

XVI

Naquela noite, a Sra. March ficou sozinha no apartamento. Martha tinha pedido para sair mais cedo por causa de um compromisso qualquer; ela não tinha prestado muita atenção, pois ficara se regalando no brilho de sua magnanimidade ao concordar com o pedido de Martha.

– Ah, por favor, não se preocupe comigo – dissera ela, balançando a mão –, eu vou jantar sozinha hoje, só deixe uma refeição leve para mim lá na cozinha. Eu mesma esquento e deixo os pratos na pia para você.

A Sra. March tomou um banho de banheira cedo, certificando-se de usar quantidades pequenas dos sais de banho caros que, por falta de uso, tinham se desfeito nos respectivos potes com rolhas desde que ela os comprara em Paris, doze anos antes.

Durante toda a tarde ficou com uma prolongada sensação desagradável. Algo na postura de Sheila, no jeito vazio e mecânico como ela colocara as mãos nos ombros de Jonathan, remoeu a Sra. March, e agora, na escuridão da noite, sozinha, ela estava tendo dificuldade de afastar a sensação. Depois de amarrar a faixa do roupão atoalhado com tanta força que ficou com o ventre dolorido, ela saiu do quarto com apreensão e pisou no corredor com cuidado, como se o chão pudesse, com o toque do chinelo, virar água e afogá-la, voltando a ser o piso de parquete assim que ela afundasse superfície abaixo, para que nunca mais fosse encontrada.

Ela andou pelo corredor todo acendendo as luzes no caminho até a sala. Olhou com cuidado para o ambiente, em busca de sapatos de homens estranhos aparecendo embaixo da mobília, embaixo de cortinas. Viu um volume atrás de uma das cortinas. Ela andou até lá com a mão esticada, se perguntando que rosto a aguardava do outro lado do tecido, mas bateu no próprio pulso. As luzes da árvore de Natal piscaram junto com o tique-taque do relógio de piso no saguão, bulbos piscando em amarelo, escuro, amarelo. A Sra. March estalou a língua com o ritmo, visualizou o som mascarando os passos de um estranho se aproximando e se virou rapidamente para a sala. Algo se apertou no peito dela.

Ela desligou as luzes da tomada e desceu o corpo para o sofá com um bufar, um ruído de repreensão, em uma tentativa de fingir indiferença caso alguém a estivesse observando, e ligou a televisão, mudando de canal em uma velocidade vertiginosa, a fim de tentar encontrar alguma coisa, qualquer coisa agradável para estimular sua falsa calma. Imagens dispararam à frente dela: uma bebida sabor morango, um pato de desenho animado amarelo, um carro de polícia com escapamento ruim, uma tela preta e branca, um abraço dramático. Ela continuou mudando de estação, a unha do polegar afundando na tecla macia de borracha do controle remoto, até que:

– *Todo o nordeste está de luto pela perda de Sylvia Gibbler, cujo corpo foi encontrado depois de semanas de buscas intensas realizadas pela polícia e por civis voluntários.*

A Sra. March piscou, ordenando a si mesma que mudasse de canal. A repórter na tela olhou da televisão com expressão séria no rosto. Ela usava um sobretudo vinho de tweed e batom vinho combinando, posicionada na frente de ruas cheias de neve, algum carro passando ocasionalmente atrás dela, e segurava o microfone com tanta força que parecia que sua mão tinha sido entalhada nele. Ela prosseguiu:

– *O corpo dela foi encontrado por dois caçadores que atravessavam as florestas de Gentry, Maine...*

A garganta da Sra. March se contraiu. Seus olhos ficaram desfocados e pontos pretos como manchas de tinta surgiram na visão. Mil vozes diferentes soaram dentro do crânio dela. Coincidência, mera coincidência, gritou uma. Mas e se não fosse?, disse outra. Afinal, quantas coincidências uma mulher pode deixar passar? Não era assim que assassinos acabavam sendo pegos, quando uma alma observadora juntava as peças?

A repórter explicou que a vítima, que era órfã, morava com a avó havia alguns anos. Mas não, disse a Sra. March para si mesma, George não voltaria à cena do crime se fosse culpado. A indiferença dele à aglomeração de policiais e repórteres provava sua inocência, claro. O alívio dela durou pouco, até se perguntar se ele tinha feito a viagem para destruir provas agora que o corpo tinha sido encontrado; um erro desajeitado e amador que poderia acabar levando-o à prisão. E Edgar seria cúmplice? Não estava claro. George tinha a cópia da chave do chalé de Edgar. Ele a guardava em um pote no escritório. Podia ir e vir sem Edgar saber.

– *O relatório inicial da autópsia confirma que ela foi morta há pouco menos de um mês, o que coincide com a data em que ela desapareceu...*

George não estava fazendo uma viagem de caça um mês antes? Ele chegou em casa fazendo glu-glu quando entrou com um peru selvagem para o jantar de Ação de Graças. Ficou com a lembrança porque ela não teve ideia do que fazer com a massa inerte de penas, com a carúncula vermelha, então Martha o levou para o irmão, açougueiro no Brooklyn, para ser depenado e temperado.

A Sra. March engoliu em seco, a pulsação tão acelerada e intensa que ela quase a via nos pulsos.

– *...mais exames são necessários para determinar a causa da morte, mas o legista acredita que a vítima foi estrangulada* – continuou a repórter em tom seco, como se relatar a tragédia com emoção fosse falta de tato. O único sinal de sentimento era nas sobrancelhas dela, que se arquearam ao descrever os detalhes particularmente grotescos. – *No corpo, há sinais de estupro* – ela fez uma pausa leve – *e trauma por pancada forte.*

A Sra. March examinou as lembranças em pânico, repassando cada conversa trivial com vizinhos, em uma tentativa de relembrar quais estavam cientes das viagens de George para caçar em Gentry. Ela visualizou Sheila no andar de cima, vendo o noticiário, chamando o marido, que então chamaria a polícia.

– *...mãos amarradas nas costas com uma corda... arranhões indicam luta...*

O apelido de George quando professor tinha sido "A Bela e a Fera", uma alcunha adquirida décadas antes, em seus dias de universitário. Ele costumava ser amado pelos alunos e funcionários, e sempre lhe deixavam, no escaninho na sala dos professores, clássicos de capa de couro, biscoitos amanteigados e ocasionais canetas-tinteiro personalizadas. Ele era elogiado pelo senso de teatralidade, famoso por ter recriado certa vez as charnecas de Yorkshire jogando baldes e baldes de musgo e flores roxas nos degraus da sala de aula quando estava ensinando sobre as irmãs Brontë. Mas a ira dele era igualmente dramática, e suas broncas chegavam até a interromper o departamento de física ao lado; ele tinha tendência de aplicar punições desproporcionais pelas menores infrações (a história da suspensão do seu melhor aluno pela falha honesta de citar uma fonte despertava medo no coração de cada calouro).

– ... *corpo parcialmente escondido pela neve, e foi somente graças a um cão de caça de confiança...*

Houve histórias casuais ao longo dos anos sobre alunas de olhos enormes pedindo "créditos extras" ou "aulas particulares", mas essas histórias eram contadas para fazer os colegas de George rirem. Diferentemente de outros professores, ele pareceu ter mantido a calça fechada. Pelo menos não houve boatos sobre isso. E ela nunca teve motivos para desconfiar. Nem teve motivo para ter medo dele; na verdade, ao longo dos anos ele foi se tornando um intelectual mais calado e mais sensível. Continuou a apreciar o tempo passado com amigos (os longos almoços, as ocasionais partidas de tênis, as viagens para caçar com Edgar e o uísque e os charutos no clube de cavalheiros), nada disso sendo sinal de corrupção mais profunda. E quando precisava falar com ele, fosse no clube ou em um restaurante... ela sempre conseguia encontrá-lo.

Obviamente, se ele fosse algum tipo de predador depravado, haveria sinais ou histórias. Boatos. Se a ex-mulher tivesse testemunhado a transformação dele em monstro, ela teria falado, se não para avisar a nova Sra. March, ao menos para proteger a filha Paula do comportamento violento e pervertido dele.

Isso é tudo bobagem, disse para si mesma. Claro que George não tinha nada a ver com o assassinato da pobre mulher. Ela mexeu no controle remoto e a televisão foi desligada com um *clink* seco, a tela se dissolvendo em um círculo branco pequeno antes de ficar toda preta e exibir o reflexo da Sra. March sentada boquiaberta no sofá.

– Não – disse simplesmente –, não.

Ela se levantou do sofá e amarrou bem o roupão novamente, como se fazer isso pudesse protegê-la. Foi à cozinha e parou para lavar as mãos no lavabo. Quando as secou, franzindo o nariz para o cheiro onipresente e medicinal de pinho, ela ouviu a televisão dos vizinhos pela parede. Ao reconhecer o tom da repórter, saiu correndo, os espaços entre os dedos ainda molhados, e bateu a porta.

Ela tentou esquentar uma porção pequena do linguado frito que Martha tinha deixado embrulhado com papel alumínio na bancada da cozinha, lutando com o micro-ondas, que ficava desligando sozinho inexplicavelmente. Qualquer satisfação residual que tivesse restado da dispensa benevolente de Martha mais cedo estava agora substituída por irritação.

Martha tinha posto a mesa de jantar como sempre fazia, com os guardanapos de linho, a prataria e o amado pão de azeitona da Sra. March cortado em fatias regulares. A Sra. March acendeu as velas (a iluminação parecia errada sem elas) e colocou os noturnos de Chopin para tocar no toca-discos, pois esse era o disco que eles ouviam durante o jantar, e mexer na coleção intimidante de discos de George em busca de algo novo levaria uma eternidade.

Apesar do piano reverberando pelo apartamento vazio (ou talvez por causa dele), a noite pareceu mais silenciosa do que o habitual. A Sra. March levou à boca uma garfada de peixe à temperatura ambiente. Na rua, a risada embriagada de uma jovem perfurou o silêncio e a sobressaltou. Ela pegou o garfo caído e se repreendeu baixinho pela tensão.

As figuras nos retratos na parede da sala de jantar olhavam para ela, como costumavam fazer quando ela comia sozinha. Um exibia uma mulher de meia-idade usando chapeuzinho *bonnet* e gargantilha de veludo, outro, um homem de óculos com trajes clericais. Ela retribuiu o olhar.

Ninguém falou nada.

XVII

A Sra. March se perguntou, como fazia com frequência, se aquela poderia ser sua última refeição. Qual teria sido a de Sylvia Gibbler? Tinha sido algo preparado para ela pelo captor? Ela tinha gostado? E se ela estivesse fazendo dieta para caber em um vestidinho lindo em que estaria de olho? Mas ela nunca iria àquela festa especial agora, não era? Que deprimente.

A Sra. March soprou as velas na mesa e a que tinha acendido no aparador, espirrando cera vermelha na parede atrás. Ela apagou as luzes e, detestando se ver sozinha no escuro por mais tempo do que o necessário, correu para a cozinha, onde tinha deixado os pratos na pia, e pensou melhor, por medo de atrair bichos. Quando estava fechando a lava-louças, pensando se deveria tomar uma xícara tranquilizadora de chá de camomila, o telefone de parede da cozinha tocou, um som tão alto e perturbador que a Sra. March fechou a porta da lava-louça no mindinho esquerdo.

George estaria encrencado?, perguntou-se ela, sugando o dedo que latejava. Ela o imaginou no chalé de Edgar, as mãos ensanguentadas, Edgar morto no chão. Pegou o telefone com trepidação.

– Alô? George?

– Alô – respondeu uma voz educada. Era de homem, mas não a de George.

– Alô? – repetiu ela em tom cauteloso, mas alegre, para o caso de ser algum amigo próximo ou alguém importante.

– Johanna? – perguntou a voz.

Um relâmpago quente a atingiu no peito e ela apoiou a mão na parede para se firmar. Ela ouvia uma respiração alta, mas não sabia se era a sua.

– Como? – disse ela ao aparelho, mais uma declaração do que uma pergunta.

– É Johanna?

– Quem é? – Havia medo na voz dela agora, e do outro lado o homem pareceu soltar uma risada sufocada, como se tivesse se virado para longe do telefone ou coberto o bocal. – Não volte a ligar para este número, ouviu? – disse a Sra. March, tentando incorporar uma certa autoridade na voz.

Antes que ele tivesse chance de responder, ela bateu o telefone no gancho (fez um ruído de toque assustador) e puxou o fio da parede com violência. Havia mais telefones pelo apartamento, o do quarto, para começar, mas ela não ousaria desligá-lo, para o caso de acontecer alguma coisa com Jonathan ou George ou...

Sylvia Gibbler teria sido morta perto de um telefone? Ela a visualizou, aquela mulher que não conhecia, sendo estrangulada em um apartamento bem parecido com o seu e olhando para um telefone próximo, suplicando com os olhos para que a ajudasse, desejando que tocasse, apesar de ela não poder atender se acontecesse.

– Pare agora – disse a Sra. March.

Afastando do rosto uma mecha de cabelo ainda úmida do banho, encarou o telefone enquanto andava de costas para fora da cozinha.

Ela trancou a porta da entrada e testou a maçaneta, depois a destrancou e trancou de novo, puxando-a uma última vez. Bebeu com avidez da taça de vinho (devia ter ficado com ela na mão o tempo todo, sem perceber) e a levou para o quarto. O longo corredor se prolongava à frente, escuro e ameaçador: tinha ela apagado as luzes distraidamente? Lembrou-se de que Paula, quando criança, odiava aquele corredor, se recusava a se aventurar por ele vinda do quarto quando acordava de um pesadelo. Ela chamava o pai, e uma irritada Sra. March respondia da entrada do próprio quarto, "Não seja ridícula!", apreciando a oportunidade que tinha de repreender a criança.

Ela andou a distância com pressa agora, o piso de madeira gemendo como o convés de um navio antigo, proibindo a si mesma de olhar em qualquer um dos quartos por medo de ver alguém parado lá.

Quando chegou ao seu quarto, fechou a porta (e trancou com uma certa dificuldade) e se encostou nela, olhando para os chinelos velhos de lã, o coração inchado, doendo no peito. Teria Sylvia, ao ser perseguida até em casa pelo assassino, se trancado no quarto? Teria sido arrancada de lá gritando, as pontas dos dedos se enchendo de farpas enquanto tentava se agarrar ao chão? Quando o assassino a largou ou enterrou (a Sra. March não sabia bem qual das opções), ela ficou caída do lado de fora por semanas, sem ninguém saber. O corpo já devia estar cheio de larvas quando ela foi encontrada.

A Sra. March foi até a mesa de cabeceira tirar o relógio, ponderando se animais tinham mordido e arranhado a carne morta de Sylvia, talvez um coiote ou corvos pretos. Quando criança, ela testemunhou seu gato pegar um pardal por uma janela aberta. Pegou a ave com um movimento suave da pata como se não fosse nada, com aquela indiferença feliz característica dos gatos, como se o apartamento de décimo primeiro andar fosse uma savana gramada. Brincou com o pardal por um tempo, batendo com as patas, depois, bem na frente dos olhos da jovem Sra. March, começou a comê-lo, rasgando pelas penas e arrancando a pele com dentes pontudos. A Sra. March viu o rosto imóvel e suave de Sylvia cortado e rasgado em tiras pelas mandíbulas de um predador, o bafo quente soprando os cílios dela.

Apertando as unhas na carne das palmas das mãos, pensou em fumar um cigarro para relaxar, mas desembrulhar do xale a cigarreira roubada e arejar o quarto depois seria trabalho demais. Além disso, não sabia *para que* precisava relaxar. Ela então lavou o rosto (com vinho saindo dos lábios como fios de teia de aranha), escovou os dentes, passou creme no rosto e se deitou na cama com o livro. Acalmada pela sensação de limpeza, de lençóis limpos em contato com pés esfoliados, o cheiro do creme facial, algo como jasmim ou lavanda, ela leu por um tempo, até ser interrompida pelo estalo de passos da vizinha de cima, que estava de saltos de novo. Não sabia de quem era o apartamento acima, mas, sempre que via alguma mulher de saltos no saguão, ela pensava em se aproximar, talvez fazer amizade, para um dia poder mencionar de jeito casual e distraído os benefícios surpreendentes de usar chinelos em casa. Em resposta a esse pensamento, os saltos estalaram mais forte pelo teto.

A Sra. March colocou o livro de lado (a fonte era pequena demais, o que, com o vinho, acabou lhe dando dor de cabeça) e se levantou para pegar uma aspirina no banheiro.

Quando voltou para a cama, algo chamou sua atenção no prédio em frente. Uma luz vermelha em uma das janelas. Ela ficou tensa, pensando inicialmente que era um incêndio, mas, quando olhou melhor, percebeu que era uma lâmpada coberta de organza cor de cereja, que emitia um brilho caloroso. As várias outras janelas no prédio estavam escuras, algumas piscando com a luz suave da tela de televisão.

Ela chegou mais perto da janela, quase encostando o nariz no vidro. Tinha começado a nevar. Os flocos de neve desceram, e os que passavam pela janela iluminada de vermelho por uma fração de segundo se iluminavam como chamas antes de continuarem a descida, a noite escura cintilando como açafrão, infernal.

Ela voltou os olhos para o aposento aceso. Era um quarto, escuro exceto pelo brilho avermelhado. Depois de alguns segundos, conseguiu identificar uma mulher curvada, de costas para a janela. Ela usava uma camisolinha rosa de seda, as coxas brancas como leite expostas. A Sra. March limpou a garganta e olhou por cima do ombro, como se alguém a tivesse visto espionando. Em seguida, voltou o olhar para a mulher. Ela estava curvada sobre o quê? A Sra. March via o canto de um colchão ou almofada de sofá. Inclinando-se mais, bateu com a testa na vidraça, e, como se a tivesse ouvido, a mulher de camisola rosa se virou.

Da garganta da Sra. March saiu um som voluntário, um ruído torturado entre ofego e grito. Havia sangue, muito sangue, encharcando a parte da frente da camisola da mulher, e molhando o cabelo, e sujando as mãos... mãos agora encostadas na janela formando marcas de sangue. A Sra. March se afastou da janela com um movimento súbito e caiu para trás na cama, o livro esmagado embaixo da coluna. Ela debateu os braços na direção da mesa de cabeceira de George, sacudindo as mãos para se livrar do torpor que subia pelos dedos. Puxou o telefone para perto e se esgueirou até a janela, mas o fio ficou esticado e impediu seu movimento.

Ela ficou lá parada, o fone no ouvido, o sinal agora um bipe intenso, enquanto olhava para o outro lado do pátio. O brilho tinha sumido. A mulher também tinha sumido.

A Sra. March ficou com o telefone no ouvido, os olhos grudados na janela, um suor acre pingando pelo pescoço, o estômago embrulhado. Ficou assim por um tempo, até o suor secar e a respiração regularizar.

A neve tinha virado chuva e no pátio agora havia um barulho, um tamborilar que a chocava; o ruído de gotas caindo ao atingir alguma coisa próxima, uma coisa de metal, com um estrondo alto.

Ela colocou o fone no gancho, o olhar ainda grudado firmemente, sem oscilar, na janela em frente. A janela permaneceu escura, embora quase visse ainda a luz vermelha latejando em sua linha de visão, como uma aparição, como ver o sol por pálpebras fechadas depois de ter olhado diretamente para ele.

Ela continuou segurando o telefone, apertado junto ao peito, enquanto considerava fazer a ligação para a polícia. Mas agora não tinha certeza: todo aquele sangue, a mulher olhando para ela pela janela, a camisola encharcada. Tinha mesmo visto aquilo? E havia o outro problema, é claro, o verdadeiro motivo para não poder chamar a polícia. Ela achou que a mulher, mas obviamente isso não era possível, ela achou que a mulher tinha o seu rosto. Ela achou que a mulher era ela.

XVIII

A Sra. March foi arrancada de uma série de sonhos sombrios e melancólicos pelo despertador dos vizinhos, um toque agudo alto, seguido dos passos pesados e secos pulsando pelo teto como uma enxaqueca.

Ela se sentou na cama lentamente e olhou na direção da janela, iluminada com a luz sóbria da manhã. Pela abertura nas cortinas, viu o outro prédio. Tudo parado. Sem movimento.

Ela se deitou nos travesseiros, o coração batendo incomodamente rápido. Pensar na noite anterior a fez suar; de fato, ela devia ter suado a noite inteira, porque, reparou agora, o colchão estava encharcado. Ao espiar debaixo do cobertor e do lençol, ela soltou uma exasperação de surpresa e pulou da cama. A mancha era amarelada, redonda, bem no meio do lençol de elástico, escurecendo o linho puro. Urina.

– Ah, não – gritou ela, abraçando o próprio corpo, se balançando para a frente e para trás. – Ah, não, ah, não, ah, não.

Ela não conseguia se lembrar da última vez que tinha molhado a cama. Talvez tivesse sido naquela primeira noite em que Kiki apareceu no seu quarto, com o sorriso perturbador e os olhos sobrenaturais sem sobrancelhas, inspirando ao longo da noite.

A Sra. March se virou para a mesa de cabeceira para ver a hora; Martha só chegaria dali a meia hora. Não havia como ela pedir a Martha que trocasse o lençol. Ela achava que podia dizer que tinha derramado vinho, mas aí teria que virar vinho na cama, e o mero pensamento de ela de camisola virando Cabernet no lençol a fez rir e chorar ao mesmo tempo.

Ela arrancou os lençóis da cama e, com eles embolados nos braços, abriu a porta do corredor. Era engraçado como aquele espaço tinha parecido tão estreito e nada convidativo na noite anterior. Agora, uma luz gentil caía nele vinda dos quartos abertos, com partículas de poeira voando nos raios que se entrecruzavam sobre o piso.

Ela correu até o armário de lençóis no fim do corredor, onde ficava a máquina de lavar, debaixo das prateleiras. Muitas vezes comentara com George como eles tinham sorte de ter uma máquina de lavar no apartamento, para não precisarem recorrer à lavanderia no porão do prédio, nem às indignidades de uma lavanderia pública. Ela não mexia na máquina desde que eles contrataram Martha.

Ofegante, enrolou bem os lençóis e os enfiou na máquina, mas, lembrando-se da camisola manchada, tirou-a e enfiou-a junto. Girou o botão para todos os lados e apertou vários botões ao mesmo tempo, até a máquina ganhar vida. A Sra. March voltou para o quarto nua, suando e tremendo, e mal tinha vestido o roupão quando ouviu a porta da frente se abrir e Martha dar o cumprimento sem animação de sempre.

Com os batimentos como uma cutucada funda e dolorosa nas costelas, a Sra. March entrou no corredor de roupão.

– Ah – disse ela, como se tivesse esquecido que Martha trabalhava lá quase todos os dias. – Bom dia, Martha.

Martha parou de repente, a bolsinha verde balançando no pulso.

– Eu me esqueci de lavar alguma coisa? – perguntou a empregada, olhando para a máquina atrás da Sra. March, no armário de lençóis; a Sra. March tinha se esquecido de fechar a porta.

– Ah, não – disse a Sra. March, retorcendo as mãos. – Eu quis lavar meus lençóis. Vou precisar que você coloque outros. Porque, bom, o porquê não é importante, na verdade, eu tinha... bem, eles estão manchados, sabe, e a minha camisola, bem...

O rosto de Martha se transformou em uma expressão de compreensão.

– Claro, Sra. March – disse ela. – Espero que você tenha escolhido o ciclo de água fria... senão, podemos usar vinagre branco. É o melhor para manchas de sangue.

Vislumbres da mulher, a mulher com seu rosto na janela, lhe voltaram à mente. As mãos ensanguentadas, a camisola ensanguentada. Como Martha sabia?

– Nós éramos seis mulheres na minha casa – acrescentou Martha –, e isso acontecia o tempo todo. Não tem problema. Eu tiro as manchas. – Ela assentiu brevemente, uma tentativa de gentileza materna, talvez, antes de voltar para a cozinha.

A Sra. March ficou parada no corredor, o roupão aberto, até se dar conta de que Martha tinha suposto que ela estava menstruada. Ela ficou vermelha. Sua menstruação ("a maldição", como a mãe dizia) estava irregular havia alguns meses, com intervalos cada vez maiores, e ultimamente ela estava sofrendo de calores e sensibilidade nos seios. Quando menstruava, era leitoso e leve, como uma aquarela. Teve dificuldade de lembrar como era antes, esse sofrimento que já tinha dominado sua vida. Ela tinha planejado férias e reuniões e até o próprio casamento com isso em mente, tomando analgésicos e colocando bolsas de água quente nas costas o dia todo. Não tinha restado muito agora. Tanta coisa de uma pessoa se evapora ao longo dos anos, refletiu ela.

◆

Ao longo do dia, a Sra. March verificou compulsivamente pela janela do quarto o prédio do outro lado do pátio. Espiava por trás da cortina na esperança de surpreender quem estivesse no ato, desejando alguma pista que pudesse explicar o que ela tinha visto. A janela em questão permaneceu escura, o vidro refletindo seu prédio. Não havia sinal da mulher de camisola, nem de mulher alguma; só um homem de terno em uma saída de incêndio de um andar mais abaixo, comendo um sanduíche embrulhado em papel laminado.

O telefone tocou duas vezes naquele dia. Na primeira vez, a Sra. March atendeu e só houve silêncio do outro lado. Quando o telefone tocou de novo, a Sra. March ficou rígida ao observar Martha levando o telefone ao ouvido.

– O que estão dizendo, Martha? – perguntou ela, a voz rouca. – Não escute o que dizem! – Ela correu até Martha, que entregou o telefone a ela, confusa. A Sra. March o pegou com mãos trêmulas e encostou o fone no ouvido. Não dava para ouvir nada do outro lado da linha, nem mesmo uma expiração ou uma risadinha. – Seja quem for, pare de ligar! – disse ela antes de desligar.

Martha balançou a cabeça e falou:

– Telemarketing.

Naquela tarde, a Sra. March subiu para pegar Jonathan no apartamento dos Miller. Sheila atendeu à porta usando um suéter largo e meias esportivas brancas masculinas.

– Ah! Oi! Entre. – Sheila pareceu surpresa de vê-la, embora a Sra. March tivesse ligado para avisar que estava indo.

A Sra. March entrou com hesitação no apartamento. Ela nunca tinha entrado; Jonathan normalmente a esperava na porta quando ela o buscava.

– Aceita alguma coisa? – perguntou Sheila. – Café? Chá?

Sheila não era exatamente bonita, mas era atraente, com maçãs do rosto salientes e sardentas e cabelo louro liso que sempre parecia estar brilhando. Ela estava usando óculos de leitura, que a deixaram com aparência interessante, e quando os tirou, pendurou-os casualmente na gola do suéter. A Sra. March nunca tinha ficado bem com nenhum tipo de óculos. Acentuavam as falhas do seu rosto.

– Chá seria ótimo – disse ela.

Ela seguiu Sheila até a cozinha, observando as costas estreitas, a cintura estreita. A nuca tão exposta, a penugem loura sutil quase imperceptível sob as luzes. A Sra. March muitas vezes sentia que tinha sido feita sem proporção em comparação às formas das outras mulheres. Seu corpo inchado e desajeitado não tinha nada em comum com o esbelto e anguloso corpo de Sheila.

Ela fez bom uso do trajeto curto até a cozinha, criando notas mentais de tudo no apartamento. O estilo natural de Sheila estava aparente na escolha brincalhona e moderna de tapetes marroquinos, no divã de veludo mostarda com estampa de gaivotas. Os Miller tinham iluminação indireta chique embutida no teto em vez de arandelas, lustres ou abajures de piso. A passadeira alegre debaixo dos seus pés fazia o corredor parecer mais leve e curto. Embora o apartamento tivesse a mesma planta do dela, parecia diferente. Mais moderno. Superior. Ela se perguntou se algum porteiro já tinha entrado ali, particularmente o porteiro crítico do turno diurno. Se tinha comparado aquele apartamento com o dela.

– Você mudou a cozinha? – perguntou a Sheila quando as duas entraram.

A cozinha dos March ficava perto da entrada. A dos Miller, mais para a frente do corredor e do lado oposto do apartamento, na posição onde ficava o escritório do George.

– Ah, sim. Nós queríamos mais espaço para a sala. Quebramos a parede da cozinha antiga e juntamos os dois aposentos. Assim temos bem mais luz.

A Sra. March repuxou os lábios. Sentou-se desajeitada (a saia subindo até as coxas) em um dos bancos altos em volta da ilha da cozinha enquanto Sheila esquentava a água, flexionando os dedos finos com unhas pintadas de vermelho. Sheila sempre parecia ter acabado de fazer as unhas. Seria a cara dela (tranquila, informal) fazer as unhas por conta própria, mas estavam tão perfeitamente cortadas e pintadas que a Sra. March só podia torcer para que fosse porque Sheila gastava centenas de dólares no salão. Enquanto ponderava sobre isso, Sheila tirou duas xícaras de um armário. Eram encantadoramente diferentes, mas parte de um conjunto, coisa que a Sra. March também observou.

– Leite? – perguntou Sheila.

– Por favor.

Houve um leve tilintar de garrafas de vidro e potes quando Sheila abriu a geladeira. Dentro, tudo estava arrumado em fileiras organizadas de recipientes etiquetados. A Sra. March ficou maravilhada com o armazenamento eficiente e esteticamente agradável antes de a porta da geladeira fechar. Em vez de servir o leite numa cremeira, Sheila colocou na frente dela, sem cerimônia alguma, a caixa de leite, que ficou suando na superfície brilhante da ilha enquanto elas tomavam o chá.

Quando Sheila colocou a água fervente da chaleira sobre um bulbo de folhas secas no fundo de cada xícara, a Sra. March se inclinou, atônita, e observou as folhas de chá começarem a se abrir em flores. Sheila a viu olhando e sorriu.

– É chá de florescência chinês – disse ela. – Não é lindo? Nós compramos em Pequim mês passado.

– É lindo mesmo. Mas que viagem longa. Como foi para Alec?

– Nós não levamos Alec. Fomos só Bob e eu.

– Ah – disse a Sra. March, irritada porque viver juntos, ao que parecia, não bastava para Sheila e Bob. Eles tinham que fazer viagens românticas pelo mundo, apesar de estarem casados havia pelo menos dez anos. – Que legal.

– Sim. Nós encontramos esse chá numa lojinha linda ao lado do hotel. Eu não resisti.

– Chique – respondeu a Sra. March com um toque de azedume.

Ela remexeu o cérebro, numa tentativa de lembrar o que Bob Miller fazia para poder pagar uma viagem à China.

Elas beberam em silêncio. A Sra. March olhou para a flor se abrindo, parecendo cada vez mais uma aranha gorda e enrolada desdobrando as pernas. Uma gota de suor da refrigeração escorreu pela caixa de leite até a bancada. Inesperadamente, Sheila começou a tirar o suéter. A Sra. March fez uma careta pelo que estava vindo: a clavícula lisa de Sheila; as costelas aparecendo pela camiseta quando ela levantasse as mãos acima da cabeça; os braços finos e musculosos. A Sra. March se mexeu no banco e puxou involuntariamente as próprias mangas pelo pulso. Quando não suportou mais o silêncio, disse:

– Amei o que você fez com o apartamento.

Sheila sorriu para ela, e a Sra. March viu um dente da frente lascado de forma bem sutil.

– Ah, obrigada. Você devia ter visto o estado antes de nos mudarmos. Estava *horrível*. Tinha uma senhora idosa morando aqui por uma eternidade. Ela mal saía no final.

– Ela morreu aqui?

– Ah, não, nada do tipo. Mas o *cheiro* era como se tivesse. Eu morria de medo de abrir os armários.

– Havia alguma coisa dentro? Insetos? – perguntou a Sra. March com esperança enquanto tomava chá.

– Sabe que eu nem tenho ideia? Nós mandamos tirar os armários sem nem olhar. E já foram *tarde*. Nós temos um closet moderno agora. De pinho.

A Sra. March apertou os olhos.

– Mas não vi nenhum inseto, não – continuou Sheila, mordendo de leve uma unha, o esmalte vermelho irritante e inexplicavelmente inteiro.

– Nós temos sorte de não haver baratas no prédio – disse a Sra. March.

– Ah, nossa, sim – disse Sheila. – Eu morreria se visse uma. São umas coisinhas repugnantes.

– Você não viu nenhuma mesmo, não é? – perguntou a Sra. March.

– Ah, Deus, não. – E, franzindo a testa, continuou: – Mas, quer dizer, eu não veria... eu *limpo* tudo aqui.

Ela riu, exibindo o dente lascado e gengivas rosadas como um mamilo. A Sra. March se obrigou a rir junto, embora sua risada tivesse um quê de histeria.

– Nossa, onde estão meus modos? – disse Sheila. – Eu não mostrei o apartamento! Quer conhecer?

– Ah, obrigada, mas hoje eu não posso. Tenho coisas a fazer. Desculpe.

A ideia de dar de cara com mais uma coisa bonita que fosse no apartamento de Sheila era demais para suportar.

– Tudo bem – disse Sheila, pegando as xícaras e as colocando na pia. A Sra. March desceu do banco e seguiu Sheila para o corredor. – Meninos! – chamou Sheila. – *Jonathan!* Sua mãe está aqui.

Quando uma porta se abriu no fim do corredor e os meninos saíram, a Sra. March se virou para Sheila com um sorriso muito ensaiado enquanto enfiava as unhas na alça de couro da bolsa.

– Bem, muito obrigada pelo chá, Sheila. Estava ótimo.

Ela segurou a mão de Jonathan, que se soltou da dela. Ele não gostava que segurassem sua mão na frente dos outros (nem nunca, na verdade). Ele correu para o corredor do prédio e ela foi atrás dele, sentindo na nuca os olhos de Sheila todo o caminho até o elevador.

XIX

Naquela noite, a Sra. March trancou todas as portas e janelas, inclusive a janelinha alta do banheiro, embora fosse impossível qualquer pessoa conseguir entrar por ela por causa do tamanho e da posição, bem no meio da fachada, longe do alcance de canos e parapeitos.

De impulso, ela abriu a porta do quarto de Jonathan e o encontrou sentado no chão, virado para a parede. Correu até o filho, e um gorgolejo chiado se fez em sua garganta quando tentou chamá-lo. Ela o segurou pelos ombros e o virou. Mas era só Jonathan; o triste Jonathan olhando para ela com o queixo erguido.

– Eu estou de castigo – explicou ele.

Ela foi olhá-lo de novo antes do jantar e de novo quando ele estava dormindo.

Não ocorreu calamidade alguma naquela noite, nem na manhã seguinte. Ainda assim, a Sra. March seguiu o dia em tensão total, os ombros encolhidos, o pescoço rígido, se preparando para o impacto.

Ela ficou sentada no sofá da sala tentando passar os olhos por uma revista, olhando a foto de uma modelo usando maquiagem extravagante (cílios rosa e sardas desenhadas), lendo a legenda *Katarina usa uma tiara de diamantes rosa da Tiffany's* várias vezes enquanto olhava repetidamente pela janela para os prédios em frente, que estavam longe demais para ser possível ver dentro.

Ela virou as páginas da revista apaticamente, passando pelas modelos posando de boca aberta e olhos arregalados e contorcidas em posições impossíveis. Quando encontrou uma mulher vestida de presente de Natal, se deu conta, em uma pequena explosão de pânico, de como estava atrasada com as compras de Natal. O apartamento mal estava decorado (fora a árvore), pois a Sra. March tomara o cuidado de deixar para fazer isso depois da festa de George. Eles ofereceriam o jantar de Natal daquele ano; sua irmã e o marido e a mãe viúva de George tinham confirmado presença (Paula, que sempre passava as festas em algum lugar exótico, saltitando com os lindos amigos estrangeiros, não conseguiria ir). Como ela pôde deixar isso escapar?

Revirando as mãos, decidiu visitar a loja de departamentos imediatamente. Deixaria Jonathan com o Papai Noel e compraria tudo de que precisava. Ao longo dos anos, ela tinha se dedicado a tornar o Natal um evento memorável e mágico para todos, arrumando grandes centros de mesa com maçãs e pinhas e comprando presentes caprichados. Ex-líbris dourados para George, depois de ele ter mencionado casualmente que seus pais lhe negaram esse simples luxo quando ele era garoto. Ou uma caneta-tinteiro elegante, da marca preferida dele, com a data de publicação do primeiro livro gravada nela. Eram exemplos de sua atenção, mas ela não teria tempo para coisas assim naquele ano, não com sua exaustão e cabeça nas nuvens.

A certeza repentina de que, se não fosse à loja imediatamente, algo de horrível aconteceria se espalhou pelo ar como um cheiro envelhecido e pútrido. Ela entrou subitamente no quarto de Jonathan, e ele apertou os olhos com reprovação quando ela o interrompeu fazendo... bem, *alguma coisa*, e saiu correndo com o garoto do apartamento.

Do lado de fora, os sinos do Exército da Salvação tocavam em todo canto. Multidões se juntavam para admirar manequins magros e sem face posando nas vitrines decoradas da Quinta Avenida, cobertos de pele e veludo, com fundos de neve ou entre dioramas de Natal. Atrás de uma vitrine, um bulbo falho piscava com uma luz branco-azulada, parecendo uma tempestade chegando, enquanto um manequim parecia corajoso e digno com vestido de organza e chapéu de aba larga.

A Sra. March e Jonathan saíram precipitadamente do táxi, se desviando por pouco de uma garotinha de casaco de vison extravagante, com o cabelo preso em dois coques. Ela passeava com um filhote de labrador que mordia a guia com movimentos súbitos, ou o cachorro passeava com ela, enquanto a mãe seguia alguns passos atrás, imersa em sua agenda de couro. Um homem atarracado e manchado com um casaco puído e luvas sem dedos pedia dinheiro na esquina seguinte.

– Mamãe, a gente pode dar dinheiro pra ele? – pediu Jonathan, surpreendendo a Sra. March no meio da determinação movida pelo pânico.

– Ah, Jonathan – respondeu ela.

Às vezes, isso bastava.

Jonathan olhou para o homem em situação de rua com intensidade, esticando o pescoço para olhar ao passar.

– A gente pode?

– Não, eu não... eu não tenho trocado.

A última pessoa em situação de rua a abordá-la tinha sido uma mulher usando meias e sandálias, o rosto franzido como se tivesse sido dobrado vezes demais. Havia uma casca branca seca em volta do nariz, e as bochechas com cicatrizes de catapora estavam tão rosadas que pareciam cobertas de maquiagem de teatro. Ela chamou a Sra. March, que falou com sinceridade que não tinha trocado. Podia ter ignorado a mulher, mas gostava de pensar em si mesma como uma pessoa com empatia; tinha listado isso na ficha da faculdade como uma das suas melhores qualidades.

– Eu não quero dinheiro – disse a mulher –, eu só preciso de remédio. Eu só quero remédio, sabe. Não precisa me dar dinheiro, mas, por favor, compre o meu remédio pra mim.

Ela convenceu a Sra. March a comprar o tal remédio em uma farmácia próxima. Era ali na esquina, ela disse. A Sra. March estava a caminho de casa, vinda do mercado, e estava meio sobrecarregada com o peso das sacolas, mas concordou em ir até a farmácia. Não tinha desculpa, principalmente agora que havia dado continuidade ao diálogo e elaborara uma espécie de acordo tácito que ela temia ter avançado demais para ser rompido. A farmacêutica ergueu o rosto e apertou os olhos para a mulher em situação de rua, que mancava atrás da Sra. March com as sandálias velhas, fungando rudemente.

– O que você quer? – perguntou a Sra. March.

A mulher falou para a farmacêutica, que fez cara feia para a Sra. March antes de pegar uma caixinha e colocar na bancada.

– Dezenove e cinquenta – disse ela, e a Sra. March engoliu em seco.

Dezenove e cinquenta pareceu muito como caridade de repente. E por uma caixa de *quê*, exatamente? Ela olhou para a caixa no balcão, mas não descobriu nada só de olhar. Sabia que tinha sido manipulada, que podia acabar com aquilo a qualquer momento, que podia se recusar a pagar pelo que fosse... mas isso levaria a uma cena. Passou o cartão de crédito com os dentes trincados, pegou a caixa, que estava em um saco de papel, e esperou até elas estarem na rua para entregá-lo à mulher. Hesitou um pouco antes de se separar da caixa; havia uma certa redenção na mudança de poder, no controle que ela tinha agora sobre a mulher, que seguiu o saco de papel não só com os olhos, mas com o corpo inteiro. A Sra. March estava punindo a mulher por tê-la constrangido de forma tão íntima, e porque queria que a farmacêutica, caso estivesse olhando, achasse que ela ainda tinha um certo controle sobre a situação. Ela pagou pelo remédio porque quis e o entregaria se e quando fosse adequado para ela.

Na vez seguinte, estava preparada. Semanas depois, ao ser abordada por um homem em situação de rua com um copo de papelão em uma mão (a outra era um cotoco), ela disse:

– Sinto muito, mas a minha mãe atirou no meu pai hoje e eu estou me sentindo meio estranha por causa disso.

O homem apertou os olhos – "hã?" – e ela deu de ombros; ele saiu andando, murmurando sozinho, ainda olhando para ela de lado, como se com medo de que ela o seguisse.

Quando a Sra. March e Jonathan se aproximaram da entrada da loja de departamentos, ela lançou um olhar furtivo para o homem do outro lado da rua. Ele virou a cabeça para encará-la e sorriu, exibindo dois dentes pretos sobreviventes. A Sra. March acelerou o passo, puxando Jonathan junto.

A Sra. March ficou segurando a mão de Jonathan com força quando eles entraram no reino de crianças chorosas, vendedores atribulados e mulheres jogando todo tipo de mercadoria em cestinhas de arame enquanto um coral estridente cantava cantigas natalinas pelos alto-falantes. Uma mulher chorava em um canto, o rímel escorrendo pelas bochechas, mas não... ela não estava chorando, só suando profusamente.

Quando um segurança passou correndo para interceptar um adolescente criando confusão na estante de perfumes, a Sra. March sentiu uma pessoa segurar sua outra mão, sentiu uma pele desconhecida envolver a dela e, com uma onda de medo, olhou para baixo e viu que uma garotinha tinha segurado sua mão. Respirando alto pela boca, a garotinha olhou para ela e, ao ver que não era sua mãe, largou a mão da Sra. March como se tivesse se queimado (que audácia – como se tivesse sido a Sra. March que tocara *nela*). Ela se afastou da estranha adulta e caiu no choro.

A Sra. March puxou Jonathan e eles seguiram pelo labirinto de piso de mármore encerado. Desviaram de vitrines de vidro com joias, luvas de couro e lenços de casimira, de batons espalhados como balinhas multicoloridas, até alcançarem, espalhada na frente deles (debaixo de uma placa que indicava: *Papai Noel está* PRESENTE), uma multidão de mães com os filhos em uma fila serpenteante ladeada por uma corda. Depois deles, a uma distância desanimadora, Papai Noel estava sentado no trono de madeira, posando para uma foto enquanto um garotinho chorava em seu colo.

A Sra. March ficou nas pontas dos pés quando eles entraram na fila. Depois de observar as mães à frente delas, ela se aproximou de uma que estava de pele e pérolas.

– Seria uma imposição terrível – começou ela, com um sorriso tão largo quanto era humanamente possível – se eu pedisse a você que ficasse de olho no meu filho um minuto... – As sobrancelhas da mulher subiram de indignação arrogante, e a Sra. March se apressou para falar com voz baixa, que ela esperava que transmitisse intimidade. – Seria só por alguns minutos no máximo, enquanto eu vou comprar uns presentes... Nós não podemos estragar a surpresa de Natal dele, não é? – Ela tentou dar uma piscadela, a maquiagem começando a escorrer pelo rosto.

A mulher pareceu desconfiada e ergueu a gola do casaco de pele, o que fez a Sra. March também erguer a dela, na defensiva.

– Quando exatamente você vai voltar? – perguntou a mulher, irritada.

A Sra. March interpretou isso como um sinal promissor de que ela não tinha recusado à queima-roupa e garantiu à mulher que não demoraria enquanto ia na direção dos elevadores.

No andar de cima, nem os balcões mais caros estavam livres do caos, e a Sra. March foi arrastada para o estado geral de pânico e furor, sentindo dezenas de mãos roçando nela e a cutucando, a música animada de Natal nos alto-falantes se misturando à falação, as luzes fortes a desorientando enquanto pegava sem muito ânimo um grampo de gravata de prata de lei para George e um trenzinho para Jonathan.

No último minuto, também pegou alguns itens para decorar o apartamento: montinhos de paus de canela, fatias de laranja seca, pinhas pintadas de dourado e guirlandas de pinheiro fresco adornadas com fitas quadriculadas. Talvez conseguisse ainda preparar um lindo Natal.

Depois que pagou e esperou no balcão até que os presentes fossem embrulhados, ela olhou para o relógio e se deu conta de que tinha deixado Jonathan lá embaixo por quarenta minutos. Correu na direção do elevador, mas uma olhada na multidão impaciente se empurrando para entrar na cabine disponível a fez optar pela escada. Quando recuou para mudar de direção, as sacolas inchadas pendendo pesadamente nos pulsos, ela esbarrou em alguém. Quando se virou, afobada, para pedir desculpas, ficou cara a cara (loucamente) com a mulher da janela. A mulher parecia tão assustada quanto ela, com uma expressão idêntica de terror, os olhos arregalados no rosto, e então a Sra. March se deu conta de que estava na frente de um espelho de corpo inteiro. Ela respirou fundo, esperando que seu reflexo piscasse ou se sobressaltasse, quase com medo de dar as costas para ele, antes de dar meia-volta com os saltos e ir na direção da escada.

Ela chegou ao andar de baixo bem a tempo: Jonathan estava saindo do colo do Papai Noel. Ele a cumprimentou do seu jeito inerte e desanimado depois que ela conseguiu percorrer a multidão. O Papai Noel sorriu para ela pela barba artificial quando ela agradeceu.

– *Eu* que agradeço! – disse ele. – Por você ter vindo me ver. Nós nos divertimos muito, não foi? – Ele sorriu para Jonathan, que já tinha perdido o interesse, os pensamentos bem distantes, e sorriu para a Sra. March, dizendo:
– Você tem um garoto e tanto, Johanna.

A Sra. March grudou o olhar no dele.

– O que você disse?

– Eu disse que você tem um garoto e tanto.

A Sra. March ficou olhando fixamente para o Papai Noel, que retribuiu o olhar.

– Ho, ho, ho – disse ele, ainda sorrindo.

Ela esqueceu a foto e pegou Jonathan, apertando o braço dele com tanta firmeza que ele gritou (sua mãe fazia isso, enfiava as unhas afiadas, como garras de harpia, no braço dela), e eles seguiram pelas hordas vibrantes de mães, com seus batons brilhando e os brincos cintilando, em meio ao cheiro químico de spray de cabelo entalando no fundo da garganta da Sra. March. Ela conseguiu assentir para a mãe de pérolas que tinha cuidado de Jonathan, que retribuiu, estoica, enquanto o filhinho dela, berrando e chorando, com catarro escorrendo pelo rosto, se recusava a se sentar no colo do Papai Noel.

A Sra. March saiu com Jonathan da loja de departamentos, arrastando os pés com o peso de todas as sacolas. Do lado de fora, inspirou o ar frio de inverno, que pareceu dar um tapa nela, e desabou no primeiro táxi livre.

XX
XX

O porteiro se ofereceu para carregar as sacolas dela até o apartamento, mas ela recusou, com medo de ele achar suas compras de Natal muquiranas, ou o oposto, extravagantes demais, prova de que eles eram mimados e materialistas. Se bem que agora estava com medo de ele ter interpretado a sua recusa como orgulho ou até desconfiança, o que o deixaria ainda mais seco com ela.

Quando entrou no apartamento, os antebraços com listras vermelhas de todas as alças de sacolas, ela se viu cara a cara com George.

– Ah – disse ela, parando na porta. – Você voltou.

Jonathan, que tinha entrado atrás dela, deu um abraço débil no pai antes de correr para o quarto. George sorriu para o filho. Ele parece desgrenhado, pensou ela, a camisa para fora, o cabelo bagunçado. Ele tinha encurtado a viagem.

– Ah, foi uma perda de tempo – disse ele, limpando os óculos com a barra da camisa. – Nós chegamos tarde e não conseguimos encontrar um único animal. Não pegamos nem um maldito faisão.

– Ah.

– A temporada não está muito boa.

– Talvez melhore ano que vem – disse a Sra. March, ainda segurando as sacolas.

– Talvez – disse George.

– Você ficou sabendo – perguntou ela, o olhar fixo no dele – sobre a mulher desaparecida?

Ela esperava que ele reagisse de alguma forma: que fizesse uma careta ou sorrisse como um maníaco e confessasse tudo. Mas ele mal piscou quando respondeu que sim, claro, os folhetos estavam por toda parte. Não dava nem para comprar gasolina sem a polícia perguntar sobre isso.

– A polícia perguntou a *você* sobre ela?

– Bem, claro, eles perguntaram para todo mundo.

– O que você falou?

– O que eu falei? Como assim? Eu falei que não sei de nada sobre isso e que estava na região para uma viagem de caça.

Ele olhava para ela de maneira particularmente resoluta, ainda parado à sua frente, e naquele momento ocorreu a ela que talvez ele estivesse fazendo aquilo de propósito. Como uma espécie de ameaça. Acredite na minha história, seus olhos diziam. Senão você vai ver. Ela engoliu em seco e pôs as sacolas no chão. Os dois estavam ridículos: ele de frente para ela, as mãos nos bolsos, ela parada junto à porta, ainda de casaco e chapéu, as sacolas aos pés, quando devia simplesmente ter passado por ele enquanto conversavam, para levar as sacolas para o quarto. Era isso que ela queria fazer, só que agora, quanto mais pensava, mais incapaz se sentia de fazer isso de forma natural. Era como um músculo que ela tinha esquecido o modo de flexionar.

Finalmente, depois do que pareceu uma pausa artificialmente longa, George disse:

– Bem. Eu vou tomar um banho. Estou sujo da viagem.

Ela assentiu, e o olhar dele se prolongou nela, com um toque de sorriso no rosto enquanto ele ia para o quarto.

A Sra. March ficou na porta mais um pouco, explorando essas novas sensações, tentando enterrá-las. Um choramingo agudo dentro das paredes a sobressaltou. Ultimamente, sempre que a torneira do chuveiro era aberta, havia em seguida esse grito sacolejante dos canos.

Uma figura à esquerda a fez pular.

– Ah – disse ela. – Martha.

Martha tinha saído da cozinha secando as mãos num pano de prato.

– Posso pegar as sacolas, Sra. March?

– Sim, por favor. Guarde no baú da sala por enquanto, está bem? Obrigada.

Martha se afastou com as sacolas enquanto uma hesitante Sra. March a seguia. Ela passou pelo escritório de George. A porta estava aberta, o papel de parede vermelho parecia engolir a luz, e a malinha dele estava no divã, destrancada.

Não gostava que Martha a visse no escritório de George. Era como se Martha, mais uma vez, soubesse que ela não podia estar lá e patrulhasse o apartamento para isso. Assim, ela esperou que Martha estivesse de volta na cozinha e, tranquilizada pelo barulho de panelas e pratos, entrou na sala.

Aproximou-se da mala e ergueu a tampa com um dedo tímido. Não sabia o que estava procurando exatamente: alguma prova incriminadora de que o marido era estuprador e assassino? Absurdo. E que de alguma forma ele tinha voltado ao local do crime para destruir provas? Ah, por favor. Ela saberia o que estava procurando quando visse, concluiu, e isso lhe deu determinação. Ela verificou o forro da mala, se perguntando se era possível haver algo costurado ali. Mas o forro estava plano, e a costura, tão apertada no couro que os pontos se recusaram a ceder por mais que puxasse. Ela remexeu em cachecóis, luvas e meias, alguns artigos de higiene pessoal e um pano de limpar lentes. Uma das camisas dele chamou sua atenção. Estava manchada. Ela raspou a mancha marrom... mancha de vinho, concluiu. Ou sangue de algum animal. Se bem que George negou ter caçado algum. Nem mesmo um maldito faisão.

Ela foi até a mesa dele, remexeu, nada suspeito, nada fora do lugar. Estava tudo organizado em uma bagunça arrumada. Ela reconheceu o caderno em que tinha xeretado da última vez e o abriu para procurar o recorte de jornal sobre Sylvia Gibbler. Não estava mais lá. Virou as páginas, sacudiu um pouco para ver se algo cairia. Leu algumas palavras do caderno... anotações aleatórias, ao que parecia, ideias ou frases para livros futuros. Abriu as gavetas da escrivaninha, as mãos tateando sobre canetas, envelopes, clipes de papel e caixinhas de grampos.

– Procurando alguma coisa?

Ela soltou um gritinho sobressaltado e ergueu o rosto da posição curvada sobre a mesa de George, que estava na porta, os braços cruzados. O cabelo estava molhado do chuveiro e uma única gota (água ou suor) estava alojada e imóvel na têmpora.

– Ah, eu... – Ela olhou para a gaveta e tirou uma das caixinhas de grampos. – Jonathan precisa grampear o dever de casa e eu achei muitas dessas, mas cadê o grampeador? Não consigo encontrar por nada...

George se aproximou, a gota na têmpora ainda se recusando a descer pelo rosto. Ela tremeu de leve quando ele roçou nela ao esticar a mão para o grampeador, que estava totalmente visível em cima de uma pequena pilha de livros no canto da mesa. Ele entregou o objeto para ela, que hesitou. Eles se olhavam daquela forma persistente e inquietante quando ela se ouviu dizer:

– Esqueci. – Ela fez uma pausa antes de continuar: – Eu tenho que comprar leite. Para Jonathan.

George inclinou a cabeça.

– Peça a Martha que vá comprar.

– Não, tudo bem. Ela tem roupas para passar.

– Mas você acabou de chegar.

– Eu esqueci. Eu esqueci.

Ela foi até a porta da frente, abriu o pequeno armário no saguão em busca do casaco e do chapéu, mas se deu conta de que ainda os estava usando, abriu a porta de entrada e a fechou ao sair. No corredor, andou até o elevador, mantendo a porta do apartamento no campo de visão, perguntando a si mesma se George podia estar olhando pelo olho mágico, quase esperando que ele saísse pela porta e fosse atrás dela, o que ela determinou que a faria correr.

Mas, como a porta do apartamento ficou fechada, ela se acalmou consideravelmente. Decidiu que era melhor ir comprar o leite naquele momento. Ela faria papel de boba se voltasse de mãos vazias.

※

No supermercado, mulheres encasacadas empurravam carrinhos de compras pelos corredores enquanto uma versão lenta em estilo jazz e quase embriagada de "Dança da fada açucarada" tocava nos alto-falantes.

Ela pegou uma caixa de leite na geladeira barulhenta no fundo da loja enquanto observava os outros clientes. Eles pareciam estar empurrando os carrinhos sem destino, andando em linhas retas uniformes em uma grade invisível... sem nunca colidir, sem nunca olhar uns para os outros ao passarem.

Ela andou pelos corredores, a caixa de leite na mão, e chegou em um carrinho sozinho na seção de enlatados, parado na frente das prateleiras cheias de latas e mais latas de sopas Campbell's. Aproximou-se do carrinho com desconfiança, esperando que os outros clientes aparecessem no fim da fileira gritando "Está com você!", condenando-a a vagar pelo supermercado sem vida no lugar deles até que ela conseguisse enganar alguém para assumir o *seu* lugar.

Não havia nada de incomum no carrinho quando ela olhou dentro dele pela primeira vez. Um pacote de salsicha, feijão em lata, sacos de batatas e cebolas – e, para seu choque, como uma piada cruel – um exemplar do romance de George. Ela se virou, apertou bem os olhos e voltou a olhar o livro, torcendo para ter se transformado em algum outro. Não se transformou. Com as paredes vermelhas e brancas de Campbell's se fechando em volta, ela esticou a mão para o exemplar e, antes que entendesse o que estava acontecendo, pegou-o e enfiou-o no casaco, debaixo da axila.

Correu à registradora para pagar pelo leite e, enquanto estava na fila, sentiu suor se formar debaixo dos braços e o livro começar a escorregar. Quando chegou sua vez, ela pegou a carteira de couro de avestruz com o máximo de cuidado enquanto prendia o exemplar com força junto ao peito. Em seguida, pagou e abriu um sorriso pastoso para o caixa.

Do lado de fora, ela virou o livro na mão algumas vezes antes de jogá-lo em uma lata de lixo na esquina.

―――◆―――

Naquela noite, ela se recolheu cedo para a cama, mas ficou acordada durante horas, imóvel no escuro. A porta do quarto acabou sendo aberta e fechada. Sentiu George se deitar ao seu lado na cama e enrijeceu. Ultimamente, ela sempre estava dormindo quando ele ia para a cama, depois ele se levantava tão cedo de manhã que ela se perguntava se ele tinha mesmo ido para o quarto. Por trás dos olhos fechados, enquanto fingia dormir, ela o imaginou enforcando-a de repente. Estuprando. Não conseguia se lembrar da última vez que eles tiveram relações íntimas. Talvez depois daquela festa na Zelda na primavera? No começo, a relação deles era bastante sexual: George tinha iniciativa todos os dias e ela se surpreendeu estando disposta por vários anos. O sexo com George era fácil. Despretensioso. Sua mente se esvaziava sempre que eles faziam, o que a Sra. March achava tranquilizador. Durante um encontro sexual específico com George, quando Jonathan era pequeno, ela ficou perturbada com uma certeza crescente de que não era George que a estava tocando. As mãos nos ombros dela pareciam mais finas, com nós dos dedos duros. A pele do rosto dele no escuro estava mais áspera; na época, George tirava toda a barba, não deixava crescida. Ela ficou agitada, se perguntando quem era aquele estranho que a acariciava, imaginando como era o rosto dele (bochechas fundas e olhos verde-claros?) até esticar a mão para o interruptor do abajur. Quando acendeu a luz, viu que era George em cima dela (quem mais poderia ser?) e ofereceu uma desculpa esfarrapada

("Achei que ia derrubar aquele vaso com o pé..."), então eles continuaram o sexo. Ela estava tão apaixonada por George, disse para si mesma depois, que não conseguia nem suportar se imaginar com um homem diferente.

Depois de alguns anos de casamento, ela adotou uma atitude cada vez mais ambivalente em relação ao sexo. Acabou começando a temê-lo. A situação constrangedora, a mecânica desajeitada, o cheiro úmido e salino dele, a textura úmida dele entre suas pernas. Seu corpo se contraía instintivamente ao mero sinal de sexo, e com o tempo George foi tomando menos iniciativas. Ela não quis chamar atenção para isso e, embora soubesse vagamente da existência de profissionais que poderia consultar para essa questão, jamais conseguiria ir a um. Já tinha dificuldade demais em ser examinada e preferiria morrer a contar para o marido.

Os roncos de George a arrancaram dos pensamentos com tal força que ela se perguntou se estava adormecida. Como os roncos continuavam, ela relaxou; ele não a mataria naquela noite.

XXI

Uns dias de neve bem desagradáveis vieram em seguida, ou o que o noticiário descreveu como uma "nevasca histórica". Pelo menos sessenta centímetros de neve estavam previstos, o que fecharia escolas, faria a eletricidade cair em algumas áreas e atrapalharia severamente viagens. Em todo o nordeste, as famílias fizeram estoques de alimentos enquanto se preparavam para um isolamento momentâneo.

Na primeira noite, um sussurro de flocos de neve caiu silenciosamente, quase decepcionantes na gentileza depois das previsões carregadas de pânico. Mas a neve se mostrou constante e implacável, logo não era mais pitoresca, mas exaustiva em sua persistência, enterrando a cidade e os prendendo no apartamento sozinhos, só os três.

De manhã, a neve tinha engolido carros estacionados e continuou caindo lenta e pensativamente. Eles foram para o saguão. O porteiro não tinha conseguido chegar ao trabalho, então estava frio e silencioso, as luzes sobre a recepção apagadas. Eles olharam para a rua, para a paisagem branca que os envolvia, como a explosão de uma bomba atômica. As árvores próximas quase não podiam ser vistas em meio ao branco, os galhos apontando para eles como dedos.

A escola de Jonathan estava fechada e a peça de Natal fora cancelada, o que o deixou emburrado. Frustrou a Sra. March também, porque o figurino que ela tinha se esforçado tanto para fazer a costureira terminar a tempo jamais seria visto pelas mães das outras crianças, que sem dúvida não tinham feito os figurinos dos filhos e das filhas com três metros da melhor lã merino (Jonathan seria um urso na peça original, escrita pelo seu ambicioso professor de inglês, sobre animais da floresta tentando animar o espírito de um pinheiro inseguro).

As ceias de Natal foram canceladas, e a deles não foi exceção. A irmã da Sra. March ligou do aeroporto: todos os voos de Washington tinham sido cancelados, e ela prometeu ir para o Ano-Novo. A mãe de George, com medo de enfrentar a tempestade, se recusou a tentar fazer a viagem de Park Slope.

A situação foi exacerbada pela ausência de Martha. A Sra. March tentou convencê-la pelo telefone, mas Martha insistiu com firmeza que não havia como chegar nem à estação de metrô mais próxima. Em uma explosão alarmante de jovialidade, George se ofereceu para preparar o jantar de véspera de Natal para eles.

– Tem um frango inteiro na geladeira – disse ele com alegria, como se isso resolvesse tudo.

O frango pingou em rosa na pia quando George o segurou pelas coxas, e pareceu um bebê sem cabeça pendurado pelos braços. A Sra. March viu os dedos do marido mexerem nas bordas da cavidade, puxarem as dobras. Ele se curvou sobre o frango com avidez, quase intoxicado, mordendo o lábio inferior com algo parecido com excitação enquanto os óculos refletiam a mão fechada entrando na cavidade e retirando o fígado arroxeado, o coração. Escorregadios e inchados como sanguessugas.

Os três tiveram um jantar de véspera de Natal tranquilo, durante o qual a Sra. March cuspia discretamente no guardanapo frango meio mastigado depois de limpar a boca a cada pedaço. Depois, ela jogou o tecido sujo no lixo.

O Natal chegou e passou. Jonathan pareceu bem feliz com o trenzinho, e George deu para a Sra. March um cachecol cor de camelo com aparência de caro. Vicunha, disse George. Quando ele entregou o presente a ela, seus dedos se tocaram. Ela sorriu para ele enquanto fazia uma anotação mental para procurar no livro se havia menção de Johanna usar um cachecol de vicunha cor de camelo.

Para enfrentar a situação difícil com leveza, eles fingiram que eram prisioneiros, andando de quatro pela sala e se escondendo atrás de móveis do misterioso captor (incorporado por George). Com o passar das horas, como ondas implacáveis, a Sra. March começou a se considerar realmente uma prisioneira, e uma irritação vermelha como polpa de melancia apareceu no pescoço dela. Não havia necessidade de eles tentarem sair do prédio, pois tinham todas as provisões de que poderiam precisar, e a nevasca estava prevista para passar em dois dias, mas a cada hora que passava ela tinha mais dificuldade de acreditar que o confinamento acabaria, que ela voltaria à rotina tranquilizadora; para a rua, para a lavanderia, comprar pão de azeitona.

Ela começou a esperar ansiosamente que qualquer evento, por menor que fosse, servisse como pequena perturbação da monotonia. Preparar o chá da tarde era agora um dos momentos mais animados do dia. Às vezes, ela achava que via aranhas andando dentro dos saquinhos de chá; uma vez, viu uma perna peluda saindo pela musselina, que na verdade era uma folha de chá verde.

Jonathan ia periodicamente à casa dos Miller brincar com Alec, ou Alec vinha ao apartamento deles. As risadinhas deles passavam por baixo da porta do quarto de Jonathan, às vezes fazendo parecer que havia mais gente lá.

Enquanto isso, George passava horas sozinho no escritório ou vendo televisão; as palavras resmungadas de Jimmy Stewart ressoavam pelo apartamento enquanto ele aparecia em preto e branco.

Ela se lembrava de ter lido (em um livrinho curioso de biblioteca, abandonado em uma das cabines do banheiro do alojamento dela) sobre *Peggy*, um veleiro preso no Atlântico no século XVIII. Vagando sem direção no mar, as provisões esgotadas, comendo botões e couro, os homens decidiram tirar a sorte. O "costume do mar". Ela imaginou a fome, a claustrofobia, a desesperança da situação. A verdade ficando mais evidente para os homens de que eles estavam ficando loucos aos poucos, e não havia nada que eles pudessem fazer para afastar a loucura, uma visão que não registrava nada além de um mar infinito e os mesmos rostos assombrados e vazios entre o restante da tripulação nas entranhas de madeira do barco.

A Sra. March se perguntou, caso chegasse a esse ponto, se ela e George seriam capazes de comer o próprio filho para sobreviver ou se George e Jonathan se voltariam contra ela.

Ela estava sentada na borda da banheira certa noite, tentando acertar uma mosca irritante que ouvia mas não conseguia ver. O zumbido era constante, a mosca zombando das tentativas falhas dela de encontrá-la.

A Sra. March esticou a mão para a torneira, parou. Havia algo na banheira. Imóvel. Ela piscou. Um pombo morto. As asas esticadas, o pescoço escamoso verde-metálico torcido. Os olhos em âmbar brilhoso. Ela quis tocar neles. Achava que nunca tinha visto um de tão perto. Com suavidade, arrulhou para ele.

Animada com a ideia dessa coisa nova e empolgante, ela foi até a sala informar a George.

– Lamento informar que tem um pombo morto na banheira, querido – disse, sussurrando no ouvido de George, pois Jonathan estava deitado no chão vendo televisão, e ela não queria que ele ouvisse e fosse mexer na carcaça.

– É mesmo? – perguntou George, fechando o jornal.

– Você acha que pode se livrar dele? – perguntou ela. – Eu não suporto a ideia de tocar nele.

E, assim, George puxou as mangas e foi na direção do quarto para se livrar da ave.

– O que você está vendo, Jonathan? – perguntou a Sra. March.

Jonathan deu de ombros sem nem se virar para olhar para ela.

A Sra. March pegou o jornal que George estava lendo e, ao dobrá-lo, viu que a data era anterior à tempestade de neve.

– Querida – chamou George do quarto –, venha aqui um momento.

Ela encontrou George parado com as mãos nos quadris na frente da banheira. Ele se virou para ela.

– Não tem nada aqui.

A Sra. March se aproximou e olhou para baixo. A banheira estava imaculada, branca, limpa, absolutamente sem qualquer sujeira; não restava nem uma gota de sangue nem sinal de penas. Ela olhou para a janelinha acima da banheira. Estava fechada. Tentou lembrar se estava aberta antes.

Ela levou as mãos ao rosto.

– Estava... estava aqui *segundos* atrás.

– Talvez tenha voado para fora.

– Não, não... – Queria explicar que não era possível, que aquilo tudo a tinha assustado, mas parou e olhou para George, que a estava observando, os olhos brilhando por trás dos óculos, as mãos nos bolsos. Ela mordeu o polegar.

– Talvez você só esteja cansada – disse George com certa cautela – depois de tanto tempo enfurnada aqui.

Ela olhou para George sem entender. Ele olhou para ela.

– Sim – disse ela. – Provavelmente.

Ela considerou a possibilidade de que George a estivesse torturando. Que estivesse se divertindo de forma doentia à custa dela. Ou talvez que o pombo tivesse sido um aviso para ela recuar.

Na última noite de confinamento, quando estava indo para o quarto dormir, ela ouviu uma risada brusca vinda da sala. Foi até lá com cautela e viu George sentado sozinho na poltrona favorita, tomando um copo de uísque.

– O que é tão engraçado? – perguntou ela, se contraindo, para o caso de ele estar rindo dela.

– Eu só estava me lembrando de uma coisa que meu pai dizia...

– O que ele dizia?

Ele olhou para ela e sacudiu o uísque, os cubos de gelo rolando e batendo no vidro.

– Eu esqueci – disse ele, sorrindo. – Ops.

Ela se virou para ir embora e George disse:

– Ele não era um homem muito engraçado, o meu pai.

Aliviada por não parecer ter a ver com ela, a Sra. March soltou a faixa do roupão e, expirando, decidiu dar conversa.

– Ora. Ele não lutou contra a diabetes a maior parte da vida?

– Sim. Foi horrível. Ele não cuidava. Não sentiu a gangrena chegando. A pele dele parecia grafite. A infecção se espalhou até os ossos. Chegou ao ponto que começaram a cortar pedaços dele aos poucos. A primeira história que eu escrevi foi sobre a primeira amputação dele. "Um punhado de dedos dos pés." – Ele riu, e suas feições se fecharam. – Às vezes eu encontro inspiração nas coisas mais horríveis. Você acha que isso me torna uma pessoa ruim?

A Sra. March olhou para George de cima, para os olhos ávidos e ilegíveis, para o sorriso ambíguo que sempre parecia debochar da inteligência dela.

– Não... – disse ela suavemente.

Ele segurou a mão dela e esfregou a aliança.

– Você sempre vê o melhor em mim – disse ele.

Ele mexeu com a unha no dedo dela, depois levou a mão da Sra. March aos lábios e deu pequenas mordidas delicadas.

XXII

Quando a neve finalmente derreteu, revelando carros e bicicletas presas em postes, a rua foi tomada de lama, e a sujeira da cidade penetrou nela como uma infecção. Nos jornais, famílias do bairro Red Hook posaram com expressões sérias nas escadas dos porões inundados. Um homem morreu atingido por um galho no Central Park.

Os March ofereceriam o jantar de Ano-Novo para a irmã da Sra. March, Lisa, e o marido dela, Fred. A mãe de George passaria a noite com uma das tias de George, e Paula, previsivelmente, estava em uma praia em algum lugar, bronzeando as compridas pernas cor de caramelo à custa de algum amigo generoso.

Tudo estava no lugar quando Lisa e Fred bateram à porta. A mesa estava posta com bom gosto, com um toque grandioso porque, embora fosse um jantar de família, a Sra. March não podia tolerar que a irmã voltasse para o hotel depois e comentasse com o marido que a mesa *deles* era melhor. A comida tinha sido encomendada no Tartt's três semanas antes, enquanto as sobremesas preparadas por Martha estavam na bancada da cozinha: macarons azulados enfileirados como debutantes em vestidos com fitas de seda, esperando para fazer sua entrada.

O apartamento estava tomado de uma alegria quase sufocante: a árvore perfeitamente aparada, Bing Crosby cantando canções de Natal havaianas no aparelho de som e os cartões de Boas Festas expostos no lintel da lareira. Hoje, ela colocara o cartão barato e brega da irmã com um boneco de neve cintilante na frente de todos os outros.

A Sra. March fez uma pausa antes de abrir a porta da frente, para que não achassem que ela estava parada no saguão, esperando-os. Ela estava suando de expectativa; não sabia expectativa de quê, mas tinha criado expectativa mesmo assim.

Quando deu as boas-vindas ao casal e os cumprimentou calorosamente, a Sra. March ficou animada de ver que os quadris de Lisa, apertados embaixo de uma saia horrenda de lã, estavam mais largos. Sempre lhe deu alegria o sinal de qualquer deterioração física na irmã, por menor que fosse. Desde a infância, a mãe comparava as duas, e invariavelmente achava a Sra. March inferior.

– Por que você não pode se comportar? Olhe a Lisa, a avó *dela* também morreu – sibilou ela para uma Sra. March chorosa no enterro da avó.

De fato, Lisa sempre teve a proteção de uma espécie de calma esterilizada, como se não estivesse realmente vivenciando as coisas, só olhando de longe.

A mãe delas, a Sra. Kirby, pareceu se ressentir da Sra. March desde o começo, o que foi evidenciado pela escolha do seu nome em homenagem à mãe dela, que ela detestava. Seu desdém foi confirmado uma noite quando, bêbada de xerez, ela revelou que a Sra. March fora um acidente, que tinha pensado em aborto.

A Sra. March ficou feliz de Jonathan ser filho único, sem irmãos com quem o comparar... e de a mãe dela não ter outro neto com quem compará-lo. A irmã decidiu não ter filhos, sempre dizia como era feliz de poder viajar pelo mundo; além do mais, vivia ocupada com a mãe. Mas a Sra. March desconfiava que era porque a irmã sempre foi magra demais para conceber um bebê. Ela duvidava que Lisa tivesse sido capaz de menstruar depois de ter perdido tanto peso na faculdade, e agora estava velha demais para engravidar.

A Sra. March viu inicialmente a concepção de Jonathan como uma vitória sobre a irmã; finalmente sua mãe ficaria orgulhosa dela por uma coisa que Lisa não era capaz de fazer. A Sra. Kirby costumava dizer que ter filhos e uma família era a maior realização da vida de uma mulher. Mas, quando a Sra. March teve Jonathan, seu pai tinha morrido, e a mãe andava meio calada; pouco depois que o bebê chegou, a Sra. Kirby já mostrava sinais de demência. "Linda Lisa", disse ela quando pegou Jonathan no colo pela primeira vez.

– Está tão frio lá fora – disse Lisa, com o nariz vermelho. – Essa época do ano não é linda?

O marido de Lisa, Fred, andou na direção da Sra. March com um sorriso vazio. O insuportável, pomposo e gordo Fred. A Sra. March desgostou dele desde o momento em que o conheceu. Ele fazia o possível e o impossível para deixá-la incomodada em situações sociais. Era o tipo de homem que anunciaria com pompa que a antiga mesa de centro de cedro deles estava ultrapassada. "O século XVIII está tão barato agora. Quanto vocês pagaram por isso?"

Fred tinha visto uma boa parte do mundo. Tinha entalhado pedras mani com os monges budistas de um monastério tibetano, tinha nadado com tubarões em Bali ("não foi tão assustador") e tinha, claro, lamentavelmente, feito seu próprio *foie gras* em uma visita a uma fazenda francesa. A Sra. March, permanecendo nos limites autoimpostos dos Estados Unidos e da Europa, achava essas histórias intimidantes e tediosas. Mas nenhuma dessas experiências enriquecedoras e iluminadoras pareciam ter enriquecido e iluminado Fred de alguma forma.

Ele bateu nas costas de George e deu um beijo na bochecha da Sra. March, umedecendo-a com a papada suada, que ela sentiria no rosto (a mão chegaria a coçar para limpar) a noite toda.

– Vamos finalmente beber vinho decente neste lugar, George, meu rapaz – disse Fred, rindo enquanto exibia uma garrafa de vinho ridiculamente grande –, e não aquilo que vocês serviram da última vez. E isto – disse ele, pegando uma garrafa menor – é um vinho de sabugueiro. Para as damas.

– Nós gostaríamos de experimentar o vinho bom também, querido – disse Lisa, se olhando no espelho do saguão.

– Não, não, vocês, mocinhas, vão tomar o de sabugueiro. Vocês não sabem apreciar como este vinho é bom.

– Sabemos, sim! – disse Lisa, mas não com muito entusiasmo.

– Você mesma falou: não sabe diferenciar o tinto da casa do Vega Sicilia.

A Sra. March olhou de lado para George, que riu com bom humor e pegou as garrafas. Ela repuxou os lábios. Ela e George tinham sido convencidos a beber um vinho muito azedo da última vez que foram à casa da irmã dela e de Fred em Maryland. Havia tintos vintage impressionantes na adega da cozinha, mas Fred serviu o de uma garrafa que devia estar aberta na bancada por pelo menos quatro dias.

Ela ficou olhando Fred se gabar de como as passagens tinham sido baratas.

– Uma barganha, foi tudo uma barganha – disse ele. E: – Obrigado, querida – quando a Sra. March pegou seu casaco. – Onde está Martha? Onde está aquela sacaninha?

– Martha ganhou o dia de folga – disse a Sra. March, pegando também o casaco da irmã, uma coisinha rosa macia, fofa demais para o gosto dela, e pendurando ambos no armário. – É véspera de Ano-Novo, afinal.

– Nossos empregados sempre ficam, na véspera de Ano-Novo e no Natal – disse Fred. – Isso tem que ser resolvido logo de cara, senão eles vão tirar vantagem.

– Que *lindo* – disse Lisa, admirando o broche da Sra. March.

Ela falou de uma forma tão exagerada que a Sra. March soube que era mentira. Ela tinha dado um broche igual de aniversário para Lisa anos antes e nunca a tinha visto usar.

– Ah, uau – disse Fred quando eles entraram na sala, para onde a Sra. March estava tentando levá-los casualmente desde que eles pisaram no apartamento –, o livro deve estar indo muito bem, George. Olha só este lugar.

– *Está* indo bem, não está? – disse Lisa. – Eu li críticas ótimas. Ainda não consegui ler o livro...

– Lisa finge que lê – disse Fred, rindo com deboche, as bochechas vermelhas como as de uma confeiteira vitoriana de avental.

– Eu leio, sim – disse Lisa com uma certa exasperação nos olhos.

– Tudo bem, querida. Aquilo é um Hopper original? Quanto custou *aquilo*?

– Já está aí há anos. Você comentou sobre ele na última vez que veio aqui – disse a Sra. March, tomando o cuidado de parecer prestativa, e não defensiva.

– Tenho certeza de que nunca vi isso na vida.

– Viu, sim.

– Não, eu lembraria.

– Vamos nos sentar, que tal? – propôs George. – Estou morrendo de fome.

Eles atravessaram as portas de vidro em direção à sala de jantar. A mesa brilhava grandiosamente, decorada com uma guirlanda de magnólias no centro e com pratos e travessas de porcelana pintadas à mão, oferecendo um suntuoso banquete de vieiras grelhadas com manteiga queimada e tender com abacaxi. A Sra. March sabia que Jonathan detestava abacaxi, mas aquele era o prato mais impressionante que ela poderia ter servido (o tender assado com abacaxi da Tartt's, com toda a aparente simplicidade, era o pináculo da erudição gastronômica). Ela também apreciava o conforto familiar do prato, a aparência dele quando George o cortava para a família, como se posando para um quadro de Norman Rockwell. Jonathan teria que se virar com as vieiras.

– Ah, a mesa está *linda* – disse Lisa.

– Seja sincera. O quanto disso foi você que cozinhou? – perguntou Fred daquele jeito jocoso detestável.

– Ah – disse a Sra. March –, eu tive ajuda, claro.

– Dá para ver – disse Fred sorrindo, revelando fileiras de dentinhos perfeitinhos, parecendo dentes de leite.

Eles se sentaram e, enquanto os homens mergulhavam na comida com a velocidade e o silêncio muitas vezes evocado pela fome masculina, as mulheres encheram o estômago de água e de um legume no vapor aqui e outro ali. A Sra. March observou Lisa e imitou os hábitos dela durante a refeição. Ela só comia quando Lisa comia.

Fred, sem fazer esse mesmo esforço, atacou o prato ruidosamente. Ele tinha o hábito repugnante de respirar pela boca entre garfadas e de vez em quando emitia uma risada breve.

– Deixa um pouco para nós, querido – disse Lisa com um tom leve carregado de cautela.

Segurando a taça de vinho enquanto aguardava a próxima garfada da irmã, a Sra. March reparou como Lisa economizava metodicamente o pão, como limpava o canto da boca com o guardanapo, mesmo quando não tinha comido nada. Ela era afetada desde a infância, mesmo quando elas brincavam de faz de conta quando crianças, imaginando como seriam seus futuros maridos ideais. Lisa sempre descrevia o mesmo homem: alto de cabelo desgrenhado, europeu, meio desajeitado, mas fofo. Um intelectual modesto. O olhar da Sra. March se voltou para Fred, ficando calvo no alto da cabeça, a papada melada vermelha de irritação pela fricção do barbeador, as mãos fechadas em punho sobre a mesa. Ela fantasiou em voltar no tempo, em ir para o apartamento dos pais, para os quartos conectados pelo banheiro. A jovem Lisa nunca acreditava que havia um marido de verdade no futuro dela; a própria Sra. March mal conseguia acreditar. Lisa ficaria com inveja de saber que o futuro marido da irmã mais nova seria um escritor famoso. Possivelmente estuprador e assassino também. O sorriso da Sra. March sumiu.

– Passe as batatas – pediu uma vozinha ao lado dela.

Ela olhou para Jonathan. Tinha esquecido que ele estava à mesa. Ela compensou com uma porção dramaticamente grande de batatas, depois afastou o cabelo dele em um gesto que torceu para ser obviamente amoroso. Jonathan voltou a comer.

– Qual é o problema dele? – perguntou Fred, que observava a interação entre os dois, algo que a Sra. March percebia agora.

Às vezes, ela pegava Fred olhando para ela. No começo, achou que ele sentia atração por ela, mas, ao longo dos anos, considerou as intenções dele bem mais sinistras.

– Não tem *problema* algum – disse a Sra. March com a voz meio estridente, porque muitas vezes ela tinha se perguntado a mesma coisa.

– Eu era bem mais cheio de vida na idade dele – disse Fred, os olhinhos brilhando, as bochechas cheias de tender. – Sempre me metia em brigas. Garotinhos precisam se meter em brigas, é assim que eles aprendem a ser homens.

Lisa levantou uma objeção preguiçosa, à qual Fred respondeu:

– É verdade. Senão eles nunca vão saber se defender.

– Bem, talvez terapia fosse bom para ele – disse Lisa.

A Sra. March ficou gelada com essa traição e olhou para a irmã com o que só podia esperar ser puro e inequívoco ódio.

– Acho que não vai ser necessário – disse ela, se servindo de mais legumes, apesar de não ter terminado a porção que tinha no prato.

– Por quê?

– Eu não acredito em terapia – interrompeu Fred. – As crianças precisam enfrentar a vida sozinhas. Senão, nunca vão aprender. Sempre vão precisar da ajuda de outros.

– Sério, por que você não o coloca na terapia? – continuou Lisa, ignorando Fred. – É por causa da sua experiência? Você não acha que ajudou?

– Não seja boba – disse a Sra. March, o rosto quente. – Isso não tem nada a ver comigo. Eu nem pensava nisso havia séculos. Esqueci completamente.

A Sra. March não tinha se esquecido das sessões com o Dr. Jacobson. A sala de espera, as revistas infantis com os passatempos já feitos. O corredor comprido que levava ao consultório, a porta fechada, as vozes abafadas lá atrás. A forma como o Dr. Jacobson perguntava o que ela sentia em relação a tudo, a pressão de inventar respostas para agradá-lo.

– Quando você foi a um psicólogo, querida? – perguntou George.

– Ah, muito tempo atrás. Quando criança. Não foi nada, só uma ou duas sessões. Parece que eu mordi a empregada uma vez. – Ela revirou os olhos e sorriu.

– Não foi só por ter mordido a empregada – disse a irmã. – Você sabe disso, né?

A Sra. March afastou o olhar, mas sentiu os olhos da irmã nela. George voltou a comer o que tinha sobrado de camarão enrolado com bacon.

Fred, que estava caído sobre a mesa, como se cansado de sustentar o próprio peso, propôs um brinde ao novo ano e aos anfitriões generosos, os March. Seus lábios gordos e inchados brilhavam de umidade enquanto ele olhava para a Sra. March. Ela tentou sustentar o olhar dele, mas não conseguiu.

◆

Na manhã seguinte, a primeira de um ano novinho, ela preparou uma xícara de chá e a soprou delicadamente enquanto olhava pela janela do quarto.

– Coelho, coelho, coelho – sussurrou ela, olhando para o prédio vizinho, para as janelas sem vida. Ela continuou, aumentando o volume até estar gritando, a respiração embaçando o vidro: – Coelho! Coelho! COELHO!

XXIII

Uma semana depois da volta às aulas, a diretora da escola de Jonathan ligou para a Sra. March, convocando-a para uma conversa na sala dela.

– Infelizmente, houve um incidente – disse a diretora. – É um pouco... delicado para ser discutido por telefone.

Assim, a Sra. March se preparou para o papel de mãe estilosa e carismática, que ficaria preocupada com o filho, mas também intimidante para os funcionários; enigmática, mas calorosa. Animada pegou um táxi até o Upper West Side, usando os melhores brincos de pressão, mas ficou meio enjoada pelo jeito abrupto como o motorista pisava no freio ao longo de toda a Central Park West.

Quando criança, ela era levada para a escola pelo chofer do pai. Ele a levou e buscou por dez anos, porém raramente via o rosto dele. Mas se lembrava da sua nuca, quadrada e com pelinhos curtos, visível pela abertura no apoio de cabeça. Seu pai costumava ficar no carro com ela nos dias em que ia trabalhar um pouco mais tarde, usando o terno sob medida e lendo a seção de negócios dos jornais matinais, que estariam esperando por ele no banco de trás, espalhados. O cheiro da tinta do jornal, parecido com o de gasolina, sempre a enjoava. Uma vez, ela vomitou em todo o interior de couro e no forro da porta (estava mirando na janela). O chofer foi reconfortante e discreto, como sempre, e ela se sentiu mal por ele... mas pelo menos teve o bom senso de esperar até o pai sair. Na manhã seguinte, o carro chegou limpo e com cheiro fresco, como se nada tivesse acontecido.

Abanando-se para diminuir o enjoo atual, ela saiu do táxi na frente da escola de Jonathan, onde os alunos do segundo ano jogavam na quadra de basquete adjacente em meio a gritos de torcida e uns berros ocasionais. Todos usavam o uniforme obrigatório da escola.

Ela viu um homem perto da cerca. Sabia bem que tipo de homem rondava escolas e parques. Sua mãe a tinha avisado desde cedo, quando a mandou para o confessionário pela primeira vez, aos nove anos, para nunca confiar totalmente em um homem.

– E no papai? – perguntara a Sra. March, esperando algum tipo de exceção à regra, principalmente porque a mãe sempre só teve elogios para o pai.

– Nunca abaixe a guarda – respondera a mãe.

Dentro da escola, o ar carregava um aroma de metal e madeira úmida. Não tinha cheiro de crianças, e a Sra. March ficou grata por isso. As paredes, de um verde-penitenciária e cor de melaço, estavam perturbadas aqui e ali por artes coloridas em quadros de cortiça. O ambiente estava silencioso de uma forma reverente, como uma igreja, exceto pelo tom baixo e monótono de uma professora, que foi ficando mais alto conforme andava pelo piso granilite do corredor.

A diretora, de quem ela se lembrava vagamente de uma visita inicial ao local, era uma mulher com uma torre de cabelo castanho bem penteado, um sorriso apertado e um narizinho fino, como o de um pardal. Ela deu boas-vindas à Sra. March em sua sala, um espaço apertado adornado com tapetes coloridos e mobília que não combinava. Elas se sentaram, por sugestão da diretora, uma em frente da outra, em um par de poltronas volumosas, uma estampada, a outra lisa.

– Muito obrigada por ter vindo, Sra. March – disse a diretora quando a Sra. March afundou na cadeira volumosa. – Peço desculpas pelo inconveniente. Mas achei que a conversa tinha que ser pessoalmente.

Fez-se silêncio. A diretora sorriu de forma tranquilizadora e pés de galinha surgiram nas laterais dos olhos apertados.

– Claro – disse a Sra. March.

– Como você sabe, eu nunca chamei você aqui antes e espero não precisar chamar mais. – Ela respirou fundo. – Jonathan está passando por algum tipo de pressão em casa? Aconteceu alguma coisa talvez emocionalmente estressante durante as festas?

A Sra. March piscou.

– Não.

– Pode ser mera curiosidade, sabe, às vezes eles ficam confusos nessa idade e querem... *explorar*. Eles não sabem que podem... machucar os outros. – A diretora suspirou e cruzou as mãos no colo. – Infelizmente, Jonathan fez uma coisa. Tudo parecia bem quando ele voltou das férias de inverno: ele parecia estar se integrando direitinho. Mas aí, bem...

Enquanto a diretora falava, a Sra. March observou o tapete puído, virado em uma ponta; as fotografias de viagens de esqui expostas em porta-retratos sobre a mesa; os livros de psicologia infantil nas prateleiras. Ela tinha sido enviada para a sala da diretora apenas uma vez quando criança, depois de ter escrito um bilhete maldoso para outra garotinha da turma. "Querida Jessica" – a Sra. March odiava esse nome desde essa época –, "todo mundo te odeia e você vai morrer logo. É a vontade de Deus", dizia o bilhete. "Assinado, alguém do quarto ano." Não fazia sentido para ela agora por que tinha cismado com a Jessica, uma criança objetivamente comum. Ela observava Jessica no parquinho, reparava com raiva como as meias dela deslizavam pela panturrilha, expondo as pernas rosadas nos meses de inverno, quando todas as outras meninas estavam com camadas de meias-calças de veludo e lã. Observava uma alheia Jessica brincar, dançar como boba, os braços frouxos, enquanto ria com um ruído agudo, as tranças louras batendo no peito. Observava Jessica na aula, como ela roía as unhas, a cabeça curvada sobre o caderno, os lábios entreabertos revelando dentes meio separados. A forma como ela exagerava quando levantava a mão, o corpo todo inchando quando ela emitia choramingos e *eu, eu, eu*. Sentava-se na plateia quando Jessica se apresentava no recital de balé da escola. Ver Jessica dançar, o cabelo louro preso em um coque, os mamilinhos aparecendo no collant rosa, a encheu de uma inveja ardente que a percorreu como uma pulsação. Uma inveja que continuou pulsando em sua corrente sanguínea quando se sentou depois da aula de matemática e escreveu o bilhete e, sem pensar duas vezes, o enfiou na mochila de Jessica.

Houve uma agitação, claro, depois que o bilhete foi encontrado. A professora preocupada fez fotocópias e entregou para todos os professores do quarto ano. A Sra. March repreendeu a si mesma por ter sido arrogante e indicado o seu ano no bilhete, mas, por outro lado, ela não esperava que Jessica fosse mostrá-lo para alguém, aquela dedo-duro.

– Eu conheço Jonathan – disse a diretora –, e ele nunca fez nada assim antes, mas você precisa entender que não posso deixar que ele *corrompa* meus outros alunos...

A Sra. March tremeu. Ela costumava sentir náusea quando ficava com fome depois de um parco café da manhã. Por que tinha comido tão pouco de manhã? Teve dificuldade de lembrar.

– Então, espero que entenda – continuou a diretora –, nós não podemos tolerar esse tipo de comportamento na escola. Você entende?

– Claro.

– Que bom, fico feliz. Claro que Jonathan será bem recebido quando a suspensão acabar...

– Suspensão?

A diretora franziu a testa.

– Bem, sim, Sra. March. Como eu estava dizendo agorinha mesmo, o comportamento dele não pode passar impune. Não pegaria bem para a escola. Nem, para ser sincera, para mim. Também seria injusto com os pais da garotinha envolvida. Nós temos que dar o exemplo.

– Sim, eu entendo – disse a Sra. March, sem entender nada.

Ela suava debaixo do casaco pesado, que não tinha tirado, e fazer isso depois de tanto tempo lá dentro seria estranho, sem contar que era capaz de estar com manchas de suor na blusa.

– Como falei, Jonathan pode terminar as aulas de hoje. Nós o receberemos de volta semana que vem.

A diretora se levantou, o que a Sra. March interpretou como sinal de que a reunião tinha terminado, e por isso também se levantou. As duas mulheres se agradeceram tanto que a Sra. March se perguntou o que elas tinham feito uma pela outra para ficarem tão agradecidas. A diretora a acompanhou até a porta e sorriu para ela.

No ato de chamar um táxi na avenida Columbus, um homem em situação de rua a abordou.

– Você não me dá o menor tesão! – gritou ele quando ela entrou correndo no táxi e bateu a porta.

XXIV

Quando se aproximou do prédio, a Sra. March encontrou um amontoado de gente na calçada, todos encolhidos juntos para se proteger do frio. Uma pessoa andava em círculos e outra estava um pouco mais distante, fumando um cigarro. Era difícil ver o rosto ou determinar o gênero, pois todos estavam embrulhados em casacos acolchoados e usavam gorros puxados até as sobrancelhas. A maioria, ou até todos, carregava o mesmo livro, o novo lançamento de George. A capa brilhante refletiu para a Sra. March na luz das mãos enluvadas de uma, do bolso do casaco de outra. Uma delas devia ter pesquisado sobre George, concluiu ela, ou visto ele entrar no prédio... e agora todas o estavam esperando, torcendo para tirar uma foto ou conseguir um autógrafo.

Alguns olharam quando ela entrou correndo no prédio. O porteiro ficou em silêncio e rígido quando segurou a porta para ela.

– Boa tarde – disse ela, sem obter resposta.

Ela atravessou o saguão, piscando em confusão. Tinha dito as palavras em voz alta ou só imaginado?

◆

Naquela noite, a família March se sentou junta à mesa de jantar. Em frente à Sra. March, Jonathan comia pouco, em silêncio. Ela lançou olhares para ele, observando os olhos afundados e com contornos escuros, o comportamento reservado, e concluiu que não tinha como ser verdade o que a diretora dissera sobre ele. A palavra *corromper* pairava sem vida dentro dela como um órgão apodrecendo. Talvez, teorizou ela, tateando no escuro, fosse *Jonathan* o corrompido. Levado a atos sombrios por um colega ou por... ela olhou para George, que ingeria a refeição ruidosamente. Ele o corrompeu, pensou ela. Esse monstro corrompeu meu bebê.

– A batata, querida – disse George, sem levantar o olhar do prato.

– Sim, a batata – ecoou Jonathan.

A Sra. March deslizou a travessa na direção deles, agora percebendo com uma repentina clareza elétrica como os dois eram parecidos. Ela nunca tinha considerado (Jonathan parecia ter brotado, se formado sozinho, sem material genético de nenhum dos dois), mas viu agora a semelhança clara: a curva da testa, o começo do couro cabeludo, o arco das sobrancelhas. No entanto, os olhos eram diferentes, e ela ficou aliviada... pois, se eles eram mesmo as janelas da alma, fazia sentido que as almas deles fossem bem diferentes. Os olhos grandes e vazios com cílios pesados de Jonathan brilhavam em contraste com os pequenos, penetrantes e sábios de George. Mas talvez os de George fossem assim por causa da miopia, de anos apertando os olhos com os óculos na frente dos livros. Quando criança, ele talvez tivesse olhos grandes e inexpressivos como os de Jonathan. Tinha sido um garoto inteligente de forma incomum, de acordo com a mãe dele. George sempre fora idolatrado pela mãe. Eles tinham desenvolvido uma conexão especial, supôs a Sra. March com amargura, depois que o pai de George morreu. Unidos na dor. Apesar de o pai, de acordo com o próprio George, ter sido rigoroso. Indiferente. Talvez não tenha sido a perda dele que traumatizou George, a Sra. March considerou de repente. Talvez, sem que ninguém soubesse, o pai de George fosse abusivo. Bêbado. Talvez batesse no jovem George para ter sua submissão. Ela repreendeu George mentalmente por esconder seu passado sofrido. Ele devia ter vergonha, ela achava, ou talvez se culpasse, como muitas crianças que sofreram abuso. Ou talvez... talvez George tivesse *gostado*. Ela sufocou um ruído só com o pensamento, e o aspargo que tentava engolir entalou na garganta. Talvez seu pai tivesse transformado George em um monstro também, e agora George estivesse fazendo o mesmo com Jonathan. Avô, pai, filho: um legado de monstros.

Ela olhou para George e depois para Jonathan. Nenhum dos dois deu atenção a ela. Por um instante fugaz, se perguntou se sequer estava presente. Eles tinham pedido a batata, não tinham? Querendo falar, precisando falar, precisando que olhassem para ela e confirmassem sua presença, ela limpou a garganta e disse:

– E então, Jonathan, você não vai contar ao seu pai o que aconteceu na escola hoje?

Jonathan levantou os olhos, o rosto inescrutável, as sobrancelhas se franzindo. George olhou para o garoto por cima dos óculos e perguntou:

– Poe?

– Eu fui suspenso – disse Jonathan, olhando para o prato.

George suspirou, mais de resignação do que de surpresa.

– Ele fez uma coisa – disse a Sra. March com a boca seca –, com uma garotinha.

George olhou para Jonathan por cima dos óculos.

– Bem, isso não está bom. Nós te ensinamos a se comportar – disse ele, a voz severa. – Eu não aceito esse tipo de comportamento de você. Sinceramente, estou decepcionado, assim como a sua mãe. Você sabe que não deve agir assim.

– Não foi culpa minha – disse Jonathan, agora com um toque de arrependimento na voz. – Alec estava desafiando os outros garotos a fazerem...

– Alec? – disse a Sra. March, a esperança voltando quando ela se abriu para a possibilidade de que Sheila Miller estivesse passando pela mesma situação no andar de cima. – Alec também foi suspenso?

Jonathan fez que não, ainda olhando para o prato.

– Não, ele não foi nem enviado para a sala da diretora, mas foi tudo culpa dele...

George bateu com a mão na mesa. A Sra. March levou um susto.

– Isso é inaceitável! – gritou George. – Suspenso aos oito anos e sem nem conseguir admitir responsabilidade por uma coisa que você fez! Isso é culpa sua e só sua. Espero que você pense muito nisso, Jonathan, e *nunca mais* deixe que aconteça.

A Sra. March ficou olhando perplexa a cena se desenrolar perante seus olhos. A mandíbula de George estava firme, as narinas se dilatando. O saleiro estava caído de lado. Ela não se lembrava da última vez que o tinha visto assim, isso se já tivesse visto alguma vez. George nunca foi um disciplinador severo com Jonathan. Ela imaginou um George furioso com Sylvia; Sylvia suplicando pela vida, caída no chão do quarto, e George parado ao lado dela, dizendo que o que estava prestes a acontecer era culpa dela mesma, que ela precisava assumir responsabilidade pelas suas ações. Por incitá-lo. Por provocá-lo. Mais tarde, com a vida se esvaindo do corpo violado, ela teria usado o último suspiro para suplicar por misericórdia uma última vez enquanto George ria dela. A Sra. March tremeu pela imagem monstruosa que tinha conjurado. Dentro da boca, o interior da bochecha sangrava de tanto que ela o mastigava.

– Vá para o seu quarto. Você terminou – ordenou George.

Jonathan se levantou da cadeira e saiu correndo, recusando-se a olhar para qualquer um dos dois.

A Sra. March olhou de lado para o marido, que continuou a refeição. Ela o viu cortar um aspargo em pedacinhos. Quando engoliu o último pedaço, ele franziu a testa.

– Não era aniversário de alguém hoje? Da sua irmã?

– Não – respondeu ela. Com medo de estar sendo brusca, acrescentou: – É em setembro.

– Ah, certo. Bom, é aniversário de *alguém*. Não me lembro de quem.

Da Sylvia, pensou a Sra. March.

– Posso comer esse resto? – perguntou George, indicando o prato inacabado dela. – Se você não quiser.

Ela empurrou o prato na direção dele. Ele costumava gostar de jantares leves, pois refeições pesadas o deixavam lento demais para escrever. Talvez a raiva tivesse despertado a fome, pensou ela. Talvez ele gostasse disso, de sugar o desconforto do ar, como uma abelha sugando orvalho de uma pétala.

Naquela noite, George se sentou na cama enquanto ela dormia, mas não era George. Era o diabo.

– Eu não vou acreditar em nada que você disser – disse ela.

Ele fez carinho no rosto dela com uma unha amarela comprida e disse:

– Você tem tantos demônios, querida.

– Sim.

– Encontraram um jeito de entrar.

– O dedetizador vem na segunda – disse ela. – Está havendo uma infestação, sabe.

– O que aconteceu com a sua orelha? – disse o diabo, passando o dedo pelo lóbulo da orelha dela com a mesma unha amarela.

– Ah, eu queimei, mas está boa agora.

– Está?

Ela levou os dedos ao lóbulo da orelha e sentiu a casca.

– Ah – disse ela –, que engraçado. Eu achei que tinha cicatrizado.

A casca do lóbulo da orelha caiu, como um dente mole na gengiva. Ela a ofereceu a ele para que examinasse, e ele a enfiou na boca, mastigou e engoliu, o que ela achou um tanto grosseiro.

– Com licença – disse ela em voz alta –, estão me chamando.

Ele olhou para ela com expressão curiosa.

– Não tem ninguém chamando você – disse ele.

– Tem, no corredor.

– Não tem ninguém no corredor.

Ela abriu os olhos. Estava de pé no quarto, a mão na maçaneta. Estava bem escuro, exceto pelo luar diluído entrando pelas cortinas mal fechadas e por uma linha de luz do corredor entrando por baixo da porta do quarto.

Lentamente, ela girou a maçaneta e abriu a porta do quarto. Havia alguém do lado de fora, uma figura escura parada nas sombras, olhando para ela, imóvel. Ela deu um passo para trás, com dificuldade de respirar, e apertou os olhos para se ajustar à escuridão. Jonathan. Ele estava estranhamente ereto, os olhos grandes e vazios olhando para além dela.

Ela se ajoelhou na frente dele, na cegueira de olhos abertos, e o sacudiu. Ele piscou, levou um susto e começou a chorar. Ela o abraçou, ou melhor, ele a abraçou, e quando o corpinho trêmulo começou a se acomodar no dela, ela reparou na luz acesa no escritório de George. Eles ficaram assim um tempo, Jonathan e ela, abraçados, enquanto ela olhava a luz por baixo da porta do escritório.

XXV

A Sra. March passou os dias seguintes sobressaltando-se de surpresa toda vez que Jonathan surgia, sempre parecendo ser do nada. Mas aí ela se lembrava da suspensão e tentava, do jeito dela, falar com ele, mas Jonathan, como a mãe, não era naturalmente bom de conversa. Ele costumava evitar contato visual, mas, quando o fazia, ela refletia sobre as coisas que a diretora tinha dado a entender. O quanto se podia conhecer uma criança de oito anos, ponderava ela.

Sem saber o que fazer com ele, ela comprou lápis de cor e livros ilustrados e pediu a Martha que levasse bandejas de sanduíches e frutas ao quarto dele. Certa manhã, ela o levou para patinar no gelo no Wollman Rink. Era um dia frio e claro de janeiro, o céu celeste parecendo tingir os prédios de azul.

Enquanto ela esperava Jonathan calçar os patins, uma voz surgiu ali perto, e quando um homem, gritando loucamente, saiu das árvores e correu em sua direção, ela ficou paralisada, segurando a estola de arminho. Ao perceber que ele segurava o filho pequeno nos braços, rosnando de brincadeira enquanto a criança gritava entusiasmada, ela sorriu para eles, o coração batendo com tanta violência que sentiu dor nas costelas. Foi um esforço se controlar e soltar a estola enquanto Jonathan seguia para o rinque.

Ao observar o filho da lateral, ela reconheceu um rosto familiar entre os presentes: a mãe de um dos colegas de Jonathan. Primeiro, a Sra. March tentou se esconder da mulher, colocando a mão na testa, como se estivesse protegendo os olhos do sol, mas, ora, ela tinha sido vista.

– Sou eu! Margaret, Margaret Melrose! Sou mãe do Peter.

A atarracada Margaret estava lá com o filho pequeno e o marido. O humor da Sra. March ficou mais leve com isso, pois a aparição do marido em um dia de semana no Central Park talvez significasse que ele tinha sido demitido.

– John tirou o dia de folga para passar um tempo conosco – contou com um sorriso de orgulho Margaret.

– Que ótimo – disse a Sra. March.

– Aquele é Jonathan? Por que ele está aqui em dia de aula?

– Bem – disse a Sra. March, suspirando –, a avó dele está bem doente. Ele é muito ligado a ela. Eu pensei em dar a ele uns dias de descanso da escola. – Ela se inclinou na direção de Margaret e falou em voz baixa: – Nós achamos que ela não vai passar de domingo, então – ela assentiu para o gratificante arquejo de Margaret – esta pode ser a última semana que ele passa com ela.

– Minha nossa – disse Margaret com expressão horrorizada. – Lamento *muito*. Que adorável da sua parte fazer isso. Tenho certeza de que fará bem a ele.

A Sra. March sorriu e baixou os olhos em uma exibição de modéstia. Ela visualizou Margaret Melrose recebendo o filho depois da aula, dizendo que viu Jonathan no rinque e contando a ele em tom sério sobre a avó doente, tentando passar para o filho como era importante que ele fosse gentil com Jonathan nas semanas seguintes. O filho, intrigado, contaria timidamente a verdade à mãe. Talvez, com sorte, ele não soubesse o motivo exato da suspensão de Jonathan, mas as crianças, a Sra. March sabia, eram fofoqueiras cruéis e não podiam ser confiadas com boatos.

– Onde está George? – perguntou Margaret, mudando brilhantemente de assunto. – Trabalhando, imagino?

– Ah. Sim. A divulgação do livro está intensa, com muita procura da imprensa e tudo. Você sabe.

– Eu amei o novo livro.

– Ah, eu ainda não li – disse a Sra. March, exausta demais pela mentira anterior para contar outra.

– Ah, você deveria – disse Margaret, piscando repetidamente. – Deveria mesmo, mesmo.

Deveria mesmo, mesmo. A Sra. March observou os lábios rachados e frios de Margaret enquanto formavam as palavras. Enquanto Margaret andava de volta até a família, a Sra. March se virou para o rinque. Todo mundo tinha parado de falar. As pessoas estavam imóveis, sem piscar, olhando para ela; não apenas os patinadores, mas quem assistia também tinha esticado o pescoço para olhar para ela fixamente, um atrás do outro, como os retratos no museu, se recusando a quebrar o contato visual. Jonathan, no centro do rinque, sorriu para ela com todos os dentes.

A Sra. March cambaleou para trás e escondeu o rosto nas mãos. Ela respirou alto nas luvas verdes, onde era escuro, macio e seguro, até sua respiração começar a soar como a de uma estranha.

Ao ouvir o som dos pássaros gorjeando e os patins raspando no gelo, ela afastou as mãos. O rinque de gelo estava como antes: agitado e barulhento, indiferente a ela, a música de fundo festiva. Tomada de alívio, fez sinal para chamar a atenção de Jonathan.

– Está na hora de ir para casa! – gritou ela.

Quando eles foram embora, com um Jonathan emburrado e se recusando a usar o chapéu, Margaret os chamou, mas a Sra. March fingiu não ouvir.

Eles seguiram pelo parque, passando por turistas dando uma volta e por aquarelistas amadores. Jonathan apontou para uma garrafa vazia e quebrada de Veuve Cliquot em uma lata de lixo, e a Sra. March advertiu-o de que não devia tocá-la.

A Sra. March percebeu pelo canto do olho uma figura sombria os seguindo, parada a uma distância curta, mas fora do campo de visão. Porém, cada vez que se virava, não via ninguém. Ela ofegou, a ansiedade crescente desacelerando seus passos como um tornozelo torcido. Aquilo era apenas paranoia dela, disse para si mesma. Tinha temido o retorno dele por anos, tinha alimentado o subconsciente com a expectativa de que daria de cara com ele no mercado, na floricultura, em qualquer lugar. Ela ainda o via às vezes, por trás das pálpebras fechadas... uma silhueta escura, as mãos nos bolsos, parado contra o sol.

– A gente pode voltar amanhã? – pediu Jonathan, de algum lugar abaixo dela.

– Vamos ver.

O homem usava uma camisa de mangas curtas adornada com pequenas raquetes de tênis bordadas. Ela poderia ter visto a camisa agora, entre as árvores? Claro que ele não estaria usando a mesma camisa no frio, argumentou ela. Ou ele queria que ela o reconhecesse?

– A gente pode comer cachorro-quente no jantar?

– Não hoje, Jonathan.

– Alec come sempre.

A Sra. March fez uma careta ao ouvir um barulho à esquerda: gravetos quebrando debaixo de um sapato pesado? Ela andou mais rápido, ignorando as reclamações de Jonathan tentando acompanhá-la.

Ela tinha uns treze anos. Não se lembrava de muita coisa sobre si naquela idade, exceto as pernas. Que coisa engraçada para se lembrar sobre si mesma, pensou ela, mas ali estava. Antes que a puberdade alterasse sua forma, uma jovem Sra. March tinha pernas compridas e finas, pernas de pernilongo. Estavam particularmente bronzeadas naquele verão no sul da Espanha, cobertos de pelinhos louros macios. Ela se lembrava de Cádiz como se tivesse sonhado ou a tivesse visto em uma tela de cinema: dunas com vegetação no alto envolvendo a praia, homens descalços barulhentos vendendo camarão na areia e um mar agitado que cintilava. O som das ondas era constante e inescapável, profundo e rouco como respiração, e não se calava, nem à noite.

Em Cádiz, os dias eram longos, e a Sra. March ficou entediada e inquieta. Seus pais tinham viajado mais de 5.500 quilômetros para descobrir que não gostavam muito de praia. Eles faziam caminhadas ocasionais e desanimadas pela areia, com a Sra. March indo atrás, mal-humorada, mas passavam a maior parte dos dias relaxando na piscina em silêncio, tomando margaritas e escondendo qualquer sinal de diversão atrás de óculos de sol enormes. Eles tinham mandado que ela fizesse amizades, mas ela estava naquela idade em que fazer amigos era complicado, quando não se é mais tão desinibida quanto uma criança pequena e ainda não é bem-vinda entre os adultos, em que as regras de etiqueta garantiam pelo menos um mínimo de educação. Então, ela passava a maior parte dos dias emburrada, sofrendo com um vazio pesado, dando mergulhos inquietos sozinha no mar, preocupada com o que se esgueirava por baixo; não só escamas, pinças e ferrões, mas as evidências de outros banhistas: curativos sujos e áreas quentes de urina. O vento carregava a conversa e os gritos intermitentes de nadadores próximos. À tarde, ela se abrigava do sol no quarto de hotel, se arriscando de vez em quando no saguão para inspecionar os livros deixados por outros hóspedes nas estantes ou para experimentar os chapéus de palha na loja de presentes. Todos os canais de televisão no quarto dela eram alemães, e de fato todos os turistas pareciam ser alemães: os homens com sungas apertadas e reveladoras, as mulheres com cabelos tão louros que eram quase brancos e as costas e coxas dolorosamente rosadas do sol, com as marcas dos biquínis.

À noite, quando os barcos de pesca surgiam, as luzes piscando em horizontes salmão e lavanda, ela achava que conseguia ver uma figura de seios grandes oscilando no mar a uma distância alarmante da margem, e todas as vezes ela se dava conta como se fosse a primeira vez de que era só uma boia.

Ela viu o homem olhando para ela pela primeira vez no deque do hotel (mais tarde, concluiu que o tinha visto antes disso, mas só ficou ciente depois). O deque tinha vista para a praia, era cercado de palmeiras, e os troncos, parecendo casca de abacaxi, eram iluminados por baixo. Ela tinha terminado o jantar, mas os pais ainda estavam apreciando o bufê, onde um grupo de músicos de flamenco cantava e batia palmas enquanto uma mulher de cabelão e expressão de sofrimento dançava e batia os pés no chão. Havia gargalhadas e uma festividade no ar, e o espetáculo a fez se sentir como se todos ao redor tivessem sido drogados ou hipnotizados para participar. Seus pais tinham feito amizade com um casal jovem e estavam bebendo com alegria na companhia deles havia dias. Irritava-a que a mãe, normalmente tão fria e distante, pudesse parecer simpática a ponto de fazer amigos íntimos em menos de uma semana.

Sem querer se esforçar para participar da diversão, ela foi para o deque, onde outros hóspedes fumavam e tomavam coquetéis. Ela pediu um San Francisco sem álcool e estava encostada na amurada sugando a cereja ao marrasquino quando reparou no homem com a camisa cheia de raquetinhas de tênis. Ele a estava observando, os lábios repuxados em uma expressão que ela não conseguiu decifrar.

– Desculpe – disse ela, e jogou a cereja por cima da amurada na areia, supondo que ele a tinha achado grosseira por sugar fazendo tanto barulho.

– Tem álcool nisso aí? – perguntou o homem, indicando com o queixo o coquetel cor de pêssego na mão dela.

– Não – disse ela, a voz emotiva com aquela necessidade que os adolescentes têm às vezes de que acreditem neles. – Não, claro que não.

– Faz sentido – disse ele, de alguma forma mais perto, embora ela não o tivesse visto se mexer. Ele estava encostado na amurada, apoiando os cotovelos. – A festa está meio chata, você não acha?

Ela assentiu e bebeu. O olhar dele penetrou no dela enquanto ela pensava desesperadamente em algo inteligente para dizer, mas de repente ele ficou ereto e se virou de costas para ela. Com medo de ele ter perdido o interesse, ela disse subitamente:

– Bem, eu vou à praia ver os fogos de artifício.
– Fogos de artifício?
Ela assentiu.
– Todas as noites, às dez. Dá pra ver bem melhor lá de baixo. Eles refletem no mar. É muito poderoso.

Ela uma vez ouviu um guia de museu descrever um quadro como poderoso. Pareceu um jeito bem maduro de descrever uma coisa.

O homem olhou para ela, as mãos nos bolsos.

– Bem – disse ela –, estou indo agora.

Ela abandonou o coquetel inacabado e seguiu pelo deque na direção da ponte de madeira comprida que levava até a praia. Ela torceu para que ele a seguisse. Estava cansada de ficar sozinha e teria que fingir estar feliz olhando para os fogos caso ele pudesse vê-la do deque. A cena toda seria bem humilhante.

Mas ele a seguiu, e os dois andaram pela ponte juntos. Quando eles chegaram na areia, ela se permitiu olhar melhor para ele. Era uma noite escura, um céu preto atrás das estrelas e da lua, mas eles estavam um pouco iluminados pelas luzes amarelas penduradas na amurada da ponte. Eles pararam quando chegaram à praia e lançaram olhares sutis um para o outro. Ele tinha bochechas fundas e olhos verde-claros. Ela olhou para os antebraços e percebeu pelos brancos misturados com os pretos.

Um casal passou andando por eles de mãos dadas. A mulher fumava um cigarro e, em uma breve onda de coragem, a Sra. March se aproximou e pediu um. A mulher entregou o cigarro e o acendeu para ela, e a Sra. March voltou até seu novo conhecido se sentindo adulta.

– Me diga seu nome – disse ele.
– Meus amigos me chamam de Kiki – disse ela.
– Que exótico. Quantos anos você tem? – perguntou ele.
– Dezesseis. Faço dezessete mês que vem – disse ela, tossindo.
– Está animada para a faculdade?

Ela contemplou a pergunta como se estivesse avaliando uma joia e, expirando uma nuvem de fumaça na cara dele, respondeu:

– Ah, sim. Se bem que, você sabe como é, eu vou mais pela aventura do que qualquer outra coisa.

Ele sorriu ao ouvir isso, a mandíbula formando covinhas, as narinas se dilatando, e ela sentiu um frio na barriga.

– Claro – disse ele. – Eu não me lembro de muita coisa dos meus dias de faculdade. Acho que bebi o tempo todo.

Ela jogou a guimba de cigarro na areia e falou grandiosamente:

– Que pena.

– É mesmo.

Eles estavam andando lentamente pelas dunas, deixando as luzes da ponte para trás. Pela primeira vez, o mar parecia misericordiosamente silencioso, as ondas batendo na margem suavemente.

O braço dele roçou no dela quando eles estavam andando, mas ela fingiu não notar. Ela soprou ar para cima e sua franja voou de um jeito que ela esperou que fosse divertido e charmoso; ele riu e ela deu risadinhas. Ele se inclinou e soprou na cara dela, fazendo a franja voar de novo.

– Não – disse ela, rindo.

– Você veio com seus pais?

– Vim.

– O que você faz aqui o dia todo?

– Eu estou escrevendo um livro – disse ela.

– É mesmo? – O espanto dele foi uma explosão de prazer doce e surpreendente, como morder um bombom com recheio de licor.

– Sim. Tenho certeza de que não é bom – disse ela, olhando para o chão –, mas vou terminá-lo em algum momento no ano que vem. Acho que até a primavera.

– Impressionante – disse ele. – Eu queria ter tempo para escrever um livro.

– É preciso arrumar tempo para as coisas importantes. – Ela sorriu.

O homem chegou mais perto da água. Quando ela viu que ele tirava os sapatos, perguntou:

– O que você está fazendo?

– Eu quero sentir a areia e o mar nos pés – disse ele, oscilando enquanto puxava os sapatos. – Infelizmente, estou um pouco bêbado. Pronto. – Ele colocou as meias enroladas dentro dos sapatos. – Odeio andar na praia de sapatos. Você não? Eu me sinto tão limitado.

Ela assentiu, concordando, e se curvou para também tirar os sapatos, tênis brancos novos que a mãe tinha comprado para aquela viagem, descartando o pedido dela de chinelos como uma moda não refinada. Quando os desamarrou, sentiu a intensidade com que ele a olhava. Em resposta, ela fez uma pose furtiva enquanto tirava lentamente as meias.

– Você tem pés incrivelmente delicados – disse ele, e quando ela tinha se empertigado, ele colocou a mão no ombro dela. – Você sabe o quanto é atraente?

Ele se inclinou para perto, o tom dos olhos parecendo o verde dos olhos de um gato.

– Não – disse ela quando a leveza que tinha acabado de sentir se transformou em um peso que a prendeu no chão.

Eles estavam sozinhos em um canto escuro das dunas, entre os hotéis, a água chegando mais perto com a maré. A areia estava fria e rígida, sem reagir debaixo dos pés dela, muito diferente de como se apresentava durante o dia.

Não era que ela não conseguisse se lembrar do que tinha acontecido naquela noite debaixo dos fogos de artifício, era só que ela preferia lembrar como algo que tinha acontecido com outra pessoa. Uma garota da escola ou até uma amiga da irmã. Ou que talvez não tivesse acontecido com ninguém. Talvez fosse uma história de alerta que ela tivesse ouvido, a história de uma garota tola bancando a adulta.

Enquanto arrastava Jonathan para fora do Central Park, ela cortou pela fila comprida de carruagens. Apesar dos antolhos, os olhos de mogno polido dos cavalos a seguiram, inchados, o branco cheio de vasinhos.

O diabo tinha entrado nela naquela noite em Cádiz, ela decidiu com serenidade surpreendente, e de alguma forma estava indo para dentro da casa dela, como as baratas, por meio de uma abertura imperceptível. Ele tinha encontrado a abertura e logo entraria.

XXVI

Ela não tinha dormido bem. Tinha tido uma série de sonhos nos quais pegava emprestados os reflexos de espelhos de outras mulheres e invadia a casa e a vida delas, desesperada para manter o ritmo de seus casamentos e padrão social. Em determinado momento, ela se levantou para ir ao banheiro e se deu conta, com uma decepção esmagadora e a bexiga dolorida, que tinha sonhado com a viagem e teria que fazer o esforço todo de novo.

E assim, no dia seguinte, quando a Sra. March se viu parada, de casaco e chapéu, no vestíbulo, não sabia se estava prestes a sair ou se tinha acabado de voltar. Ouviu Martha atrás dela no centro do apartamento, movendo móveis e abrindo janelas. Tentou construir uma linha do tempo do dia até ali (café da manhã, um banho, uma conversa com Martha sobre *carpaccio* de carne, tudo em fragmentos), mas havia lacunas demais. Ela se olhou no espelho de moldura dourada ao lado do armário de casacos. Seu reflexo olhou de volta, assustado. Havia jazz vindo da parede do vizinho: o tilintar de um piano e um saxofone arrogante e elaborado. De impulso, ela decidiu que estava prestes a sair e saiu do apartamento.

O dia estava estranhamente iluminado, como um cenário de filme sob uma luz do dia simulada, e a Sra. March temeu brevemente que a qualquer momento o cenário fosse se mover e se revelar como papelão.

Ela foi até o mercado no piloto automático e passou atordoada pelas portas automáticas. Lá dentro, as promoções semanais eram oferecidas em placas de néon em formato de estrela enquanto funcionários eram chamados pelos alto-falantes que estalavam e os peixes mortos olhavam para ela, boquiabertos, em suas camas de gelo. A Sra. March andou pelo corredor de cereais como se estivesse passeando na Champs-Élysées. Sempre lhe pareceu o mais curioso dos corredores, com todas as cores berrantes das caixas uniformes, os desenhos animados ameaçando pular em você, gritando para serem escolhidos.

Ela entrou em um corredor adjacente e parou de repente ao ver uma mulher. Ela estava de costas para a Sra. March, mas havia algo de familiar no casaco de pele, nos ombros amplos meio curvados embaixo dele, os braços dobrados e os cotovelos para fora, como se estivesse retorcendo as mãos. Uma batida forte no ombro a fez dar um pulo, e ela se virou e deu de cara com uma vizinha, mas não conseguiu por nada no mundo se lembrar do nome dela.

– Como você está, querida? Como está George? Não nos falamos há séculos! – disse a mulher em sucessão rápida, sem deixar espaço para qualquer tipo de resposta. – Acho que a última vez que a vi foi na festa de Milly Greenberg... não, acho que você não foi a essa. Mas, falando nos Greenberg, não sei se você soube...

A Sra. March conhecia os Greenberg superficialmente, mas quando a mulher continuou com a fofoca, ela soube que Milly Greenberg estava atravessando um divórcio vergonhoso porque o marido a tinha traído (merecidamente, ao que parecia, pois ela havia traído o ex-marido *dela* com o atual quando ele ainda era casado com a primeira esposa). A mulher, seja qual fosse o seu nome, gesticulava amplamente enquanto falava, e a Sra. March teve vislumbres dos pelos dos braços, pretos e grossos, aparecendo debaixo das mangas e nos pulsos, onde alguns ficaram presos no relógio. Ela lembrou que aquela era a vizinha que jogava maçãs para as crianças desoladas no Halloween com o pretexto de preservar a saúde dental delas. O tipo de vizinha que denunciava o cachorro de vizinhos alegando que eram agressivos apenas com base em seu tamanho.

– E é *isso* que está acontecendo, se é que dá para acreditar.

– Mas eles sempre pareceram tão felizes juntos – comentou a Sra. March.

– Ah, não seja tão ingênua – disse a mulher com rispidez. – Eu conheço muitos casais que parecem estar tão *apaixonados*, mas estão mentindo, todos eles. Eu conhecia a Anne, ou pelo menos achava que conhecia, e me magoa profundamente ela não confiar os problemas a mim.

– Talvez ela quisesse, mas não pudesse.

– Besteira. Eu contei a ela todos os *meus* problemas, sobre a operação da minha sogra, uma coisa horrível, e que eu fico triste às terças porque meu pai bebia às terças e cuspia em nós.

– Misericórdia.

– Não é? Coisa séria. Eu revelei minha alma para aquela mulher. E o que ela me deu em troca?

Houve uma pausa, durante a qual a Sra. March se perguntou, alarmada, se não tinha sido uma pergunta retórica. Mas a mulher fez um ruído de reprovação e, felizmente, continuou.

– E agora Anne precisa se mudar para um apartamento bem menor. Ela está bem deprimida e não fala com ninguém, ao que parece. Bem, se você afasta as pessoas, as pessoas ficam afastadas, sabe. É o que a minha irmã sempre diz.

– Como Anne vai conseguir pagar o novo apartamento? – perguntou a Sra. March, movida por uma curiosidade genuína. – Eu achava que ela não trabalhava.

– Ah, ela teve que arrumar um emprego. Está trabalhando meio período em um escritório de advocacia. Ao que parece, o marido dela teve a decência de arrumar um emprego lá para ela.

– Que legal da parte dele – comentou a Sra. March.

– Ah, não. Todo mundo lá *sabe* sobre o caso do marido dela. Na verdade, é bem capaz de a amante dele estar trabalhando no mesmo escritório.

– Misericórdia. Espero que não.

– Acho que Anne não vai conseguir se recuperar disso. Ela pode ter sido uma grande artista, sabe, ela é uma grande pintora. Mas abriu mão de tudo. Por *ele*.

A Sra. March agora se perguntou se também poderia ter sido alguma coisa. Algo além de esposa e mãe. Ela se visualizou sozinha em um apartamento triste e úmido, indo para um escritório horrendo de manhã, sem comprar o pão de azeitonas para ninguém. Sem saber para onde ir, o que fazer, quem ser.

– Pobre Anne – disse ela.

– Hunf. Nunca se sabe. Você passa a vida sentindo pena de pessoas que no fim das contas não merecem a sua pena. A minha irmã conhece uma mulher da idade da Anne que estava indo muito bem no emprego em propaganda. Pagava bem, tinha várias vantagens. Mas ela decidiu *abandonar* o emprego para seguir a carreira de atriz. Imagina só, na idade dela!

– Deu certo para ela?

– Até parece! – Ela falou com prazer, e a Sra. March, que estava esperando um resultado negativo para a história, saboreou uma sensação de satisfação deliciosa. – O que ela esperava? E a minha irmã ouviu boatos de que ela pode ter recorrido a... você sabe.

A mulher arregalou os olhos e se inclinou de um jeito conspirador na direção da Sra. March. Ela cheirava a bife e Shalimar.

– Ela foi vista com homens bem mais velhos – disse a mulher em voz baixa. – Homens ricos, um atrás do outro. Escute, eu não gosto de fofocar, mas duvido que ela esteja encontrando o amor com qualquer um desses homens. Só vou dizer isso. – Ela recuou e fez uma pausa. – Então, o livro do seu George – disse ela, olhando para a Sra. March pela primeira vez com atenção genuína, depois de ter falado despretensiosamente por vários minutos.

– Sim? – A Sra. March estava tão despreparada para a intensidade do foco da mulher, voltado para ela de modo inesperado, que quase perdeu o equilíbrio.

– Sabe, é engraçado – disse a mulher. – Eu deixei meu exemplar bem aqui no carrinho outro dia enquanto ia pegar mais salsichas, o Dean ama carne de porco, e você acredita que roubaram o livro? Direto do carrinho!

– Minha nossa! – A Sra. March balançou a cabeça com seriedade.

– Pois é! O livro está tendo grande procura, mas as pessoas chegarem a *roubar...*

– Vou falar com George para arrumar outro exemplar para você...

– Eu já comprei outro. Li tão rápido que estou quase terminando. – A mulher apertou os olhos e franziu a testa, como se estivesse pesando o que dizer agora. – É um... é um livro bem especial, não é?

– É.

Em silêncio, a mulher encarou a Sra. March, cuja pele coçava de expectativa pela temida pergunta. Considerando a natureza insultante da questão e o fato de a mulher morar no mesmo prédio, era seguro supor que ela não se arriscaria. Seria como parabenizar uma mulher que não estava realmente grávida. A Sra. March ficou olhando para a vizinha com um sorriso fraco.

– Bem, eu não vou te segurar mais – disse a mulher de repente. – Sei que você deve estar ocupada. Mas não estamos todas? Vou parabenizar George se o vir por aí.

– Obrigada. Vou falar para ele que você gostou – disse a Sra. March.

A Sra. March saiu do mercado sem comprar nada e se preparou contra o vento no caminho para casa, puxando a gola do casaco na frente do rosto enquanto passava por um prédio quadrado de tijolos com vista para o parque e a inscrição AME SEU VIZINHO COMO A SI MESMO entalhada na pedra acima da entrada.

No elevador, ela apertou o botão do seu andar. As portas se fecharam e, lentamente, quase como em sonho, ela apertou todos os outros botões com um movimento medido da mão. O painel se acendeu como uma árvore de Natal.

Um livro especial, a mulher tinha dito. *Era* bem especial um autor degradar a esposa de forma tão pública, ela achava. Expor seus segredos mais íntimos como um Asmodeus ávido arrancando telhados. Apertou as mãos com tanta força que os nós dos dedos se projetaram como molares. Ele tinha que ser punido por aquilo. Tinha que ser preso pelo assassinato de Sylvia Gibbler, para começar. Isso arrancaria o sorriso arrogante da cara dele.

Dentro do 606, George estava sentado sozinho na sala, lendo um jornal. Uma ária de ópera, Puccini, se projetava estridentemente do toca-discos.

Da porta, a Sra. March franziu a testa para ele.

– Que tal costeleta de cordeiro para o jantar? – propôs ela.

– Ótimo – respondeu ele.

Ela ficou mais alguns segundos no mesmo lugar antes de sair andando para o quarto, onde tirou os brincos pesados e andou de braços cruzados, olhando para o telefone na mesa de cabeceira de George. Ela pegou o fone, ligou 911. Antes do primeiro toque, desligou. Ridículo, pensou ela. Eu não tenho nada para dizer. O que eu diria? Que encontrei um recorte de jornal no caderno dele? Ela pegou o fone de novo, enrolou um dedo da mão livre no fio de plástico e pensou se devia ligar.

Ainda estava segurando o fone no ouvido, alheia ao bipe confuso na linha, quando o piso gemeu atrás dela. Ela se virou, viu George na porta e segurou um grito.

– Você por acaso viu minhas luvas? – perguntou ele. – Vou precisar delas para a minha viagem para Londres.

– Londres?

– Sim. Lembra? Tem um evento de caridade com vários outros autores e uma entrevista de televisão bem importante. Vão ser só uns poucos dias. – O tom dele era seco, ensaiado.

– Ah. É verdade. – Ela não se lembrava de eles terem discutido nada sobre aquilo, mas achou mais astuto dar corda.

– Para quem você está ligando? – perguntou George.

Ela olhou para ele sem entender e se deu conta de que ainda estava com o telefone no ouvido.

– Para ninguém – disse ela.

Ele olhou para ela com curiosidade, meio sorrindo.

– Tudo bem.

– Estou tentando falar com a minha irmã, mas ela não está atendendo. – E colocou o fone no gancho com tanta falta de jeito e força que a campainha chegou a fazer barulho.

George continuou olhando para ela. Sentindo a necessidade de fazer alguma coisa com as mãos, ela começou a dobrar as roupas que tinha jogado na poltrona assim que entrou (cachecol, luvas verdes, suéter pesado) e os empilhou com organização.

– Você vai ficar bem sozinha? – perguntou George, vendo-a mexer nas roupas.

– Bem, não é como se eu nunca tivesse feito isso.

– Eu sei, eu sei. Eu a convidaria para ir comigo, mas acho melhor alguém ficar com Jonathan agora que ele vai voltar para a escola. Você não concorda?

– Claro – disse a Sra. March. – Eu também não me sentiria bem.

A Sra. March visualizou como passaria os próximos dias, com Jonathan de volta à escola. Visitando museus sozinha, almoçando sozinha em silêncio na sala de jantar vazia. Mas não era isso o que sempre fazia?, lembrou a si mesma.

– Além do mais – disse George –, você não ia querer fazer uma viagem tão exaustiva. Você mal teria tempo de superar o *jet lag* e já teríamos que voltar.

Passou pela cabeça dela que George nunca tinha usado o termo *jet lag*. Uma certeza pesada e forte como aço recaiu sobre ela: aquele homem não era George. Mas então quem era? Havia algo de errado com aquele homem. Era George (tinha o rosto dele e usava o cardigã dele), mas seus instintos diziam que não era.

– Me parece muito melhor ficar em casa – disse ela com cuidado, enunciando cada palavra.

Ele sorriu, as mãos nos bolsos. Ele normalmente não andava por aí com as mãos nos bolsos, andava?

– Eu achei que sim. – Ele levantou uma das mãos para coçar um ponto atrás da orelha e disse: – Vou estar no escritório. Chame quando as costeletas estiverem prontas.

Ele se virou para sair e, de impulso, ela o chamou:

– Espere!

Ele olhou para trás e as palavras caíram da boca da Sra. March.

– Eu queria perguntar... qual era o nome daquela cidadezinha... você sabe, onde passamos o verão, no sul da Itália, que não tinha ar-condicionado e nós víamos o mar do quarto do hotel, e você ficava acordado até tarde fumando charutos no terraço... Lembra?

– O quê? Por que você está me perguntando isso agora?

Para ganhar tempo, pensou ela.

– Bem – disse a Sra. March –, os Miller, do andar de cima, estão pensando em fazer uma viagem para a Itália. Eles amam viajar juntos – acrescentou ela. – Eu contei para Sheila sobre as nossas férias e ela me perguntou o nome do lugar.

George olhou para o chão e, por um momento, ela achou que o tinha pegado, aquele estranho, mas ele estalou os dedos, olhou para ela e disse em tom triunfante:

– Bramosia!

Tinham feito um ótimo trabalho, quem quer que fossem, pensou ela. Tanta atenção a detalhes. Quando o estranho saiu do quarto, ela contemplou essa ideia nova e perigosa com atenção. Era um pensamento estranho, mas também curiosamente lógico. A possibilidade de ela estar certa, de que George tinha sido substituído por um impostor, a levou a uma noção especificamente assustadora: se havia outro George andando por aí, não podia haver outra *dela*? Mas, concluiu, a cabeça se virando involuntariamente para a janela, ela já sabia disso.

XXVII

A presença de Martha tinha um efeito bem palpável na Sra. March. Ela não teria feito o esforço de sair da cama e se vestir nos poucos dias em que George estava fora se Martha não fosse chegar todas as manhãs. A perspectiva do julgamento silencioso de Martha sobre sua preguiça era incentivo para que se levantasse. Na verdade, ela tinha adquirido o hábito recente de arrumar qualquer coisa que Martha fosse ter que limpar. Cada manhã antes da chegada de Martha a Sra. March ficava de quatro, espiava embaixo dos móveis e nos cantos do banheiro em busca de baratas, limpava qualquer rastro de cinzas dos cigarros de Gabriella (que ainda fumava ocasionalmente em segredo, saboreando o estoque cada vez menor como faria com uma caixa de trufas) e recolhia qualquer taça de vinho que pudesse ter deixado sobre cômodas ou mesas de cabeceira sem porta-copos, onde deixavam aros escuros. Ela limpava as migalhas, já que tinha passado a fazer lanchinhos noturnos na cama, um hábito masoquista, considerando as baratas. Ultimamente, suas roupas estavam um pouco esticadas demais na área da barriga. Ela agora apreciava banhos de banheira mais longos e mais quentes, de forma que o banheiro se enchia de vapor, que embaçava o espelho e obscurecia sua forma nua quando saía da banheira.

 Ela seguia a rotina diária atordoada, uma série infinita de caminhadas frias para comprar pão de azeitona de alternativas inferiores à da confeitaria da Patricia ou para ir ao museu. Um dia, esqueceu as luvas, e seus dedos ficaram tão dormentes que ela não conseguiu destrancar a porta do apartamento quando chegou em casa. Ficou alguns minutos no corredor, até sentir as mãos rosadas e rachadas voltarem à vida em pontadas dolorosas.

Foi em uma das caminhadas geladas de manhã, indo pela rua 75, que ela encontrou a faixa de cabelo em uma vitrine. Era igual à que Sylvia Gibbler usava na foto mais recente divulgada pela imprensa. Sentada em um cobertor em um bosque, a garota morta sorria para a câmera (ela parecia estar sempre sorrindo), segurando um pêssego e usando uma faixa de cabelo simples, de veludo preto.

A Sra. March pensou em comprá-la. Em experimentar em casa. Em olhar para seu reflexo subitamente mais atraente no espelho. Talvez Sylvia fosse olhar para ela. Avaliou a possibilidade enquanto passava pela loja, deixando a faixa de cabelo para trás, percorrendo a multidão na Terceira Avenida.

Ela se juntou ao monte de pessoas na faixa de pedestres, todas paradas corajosamente contra o redemoinho gerado pelo ônibus M86 que passou. Foi nessa hora, quando estava quase atravessando a rua, que reparou na mulher à sua frente. A mulher usava um casaco de pele e mocassins polidos com borlas, o cabelo preso em um coque fino e sem vida. A Sra. March ficou observando a nuca da mulher até o sinal ficar verde e ser empurrada pela faixa de pedestres, com tanta violência que perdeu a mulher no meio dos chapéus balançando e bolsas se agitando. Depois de alguns segundos, a viu de novo, andando na frente da lanchonete da esquina. A Sra. March se apressou atrás dela, tomando o cuidado de ficar alguns passos distante. No momento, elas estavam indo na mesma direção, então a Sra. March argumentou que não havia mal algum em continuar com aquele joguinho de Siga o Mestre. A mulher andava em ritmo regular, os mocassins estalando no mesmo ritmo dos sapatos da Sra. March. Quando a mulher virou a cabeça para olhar uma vitrine, o coração da Sra. March tremeu enquanto observava a elevação familiar das maçãs daquele rosto, a curva aristocrática do nariz. Elas andaram assim por um tempo, uma Sra. March seguindo a outra, como patinhos, até a mulher dobrar a esquina e a Sra. March, que estava indo na direção oposta, parar de repente. Ficou olhando para as costas da mulher enquanto ela seguia pela rua e, invadida por um sentimento libertador e leve, como vinho tinto aquecendo seu peito e florescendo no que quase podia ser descrito como felicidade, decidiu que simplesmente não podia se afastar agora. Virou para a esquerda, evitando por pouco um passante escondido atrás de um buquê enorme de flores.

A Sra. March seguiu a mulher de casaco de pele até uma rua cheia de casas idênticas. Ficou observando de longe a mulher subir os degraus de pedra de uma das casas de tijolos marrons. A mulher não ficou procurando chaves, apenas girou a maçaneta e empurrou a porta. Ela entrou e fechou a porta. A Sra. March ficou olhando para a casa mais um tempo, olhando para um lado e outro da rua, antes de decidir se aproximar. Parecia tão convidativa aquela construção roxa-amarronzada sonolenta, com a porta da frente em arco e janelas que se curvavam debaixo de cornijas. Parecia tão simpática. Subiu os degraus de entrada lentamente, os mocassins batendo no arenito, as mãos unidas na frente do corpo como se em oração. Quando chegou ao degrau mais alto, colocou as mãos enluvadas na madeira com verniz pesado, procurando uma pulsação, e empurrou. A porta se abriu com um gemido satisfatório, seu reflexo no verniz se movendo junto. Fechou a porta depois de entrar do modo mais sutil que pôde, e então estava no saguão.

Lá dentro, o ar parecia diferente. Ela atravessou o chão de ladrilhos pretos e brancos em mosaico e achou que reconheceu o próprio espelho e o armário estreito de casacos no seu próprio saguão de entrada. Andou mais um pouco e encontrou à direita uma sala grande e iluminada. Fotografias em porta-retratos reluziam no lintel de mármore da lareira. Sorrisos de estranhos voltados para ela das molduras prateadas. Observou a sala. Almofadas franjadas de veludo estavam apoiadas em um sofá antigo e uma edição grande e dourada de *Jane Eyre* ocupava uma pitoresca escrivaninha com tampo de rolagem. Ela se sentiu à vontade, até mesmo tranquilizada, como se já tivesse ido lá. Talvez, disse para si mesma, ela tivesse. Foi até um espelho e achou que conseguiu distinguir, em vez de um reflexo da sala daquela mulher, sua própria sala, com o Hopper debaixo da lâmpada de bronze para quadros e as estantes de cada lado da lareira.

Ela respirou fundo controladamente algumas vezes enquanto voltava para o saguão, atenta a qualquer passo vindo de cima, mas se recusou a fugir, quase como se estivesse esperando que alguém a encontrasse.

Como ninguém desceu a escada, ela abriu a porta e saiu, levando um guarda-chuva florido do suporte de porcelana no caminho.

◆

Ela estava em um humor meio sonhador quando chegou em casa. Deixou o guarda-chuva roubado no armário da entrada, juntamente com o casaco e o chapéu. Martha estava no seu quarto (ela costumava preparar camas àquela hora), e a Sra. March entrou na cozinha para fazer uma xícara de chá. Ela ficou esperando com um certo constrangimento perto do fogão enquanto a água fervia, depois pegou a xícara de chá e um guardanapo bordado e foi para a sala. Colocou o chá em uma mesinha lateral, ligou a televisão e estava se sentando quando houve uma batida à porta. Ela parou no ar, acima do sofá, esperando uma segunda batida que confirmasse que havia mesmo alguém à porta. Quando a batida soou, mais alta, mais insistente do que a primeira, correu abrir a porta, deixando o olho mágico de lado para ser rápida.

Não havia ninguém lá. O corredor, decorado com o papel de parede familiar, as arandelas espalhando uma luz calorosa e tranquilizadora, estava vazio. Ela olhou para o elevador aberto, os botões apagados.

Lentamente, fechou a porta. Uma terceira batida, rápida e leve, quase tímida, com hesitação, mal se ouviu pela porta. Ela abriu a porta com força e a segurou aberta, olhando para um lado e para o outro do corredor sem ver ninguém. Uma das crianças do prédio, talvez, fazendo uma pegadinha?

Quando ouviu a voz de George atrás de si, ela levou um susto. A voz dele vinha da sala para o corredor, onde parecia cutucá-la com deboche. Ela fechou a porta e seguiu a voz. Teria George voltado de Londres mais cedo? Sua respiração tremeu, entrecortada, e ela pisou com cautela na sala, encontrando-a vazia, mas a voz de George continuou, ininterrupta. Intrigada, enfiou a cabeça pela porta de vidro que levava à sala de jantar, mas se deu conta de que a voz estava atrás de si, saindo dos alto-falantes da televisão. George estava na televisão.

— Eu acredito que Johanna seja vista com uma espécie de escárnio no livro, particularmente pelo narrador — ele estava dizendo, os olhos voltados para baixo, como fazia quando tentava parecer pensativo. — Não foi nem um pouco intencional, mas eu me vi passando a desgostar dela aos poucos, a detestar até. — Risadinhas soaram na plateia.

— O que ela tem, na sua opinião, que os leitores parecem achar tão interessante? — perguntou o entrevistador.

— Bem, para começo de conversa, eu a acho bem real. — George olhou diretamente para a câmera, para a Sra. March, o olhar penetrando nela como uma facada deliberada, quase eroticamente lenta. Ele olhou de volta para o entrevistador. — Ou pelo menos eu espero que ela seja vista assim.

— Ela é. Você criou uma história muito inteligente em torno de uma criatura tão trágica.

– E, respondendo à sua pergunta anterior, eu *consideraria* vender os direitos para um filme, sim. Acho que o livro permite o que eu chamaria de linguagem cinematográfica.

– Alguma atriz lhe vem à mente para o papel de Johanna? – perguntou o entrevistador.

– Você não vai me pegar com essa pergunta, senhor. Eu não ia querer ofender nenhuma atriz citando-a diretamente. – George riu.

– Bem, posso garantir que seria longa a fila de atrizes querendo se enfeiar para fazer esse papel. Tem toda a cara de um papel ganhador de prêmios.

A Sra. March visualizou uma fila de possíveis Johannas, todas parecidas com ela, se movendo como ela, como centenas de reflexos loucos. Esticou a mão para o controle remoto da forma deliberada de quem estica a mão para uma arma escondida e desligou a televisão. Ela tomou a xícara de chá em silêncio, olhando o próprio reflexo na tela.

XXVIII

Na noite anterior à volta prevista de George, a Sra. March ficou alegrinha de vinho tinto e entrou em um banho aromático de banheira. Ela e Jonathan tinham jantado seus bifes em silêncio, um sem olhar para o outro, enquanto o disco de Chopin tocava até o fim. Depois que eles terminaram e Martha foi embora, a Sra. March pegou uma das taças de vinho boas, as reservadas para eventos formais e guardadas no armário de louça da sala de jantar, e a encheu de Bordeaux até a borda.

A Sra. March mandou Jonathan para a cama, mas ainda o ouvia se movendo e falando sozinho no quarto. Ela fechou a porta e observou os ladrilhos do banheiro, tentando encontrar algum inseto. Como não encontrou nenhum, colocou um fio grosso de sabonete aromático líquido na banheira.

Ela se despiu, desviando de seu reflexo no espelho como se evita um vizinho no supermercado. Deixou as roupas dobradas sobre o vaso sanitário e entrou com delicadeza na banheira, ajustando a temperatura antes de submergir na suave espuma aromática. A água apertou seu peito com um peso quase esmagador.

Os eventos dos dias anteriores a incomodavam como moscas em um cadáver. Ela tinha investigado o escritório de George até o último clipe de papel, procurando suvenires dos crimes dele, esperando dar de cara com os dentes de Sylvia em uma caixinha de porcelana (do mesmo jeito que ela guardava os dentes de leite de Jonathan). Tinha folheado inúmeros cadernos e vasculhado caixas de canetas-tinteiro, forradas de veludo, e gavetas cheias de fita solta de máquina de escrever, mas, no fim, não encontrou nada... só um número de telefone rabiscado em um bloco. Ela ligou para o número e uma mulher atendeu, mas a Sra. March não conseguiu inventar uma história convincente para extrair informações e desligou, em pânico.

Bem cedo naquela manhã, enquanto ainda rejeitava a ideia de sair da cama, ela foi arrancada da letargia pela percepção arrasadora de que tinha se esquecido de dar a caixinha de Natal do porteiro do dia. Correu para a portaria, o cabelo desgrenhado, malvestida com uma camisa larga que se enrolava na barriga e o sobretudo grande demais de George, e colocou uma pilha grossa e suada de dinheiro nas mãos do porteiro, que não sabia de nada e tentava recuar para longe dela.

Ela tomou o vinho na banheira, em uma tentativa de sufocar a lembrança de sua voz falhando enquanto suplicava: "Aceite, por favor, aceite!", como se fosse louca. Sua bolsa caíra do pulso trêmulo, espalhando o conteúdo pelo chão da portaria. As castanhas murchas da visita esquecida ao museu rolaram pelo mármore.

Pensando mais para a frente, ela teria que esperar até a troca de porteiros às três da tarde para sair do apartamento.

Ela curvou a perna esquerda, expôs o joelho e viu o vapor subir da pele em fiapos. Quando apertou as pontas dos dedos enrugados, um fio de sangue pingou na água. Moveu-se pela banheira como uma cobra d'água, se diluindo em um rosa-claro perto dos dedos dos pés. Ela se sentou, pronta para fugir, quando se deu conta de que tinha derramado vinho na banheira. Relaxou, se encostou na água e tomou outro gole. Sylvia teria sangrado muito quando foi assassinada? Ela sentiu o sangue escorrendo dela, descendo pela pele, enquanto era surrada e violada? Os legistas avisaram ao público que era difícil determinar estupro naquele caso, pois o corpo tinha sido sujeitado aos elementos, mas a ideia do estupro de Sylvia estava instilada na mente de todos, inclusive na da Sra. March. Àquela altura, seria decepcionante se ela *não* tivesse sido estuprada, se eles tivessem perdido tempo lamentando um simples assassinato. Certamente, as pistas contextuais apontavam para estupro. O corpo tinha sido encontrado seminu da cintura para baixo, e a calcinha de Sylvia tinha sido descartada ali perto, como se quem tivesse feito isso estivesse com pressa. A Sra. March tentou imaginar como tinha sido a forma nua de Sylvia. Enquanto olhava o próprio corpo debaixo da água transparente, ela visualizou os pelos pubianos de Sylvia, imaginando seu assassino maravilhado antes de estuprá-la. Uma sensação esquecida floresceu dentro da Sra. March: excitação. Ela sentiu uma culpa imediata, um padrão familiar marcado em sua mente dos anos adolescentes, quando ela explorava o corpo na banheira. Na primeira vez que fez isso, imaginou que Kiki a tinha observado e julgado. Ela finalmente pôs fim a Kiki de uma vez por todas no inverno posterior àquele verão estranho em Cádiz. Quando Kiki entrou na banheira com ela naquela noite, a Sra. March sentiu uma onda de fúria tomar conta de si, seguida de uma coisa bem mais desesperada. Ela implorou a Kiki que fosse embora e que nunca voltasse, mas a teimosa Kiki tinha se recusado. Com raiva, a Sra. March esticou as mãos na direção da garganta de Kiki e apertou-a com tanta força que suas unhas afundaram nas palmas e seus braços tremeram, sacudindo o ar como se Kiki estivesse lutando para salvar a própria vida. Enquanto sua amiga imaginária afundava na água, ela visualizou seu pescoço inerte e os olhos ficando brancos. Satisfeita, abriu o ralo e a água desceu toda, levando Kiki junto.

Quando foi ficando mais bêbada com o vinho, a taça equilibrada precariamente na borda da banheira, ela sentiu algo fora do seu campo de visão. Olhou para a esquerda sem mover a cabeça e viu, ao lado da banheira, uma mulher nua. Segurou a borda da banheira, se preparando para virar a cabeça, e viu que era ela mesma, olhando para si de cima. A Sra. March sustentou o olhar dela, tentando forçá-la à coesão, quando sua gêmea levantou uma perna por cima da banheira e entrou, olhando diretamente para a Sra. March. Foi nessa hora que se deu conta de que devia ser um sonho. A mulher que era ela mesma a olhou com um jeito meio zombeteiro, se inclinou para a frente, os mamilos escuros demais e grandes demais, roçando na superfície da água, e esticou as mãos, com os dedos à procura, na direção da Sra. March. Ela os colocou debaixo da água e a Sra. March os viu avançando entre suas pernas abertas.

– Não – disse ela.

Ela acordou na água tépida, uma camada oleosa na superfície, e encontrou Jonathan parado ao lado. Ele estava com a fantasia de urso.

– Você morreu, mamãe? – perguntou ele.

Ela tentou sorrir, mas seus lábios racharam dolorosamente, ressecados pelo vinho.

– A mamãe só está sonolenta – disse ela. – Por que você não vai brincar um pouco?

– Já passou da minha hora de dormir.

Ela olhou para a janelinha acima da banheira e viu que estava escuro, embora não estivesse quando encheu a banheira. Estava?

– Claro que passou – disse ela. – Por que você está acordado, então?
– Eu tive um pesadelo.
– Volte para a cama.
– Posso dormir na sua cama hoje?
– Você está grande demais para isso. Você sabe.

Ela esperou Jonathan debater em silêncio consigo mesmo. Não podia se mover, senão o restante de espuma se dissolveria e ele veria seus seios. Ela não conseguia se lembrar da última vez que ele tinha visto seu corpo nu. Achava que ele nunca tinha visto. Ela mesma só tinha visto a mãe nua uma vez, e lembrava-se vividamente. Da área preta e encaracolada de pelos densos entre as pernas quando ela se sentou na privada, na frente de uma jovem Sra. March, e fazendo isso de uma forma casual inexplicável, embora a nudez fosse considerada imprópria na casa dela.

– Mamãe... – começou Jonathan, esfregando os olhos, os cílios escuros e pesados cheios de sono. – Eu não consigo encontrar a moça dentro da outra moça.

– O que você está dizendo? – perguntou a Sra. March, alarmada.

– A moça dentro da outra moça... – repetiu Jonathan. – Você sabe, a russa!

– Ah – disse a Sra. March com alívio. Ele estava se referindo à coleção de bonecas russas de madeira da mãe dela. – Você andou remexendo as minhas coisas? Você sabe que não pode entrar lá.

– Eu não consegui encontrar... a última, a pequenininha.

Quando criança, a Sra. March tinha brincado com aquelas bonecas escondido, girando-as para abri-las, revelando as versões menores. Ela às vezes substituía a última boneca, a menor, a mais pura, por outro objeto. Um pedaço de papel dobrado com um desenho, um peão de xadrez de marfim ou um de seus dentes de leite. Ela achava maravilhoso relacionar o fato de sua mãe *ter* bonecas. Era algo que conseguia entender sobre a mãe, finalmente, algo que podia uni-las. A mãe, ao descobrir que a filha andava mexendo nas bonecas, repreendeu-a e as relegou à prateleira mais alta, acima da cômoda do quarto. As bonecas tinham uma aura inalcançável, o que fez a Sra. March pegá-las para si quando sua mãe foi enviada para Bethesda e o apartamento foi esvaziado.

Quando Jonathan finalmente saiu do banheiro depois de muito convencimento e, no fim das contas, uma ameaça de punição, a Sra. March se levantou da posição incômoda na banheira, a água agora fria, e tirou a tampa do ralo. A água escoou em volta do corpo dela, escorrendo finamente entre as pernas.

Ela tinha tomado o comprimido de ervas que tinha funcionado em outras ocasiões, mas desta vez falhou. O sono fugiu.

Ela se levantou da cama e calçou meias, pegou o roupão e foi para a sala. Iluminada suavemente pela luz de um poste, o cômodo estava em silêncio, exceto por um carro ocasional na rua abaixo.

Anos antes, em uma viagem a Veneza, George tinha presenteado a Sra. March com uma máscara antiga. Tinha um bico comprido, como as usadas por médicos da peste, só que aquela tinha sido pintada de um amarelo vibrante, com penas brancas e douradas em volta dos buracos dos olhos, fazendo com que parecesse mais ainda um pássaro. Perturbada por ela, a Sra. March havia escondido a máscara em uma prateleira alta no meio de guias de viagem de décadas antes. Agora, ela subiu em uma cadeira e tateou cegamente para procurá-la. Reconheceu-a imediatamente quando a tocou.

Ela andou sem propósito pelo apartamento, a respiração quente e alta dentro da máscara, a visão se ajustando aos buracos pequenos dos olhos. Quando criança, ao não conseguir dormir, ela não ousava vagar pela casa assim. Havia algo proibido na sala dos pais dela no meio da noite, com os sofás duros e a mesa de centro pesada.

Entrou na sala de jantar, passou a mão pela mesa, passou o dedo nos retratos. Viu uma coisa prateada em uma das molduras, cintilando na paleta escura vitoriana. Olhou melhor, o mais perto que seu bico permitiu, e viu que era uma traça presa debaixo do vidro, procurando cegamente uma saída. O inseto foi na direção do rosto da mulher vitoriana, cujos olhos suplicantes pareciam estar pedindo que ela fizesse alguma coisa.

A traça levantou a cabecinha, como se para olhar para a Sra. March. Ela bateu no vidro delicadamente, e o inseto saiu correndo, se escondeu embaixo da moldura e sumiu de vista.

XXIX

Com George programado para voltar à noite e Jonathan na casa dos Miller, a Sra. March saiu para buscar as roupas da família na lavanderia. Essa tarefa era de Martha até um dos ternos de George voltar sem gravata. Em vez de repreendê-la por não ter notado, a Sra. March decidiu ela mesma cuidar das roupas dali em diante. Ela costumava esperar o fim de semana, quando Martha tirava um dia de folga, para evitar qualquer constrangimento.

A Sra. March tinha entendido, nas muitas ocasiões em que testemunhou o porteiro com as roupas do vizinho vindas da lavanderia, que era considerado apropriado que ele buscasse, mas isso estava fora de questão. Quando passou correndo por ele no saguão, ela baixou o chapéu sobre o rosto para evitar interagir. Ele segurou a porta para ela e gritou "Bom dia, Sra. March!", o que a fez corar intensamente e murmurar uma resposta ininteligível.

A lavanderia era um lugar enganosamente pequeno, escondido em um prédio na Terceira Avenida. O serviço de entregas não era confiável, e a Sra. March tinha notado que lhe cobravam valores variados dependendo do que estivesse vestindo quando levava as roupas (seu casaco de pele coincidia com os preços mais altos). No entanto, a qualidade da limpeza era irrepreensível. Eles conseguiam tirar qualquer mancha, como anunciavam. Naquele dia, ela estava ansiosa para pegar as roupas que George tinha usado na viagem ao chalé de Edgar. Estranhamente, George tinha insistido em levá-las ele mesmo.

– Vocês encontraram alguma coisa, não sei, estranha? Nas roupas? – perguntou ela ao tintureiro, depois que ele colocou no balcão as roupas envoltas em plástico.

O homem a encarou com olhos apertados por um minuto, um canto da boca repuxado em uma expressão de desprezo que ela esperou que fosse involuntária.

– O que quer dizer? – perguntou ele em meio a uma nuvem rançosa de bafo de charuto.

A camisa do homem tinha um buraco de queimadura na gola.

– Ah, nada. Deixa para lá – disse ela. – Saiu tudo direitinho?

Ela encostou as mãos no plástico e inspecionou as roupas por baixo.

– Tudo direitinho, tudo como sempre. Nenhuma mancha é difícil demais para os profissionais das manchas. A nota está no saco.

A Sra. March pegou a carteira quando o homem se virou para outro cliente. Do fundo do local, em meio ao chiado de vapor dos ferros, um rádio metálico anunciou:

– *A cidadezinha de Gentry, ainda perturbada com a descoberta do corpo de Sylvia Gibbler...*

Ela entregou algumas cédulas para o tintureiro e, enquanto ele pegava o troco, se curvou sobre a bancada, se esforçando para ouvir.

– *Atualmente, não há suspeitos, e os amigos e familiares acreditam que o crime brutal pode ter sido cometido por um estranho de passagem. As autoridades pedem que qualquer um que tenha informações ligue para a linha anônima, de número...*

A Sra. March brincou com a ideia de ligar, de entregar George. Ela não podia, por medo de ele ser inocente. Mas, pelo medo que sentiu na barriga, ela sabia que ele não era.

– Obrigado, volte sempre – recitou o tintureiro num cantarolar rouco quando entregou o troco a ela.

No caminho para casa, as mãos suadas no plástico, um plano começou a se formar na mente dela. Ela viajaria a Gentry. Procuraria pistas, confirmaria suas desconfianças. "Não, isso é ridículo", disse para si mesma. "Por que eu iria até o Maine por um palpite bobo?" Mas essa objeção não foi tão forte quando ela se imaginou ganhando a confiança dos moradores, descobrindo pistas que ninguém notou, sendo até elogiada pela polícia pela coragem e tenacidade. Decidiu fazer a viagem, para confirmar de uma vez por todas se estava casada com um assassino violento.

Ela estava passando por uma livraria na Madison, torcendo o nariz para edições antigas dos livros de George em carrinhos do lado de fora da loja, com as páginas abertas como as pernas de uma prostituta oferecida. Parou quando viu o livro mais recente exposto na vitrine. Pelo vidro, deu para ver o café com iluminação calorosa, as escadas de metal presas às estantes, livros do chão ao teto. Na frente da seção que indicava "best-sellers", a Sra. March pensou reconhecer a mulher fofoqueira do supermercado, cujo nome ainda lhe fugia. A mulher cujo exemplar do livro de George a Sra. March tinha roubado do carrinho cheio de salsichas. A Sra. March não conseguia ouvir pelo vidro, mas parecia que a mulher estava lendo em voz alta o livro de George e rindo. E rindo ao lado dela... era Sheila Miller? De cabelo curto e magra, usando uma parca masculina e um cachecol colorido e segurando a barriga, como se tentando conter a risada convulsiva que vinha de dentro.

A Sra. March olhou para elas de cara feia pela janela, o peito subindo e descendo e, com isso, o saco da tinturaria fazendo barulho. Um táxi passou em disparada, no reflexo, um borrão amarelo na vitrine da livraria, cortando os pescoços das mulheres enquanto jogava água da sarjeta na calçada.

A fofoqueira do supermercado apontou para alguma coisa no livro. Sheila se curvou para olhar melhor, o rosto cheio de expectativas. O que ela leu fez sua boca ainda sorridente se abrir em choque total, e ela a cobriu com a mão, os olhos arregalados. As mulheres se viraram uma para a outra em crueldade prazerosa, como bruxas na frente de um caldeirão.

A Sra. March começou a atravessar lentamente a largura da janela. Seu olhar acabou se encontrando com os das mulheres rindo. Ela esperou que os rostos delas desabassem em uma expressão de arrependimento. Mas, para sua consternação, os lábios das mulheres se abriram em sorrisos frios e ávidos. A Sra. March foi para casa.

Quando chegou ao prédio, viu um grupinho amontoado do lado de fora. Outra reunião de fãs do George, supôs ela. Quando se aproximou da entrada, alguns a olharam com curiosidade.

Ela mal tinha entrado no apartamento quando o interfone tocou, um som estridente e feio que a sobressaltou. Ela atendeu.

– Sim?

– George está?

– Não, ele saiu. Quem está falando?

– Nós podemos entrar? Nós queríamos muito um autógrafo.

– Isso não vai ser possível. Como falei, meu marido não está em casa.

– Nós somos muito fãs do livro. Só queremos ver onde ele mora. Por favor.

– Não, eu...

– Nós vamos te deixar em paz no máximo em cinco minutos.

– Onde está o porteiro? – perguntou ela, a boca seca.

– Eu estou escrevendo a minha tese sobre o novo livro dele – disse outra voz. – Vai levar só um momento. Ver o local de nascimento de Johanna seria valioso para a minha pesquisa.

– Eu não posso deixar vocês entrarem. Vão embora, por favor.

Pela estática do interfone, ela ouviu sussurros.

– Parem de nos incomodar – suplicou a Sra. March, o saco da tinturaria ainda na mão, suor se formando nas têmporas. – Alô. Alô?

– Sim? – soou uma voz, tal alta e clara que ela se encolheu. – Aqui é o porteiro.

– Ah, graças a Deus – disse ela. – Aqui é a Sra. March, do 606. Eles foram embora?

– Quem foi embora?

– Os fãs, os fãs de George, o grupo lá fora... – Ela parou, o suor agora frio, enquanto teorizava que aquele não era o porteiro falando. E agora eles tinham o número do apartamento.

Como se em confirmação, algo bateu à porta dela, com tanta força que as dobradiças rangeram. A Sra. March ofegou, a roupa da tinturaria caiu no chão como se tivesse levado um tiro. Ela engoliu em seco e estava reunindo coragem para espiar pelo olho mágico quando outra batida violenta ameaçou derrubar a porta. Ela segurou o rosto com as mãos e, como as batidas continuaram, encostou na porta como uma espécie de anteparo. As batidas implacáveis soaram pelo seu peito quando ela se encostou na porta.

– Me deixem em paz! – gritou ela, entre soluços angustiados, enquanto deslizava até o chão.

E, do nada, as batidas pararam.

Ela ficou no chão, apoiada na porta, até bem depois de escurecer. Quando a campainha tocou, ela tremeu, e uma voz do outro lado anunciou:

– Sra. March, sou eu, Sheila! Eu trouxe Jonathan.

Jonathan. Ela estava trazendo Jonathan de volta. A Sra. March se levantou do chão e se olhou no espelho. Seu rosto estava inchado e o rímel tinha escorrido pelas bochechas. Ela consertou, espalhou um pouco com os dedos, e Sheila bateu de novo. Sombras se moveram debaixo da porta, e a Sra. March desconfiou por um segundo de que tudo fosse enganação: os fãs de George estavam ficando criativos. Observou pelo olho mágico e viu Sheila, a cabeça loura distorcida, olhando diretamente para ela. Chegou para trás rapidamente, mordeu o polegar e destrancou a porta.

Sheila sorriu, a mão no ombro de Jonathan. Se tinha visto a Sra. March na livraria, seu rosto não revelava nada. Jonathan entrou correndo no apartamento e Sheila estava prestes a se afastar dizendo um genérico "Tenha um ótimo dia!" quando a Sra. March limpou a garganta e disse:

– Eu agradeceria, quando Jonathan estivesse aos seus cuidados, que você não saísse e o deixasse sem supervisão.

O rosto de Sheila demonstrou perplexidade, ao passo que seu pescoço ficou vermelho.

– Claro que não – disse ela. – Eu nunca...

– Mas não foi você que eu vi na Madison? Algumas horas atrás?

Sheila franziu a testa de forma tão exagerada que aquilo só podia ser interpretado como deboche.

– Não, eu... eu não saí hoje. Os garotos viram um filme, eu fiz limonada e biscoitos...

– Bem, eu devo ter me confundido então.

Sheila coçou a clavícula.

– Você está bem? – perguntou ela.

– Estou perfeitamente bem – respondeu a Sra. March. Piscou, e foi como mexer em um interruptor: sua postura se empertigou e ela sorriu tão largamente que seu rosto ameaçou borbulhar, derreter e escorrer pela lateral da cabeça. – *Muito* obrigada por cuidar de Jonathan – declarou ela. – Nos vemos em breve, espero. Tenha uma *linda* noite.

E, com isso, fechou a porta na cara de Sheila.

⋄

Quando George voltou, a Sra. March, sempre atenciosa, perguntou como tinha sido a viagem.

– Esplêndida – respondeu ele, o que a irritou enormemente. – Tudo funcionou sem incidentes. Acho que arrasei na entrevista. Você viu?

– Eu gravei para podermos ver juntos, com Jonathan – disse ela, o olhar se desviando para a televisão e as fitas vazias no console.

– Parece que amam o livro por lá – disse George quando se sentou no chão para tentar consertar o trenzinho de Jonathan, que tinha parado de funcionar na noite anterior.

– Amam o livro em toda parte, querido – disse, de um jeito tão sem fôlego que até Jonathan, deitado no chão vendo televisão, olhou para ela com estranhamento.

– Mesmo assim – continuou George –, sou grato por tudo. – Ele balançou a cabeça sem acreditar. – Eu sou grato – repetiu ele, e esticou a mão para apertar a da Sra. March.

Ela tinha que ficar feliz por ele, pensou ao tirar a mão da dele, mas não estava. Ficou sozinha apesar de querer acompanhá-lo (quis mesmo?, perguntou uma vozinha dentro dela). Queria puni-lo, fazê-lo sentir culpa por tê-la deixado para trás. Fazê-lo pensar duas vezes antes de agir assim de novo. Enquanto George falava sobre um prêmio para o qual o livro tinha sido indicado, ela o examinou em busca de sinais do estranho que esteve na frente dela no quarto fazendo a mala antes de viajar. Observou os cravos na ponta do nariz dele, um pelo branco grosso saindo de uma sobrancelha, os óculos meio tortos e concluiu (com decepção) que sua teoria estava errada. George era George, como sempre tinha sido e sempre seria, e a insistência dela em teorias fantásticas para desculpar o crime violento não adiantaria. Não, pensou ela, sentindo-se endurecer fisicamente enquanto via George mexer no trenzinho de Jonathan com as mesmas mãos que tinham estrangulado Sylvia; ela chegaria ao fundo dessa história de uma vez por todas. Ela diria a George que ia visitar a irmã e a mãe em Bethesda, mas iria a Gentry. Quando George cortou o dedo no trilho do trem, a Sra. March foi para o banheiro buscar um curativo, sorrindo consigo mesma o caminho todo.

XXX
XXX

É um conceito engraçado, a culpa. A primeira emoção que a Sra. March se lembrava de ter sentido. Ela tinha uns três anos, já sabia ir ao banheiro sozinha, mas ainda não era proficiente na arte de se limpar. Seus pais estavam oferecendo um almoço. Não conseguia lembrar quem exatamente estava presente, nem por que ela e a irmã Lisa tiveram permissão de se sentar à mesa, mas, no meio do almoço de purê de legumes (talvez por uma conexão freudiana), ela sentiu o inevitável chamado da natureza. Olhou para a mãe, que estava presidindo a mesa na cabeceira a algumas cadeiras de distância. Empurrou a cadeira para trás ruidosamente, o guardanapo de linho caindo no chão, e foi até a mãe, as mãos gorduchas se apoiando em cadeiras. Chegou na Sra. Kirby no meio de uma gargalhada estridente e trêmula, um tipo nunca ouvido no apartamento exceto quando havia convidados presentes. Nas pontas dos pés, a Sra. March botou as mãos em concha e sussurrou no ouvido da mãe, o nariz roçando em um brinco de pressão Chanel:

— Eu preciso ir ao banheiro.

Sua mãe suspirou e perguntou entre dentes:

— Não dá para *segurar*?

Quando a Sra. March balançou a cabeça, a mãe a dispensou com um movimento de mão.

A Sra. March ainda sonhava com aquilo algumas noites: as sombras dos seus pés balançando no mármore castanho quando ela se sentou na privada do lavabo. Tinha usado aquele banheiro supostamente por ser mais perto da sala de jantar. Para que a mãe pudesse ouvir quando a chamasse:

— Mamãe! Acabei, mamãe!

Depois do que pareceu um tempo impossivelmente longo (*e se ela nunca fosse?*), a mãe apareceu, furiosa, murmurando baixinho:

– Não dava para ter *esperado*? Não devia ser *meu* trabalho... *Lisa* nunca...

Ela limpou o traseiro da filha com tanta força que ficou assado. Depois, sempre que a Sra. March chamava a mãe do banheiro para ir limpá-la, a empregada aparecia no lugar dela.

Essa foi a primeira experiência da Sra. March com culpa.

Depois, aos quatro anos, ela ganhou uma casa de bonecas linda de Natal e caiu no choro ao rasgar o papel de presente.

– O que foi? – perguntou sua mãe. – Não era o que você queria?

Ela assentiu e continuou chorando, catarro escorrendo até os lábios.

– Ugh, ela é tão mimada – disse a irmã Lisa, segurando seu próprio presente, um kit de química elaborado, com um maduro desapego.

A Sra. March não conseguiu explicar no momento que ela *queria* sim aquela casa de bonecas em particular, que tinha fantasiado com ela desde que a vira pela primeira vez no catálogo da FAO Schwarz. E agora, ali estava ela, um mamute vitoriano, com quadros em miniatura em molduras douradas, lustres que funcionavam e um banheiro de porcelana. Ela não tinha feito nada para merecer, não tinha se dedicado ao presente como faria por um adesivo de estrela dourada na aula da pré-escola. Ela só pediu e ali estava, em suas mãos não merecedoras.

Lisa revirou os olhos e disse:

– Caramba, não é nada de mais. Você vai ganhar o que quiser ano *que vem*.

Enquanto isso, a Sra. March chorava baixinho.

A culpa era para os corajosos. Para o restante, negação.

XXXI

O único problema agora, pensou a Sra. March, era a possibilidade de a irmã ligar a procurando quando estivesse viajando. Não que achasse que Lisa *fosse* ligar; na verdade, ela raramente se dava ao trabalho de pegar o telefone, exceto na época de festas de fim de ano e em aniversários. No entanto, já aconteceu de ela ligar aleatoriamente com atualizações sobre a mãe. Uma vez, ela telefonou com a notícia urgente de que a mãe tinha colado purpurina em uma decoração de Natal artesanal no lar de idosos.

Outra mentira era necessária. Ela tinha uma missão séria, afinal. Apagaria seu rastro e, dependendo do que descobrisse, ninguém precisaria saber que tinha feito a viagem para o Maine. A perspectiva de ter um segredinho só seu, possivelmente para sempre, a empolgou.

Na noite seguinte, depois que Martha foi embora e George tinha se isolado no escritório, a Sra. March ligou para a irmã.

– Eu queria avisar que vou estar fora por alguns dias. Caso você estivesse pensando em ligar... Não ligue. Eu não vou estar aqui. George também não – acrescentou ela de impulso –, nós vamos para um... um spa.

– Ah, que ótimo. Eu não sabia que você gostava dessas coisas.

– Nossa, que ridículo. Quem não gostaria?

– Verdade – disse Lisa. – Onde fica? Esse spa?

– Ah... eu não sei.

– Você quer dizer que não sabe para onde vai?

– Não, é surpresa... do George – disse ela, impressionada consigo mesma.

– Ah. Que sorte sua – disse Lisa, com um certo azedume, pensou a Sra. March. – E Jonathan?

– Ele vai ficar com os vizinhos de cima.

– Quer que eu ligue para saber dele?

– Não, não, eu mesma vou fazer isso. Novamente, eu só liguei para avisar que não vou estar em casa. Eu ligo assim que voltar.

– Tudo bem, querida. Divirta-se.

Em seguida, ela ligou para a companhia aérea e comprou uma passagem para Augusta sem data de retorno marcada.

– Obrigada, senhora, boa viagem! O Maine é lindo nessa época do ano – disse a vendedora antes de a linha ficar muda.

A Sra. March foi até o armário e abriu as portas solenemente (parecia haver um propósito grandioso por trás das ações dela agora), e puxou uma malinha xadrez de uma prateleira alta.

Ela estava botando na mala os chinelos castanhos de inverno quando George entrou, e foi como viver uma cena que ela já tinha vivenciado, mas de outro ponto de vista.

– Eu vou visitar a minha mãe – disse ela assim que ele passou pela porta. – Falei com a minha irmã, e a minha mãe não está se sentindo bem.

Ela olhou para George com os cantos dos olhos enquanto fingia se ocupar com a mala. Ele pareceu meio perplexo quando coçou o queixo e disse:

– Sinto muito ouvir isso, querida. Precisa de alguma coisa?

– Não, está tudo providenciado – disse ela, dobrando alguns lenços de seda e colocando na mala (a ideia dela de viajar anonimamente).

– Quanto tempo você vai ficar fora?

– Bom, eu comprei uma passagem sem data marcada para a volta porque não sei por quanto tempo vão precisar de mim. Eu falei que ficaria pelo tempo que fosse necessário. – Ela disse isso com um ar de orgulho mártir, o que fez George responder:

– Claro. Faça o que precisar.

– Vou ligar sempre para contar como ela está.

– Bem, me parece que você tem tudo sob controle, então. Como sempre – disse ele em seguida.

Isso a irritou, essa profunda falta de interesse na viagem repentina dela. Ele andou até ela, e a Sra. March ficou tensa quando ele lhe deu um beijo suave em sua bochecha. Como Judas, pensou ela. Quando ele moveu a cabeça para trás, ela detectou uma sombra de sorriso no rosto dele.

– Vou tomar um banho – disse ele.

Assim que o chuveiro foi aberto, ela correu para o escritório de George. Ele guardava a chave do chalé de Edgar em uma tigelinha de cerâmica na mesa, onde ela agora a viu sobre uma cama de papéis de chiclete e moedas. Pegou-a com gentileza, devagar, esperando ser surpreendida no ato, mas ninguém a interrompeu quando ela colocou a chave no bolso e saiu tão silenciosamente quanto tinha entrado.

―◆―

A Sra. March deu um beijo de despedida em George e deu tchau para Martha (Jonathan estava na escola). Ela entrou no elevador e olhou para o apartamento 606. A porta estava fechada.

No elevador, ela respirou fundo. Cantarolou um pouco olhando para a mala. Tinha escrito o nome na etiqueta e a tinta tinha borrado no seu primeiro nome.

As portas do elevador se abriram com o solavanco de sempre. Ela andou até a portaria puxando a mala. Aproximou-se das portas de vidro esperando que George aparecesse atrás dela a qualquer momento. Não ousou se virar quando foi chegando mais perto da saída.

O porteiro chamou um táxi e ela esperou estupidamente enquanto ele colocava a mala no porta-malas com mais agitação do que era necessário. Agradeceu e entrou no banco de trás, fechando a porta em seguida. Olhou para o prédio, para as janelas quadradas e para os aparelhos quadrados de ar-condicionado.

Quando o táxi partiu e dobrou a esquina e ela perdeu o prédio de vista, foi tomada por uma pontada de dor. Não visitava a mãe desde que Jonathan era bebê. Dentro dela, cresceu a certeza sombria de que era a mãe que devia ter morrido, e não o pai. Ele, com a barriga bronzeada e rotunda que ela só tinha visto em Cádiz no verão. Ele, que sempre fez as reservas de jantar e soube para quem ligar quando suas malas se perderam na Grécia. Uma vez, ela preparou um prato repugnante com uvas, cookies de chocolate despedaçados e amendoins, temperado com sal, açúcar e pimenta, e apresentou com orgulho para os pais, encorajada por Alma, sorridente. A mãe se recusou a experimentar, outro lembrete para as filhas de que ela não era amiga delas e jamais seria. O pai recusou educadamente no começo, mas depois de uma insistência gentil de Alma, se ofereceu para experimentar. Ele se curvou sobre o prato e enfiou uma colherada generosa da mistura desagradável na boca. Mastigou silenciosamente, sem dúvida arrependido. Apesar da vergonha escaldante que ela sentiu na hora, a Sra. March também ficou agradecida e, talvez pela primeira vez, verdadeiramente se sentindo próxima do pai.

Sentada no assento de couro fedorento e rachado do táxi, ela justificou a negligência com a mãe, garantindo para si mesma que, se fosse o pai vivendo seus últimos dias, ela o estaria visitando com frequência em Bethesda. Na verdade, decidiu com convicção repentina: nem teria permitido que ele fosse levado para tão longe. Ela o teria deixado o mais perto possível. O querido Sr. Kirby. Ela se perguntou como ele estava agora no caixão. Costumava visualizá-lo como um jornal flutuando com pernas. Ele já devia ter apodrecido agora, e nada restara além de ossos.

O trajeto até o aeroporto ocorreu sem incidentes; ninguém a perseguindo, ninguém a fazendo parar. O taxista não saiu subitamente da via para assassiná-la em algum lugar deserto por instrução de George.

Da mesma forma, seu voo estava no horário e não houve atraso ao passar pela segurança. Ela colocou óculos de sol comicamente grandes e um lenço e evitou a livraria do aeroporto, onde o livro de George a provocava em um display giratório.

Quando fez fila no portão, ouviu um homem falando alto em um telefone público próximo. Ele usava um sobretudo e segurava uma pasta, o aparelho preso entre a cabeça e o ombro.

– Sim, Delmonico's? Aqui é John Burnett. Certo. Eu gostaria de fazer uma reserva para o jantar, para o sábado que vem. Sim. Para dois. Sete horas seria ótimo.

A Sra. March mostrou o cartão de embarque para o agente do portão e seguiu pelo corredor, deixando o homem fazendo sua reserva. Que curioso, pensou ela, que ela agora sabia onde aquele estranho estaria às sete horas do sábado seguinte. Ela brincou com a ideia de aparecer no Delmonico's, talvez até cumprimentá-lo com familiaridade, para se deleitar com a surpresa dele. Ele fingiria conhecê-la? Ou John era um homem honesto? Quando entrou no avião, ela se perguntou quem seria a acompanhante. Seria um jantar romântico com a esposa? Ou talvez ele estivesse levando a amante para tomar uma garrafa de champanhe com ostras. Mas, se fosse esse o caso, ele estaria fazendo planos tão abertamente em um telefone público?

Ela se sentou à janela, as pernas espremidas, o cinto apertando a barriga. A decolagem foi desajeitada e, assim que o sinal de apertar os cintos foi apagado, ela pediu vinho tinto para a comissária. Ignorando o copo de plástico e bebendo direto da garrafinha, ela imaginou, se o avião caísse, quanto tempo levaria para George encontrá-la. Depois que falasse com a irmã, ele talvez iria supor que ela estivesse tendo um caso e, com o passar dos dias, ele talvez achasse que ela tivesse fugido com o homem. Gostava da ideia de ele sentir medo de tê-la perdido, de sentir remorso pela forma como a tratou, como se ela sempre fosse estar lá, ao ter escrito aquele livro abominável.

Depois da escala de uma hora em Boston, ela voou para Augusta. A viagem toda levou pouco mais de três horas. Como teria levado metade daquele tempo para chegar a Bethesda, ligou para George de um telefone público no aeroporto para dizer que tinha chegado na casa da irmã depois de um atraso imprevisto. George não pareceu interessado na informação, pareceu até distraído, e ela ouviu risadas abafadas ao fundo.

– Quem é? – perguntou ela.

– Ah, é só Jonathan sendo bobo.

Ela franziu o nariz e olhou para os sapatos. Ela nunca tinha visto Jonathan sendo *bobo*.

– E vocês dois estão bem, então?

– Sim, sim. Vamos sentir a sua falta, mas vamos ficar bem. Não se preocupe, querida. Vamos nos virar sem você.

– Muito bem. Não se esqueça de dizer a Martha para fazer o cordeiro hoje. Senão, vai estragar.

– Pode deixar – disse George. – Divirta-se! Mande lembranças a todos. – George desligou.

A Sra. March ficou parada na frente do telefone, piscando, o aparelho ainda junto ao ouvido.

– Eu também te amo, querido. Nos vemos em breve – disse ela, elevando a voz, só para a mulher que estava na fila atrás dela ouvir.

Debaixo do telefone, alguns cartões de visita listavam números de restaurantes e empresas de táxi da região. Ela ligou para um dos serviços de táxi. Demoraram alguns toques para atender, e o homem do outro lado pareceu surpreso de estar recebendo uma chamada, mas garantiu que ela teria um táxi em cinco minutos.

Ela saiu com determinação no ar gelado, que a atingiu como uma onda.

XXXII

O chalé de Edgar ficava a uns 45 minutos de carro do aeroporto. A Sra. March tinha copiado o endereço da agenda de George em um papelzinho amarelo que ela ficou esfregando dentro do bolso do casaco a viagem inteira. Também tinha levado um caderno (um dos cadernos de George) e uma caneta para fazer anotações.

O táxi chegou imediatamente, como prometido. O logotipo na porta de trás tinha um rato de desenho animado usando óculos de sol e de pé nas patas traseiras, fazendo um sinal de positivo. O motorista foi simpático e conversador demais, o que irritou a Sra. March, que considerou aquilo um sinal de falta de profissionalismo, mesmo quando ele se ofereceu para abrir a porta... pronunciando *pota*.

No caminho até o chalé de Edgar, havia cemitérios dos dois lados da rua, as lápides lançando sombra na neve. Na ponte sobre o rio Kennebec, o motorista apontou áreas grandes e congeladas na água, explicando que seriam quebradas pela guarda costeira.

Ele a alertou quando entraram na tranquila cidade de Gentry. Ela olhou pela janela para as ruas desertas, tão desertas que se perguntou por que o motorista tinha se dado ao trabalho de usar a seta. Reparou em duas lojas de artesanato e em uma guirlanda murcha na porta da prefeitura.

Depois de atravessar o que se passava por um centro, o táxi entrou em uma estrada ladeada de pinheiros enormes onde as construções eram mais espaçadas. Ali, as lojas pareciam casas, construções atarracadas de madeira com placas nas janelas ou jardins, anunciando negócios locais como "Empório do Cabelo da Diana", "Maluquice dos Muffins" e "Cuidados Caninos do Lester".

Os residentes pareciam orgulhosos da cidade, mas a Sra. March só viu um lugarzinho feio e solitário. Ela ficou intrigada com o que Edgar tinha visto ali para inspirar a compra de uma propriedade. Talvez fosse o isolamento que o atraísse, pois facilitava os hábitos sombrios dele e de George. Tentou lembrar se George conhecia Edgar quando ele comprou o chalé tantos anos antes.

Eles passaram por uma lanchonete com um estacionamento enorme. Ela reparou como era próxima do chalé quando o táxi parou na entradinha de terra de Edgar.

A Sra. March pagou em dinheiro e recusou as ofertas repetidas do motorista de levar a mala dela até a casa. Ele levantou as mãos e saiu dirigindo, se despedindo com uma buzinada bem-humorada, o que a fez largar a mala em uma área de gelo. O chalé de madeira era maior do que ela previra, com degraus levando a um deque que envolvia a casa e uma chaminé de pedra.

Quando destrancou a porta da frente com a chave roubada e entrou (derrubando um par de sapatos de neve apoiado na parede ao lado da porta), ficou surpresa com a quantidade de madeira. Piso de madeira, paredes de madeira, móveis de madeira, prateleiras de madeira, pilhas de madeira ao lado da lareira. A madeira, boa parte envernizada, estava por toda parte, dando ao local um ar inacabado. As paredes, pensou a Sra. March, gritavam por uma camada de tinta.

Ela fechou a porta e sentiu como se estivesse fechando a tampa do seu próprio caixão de pinho. Pôs a mala no chão e foi explorar, os braços cruzados sobre o peito. O teto era de vigas expostas. Havia uma lareira de pedra e, no lintel, uma raposa empalhada (possivelmente capturada pelo próprio Edgar) posava como se andando por um galho de madeira, um olho de vidro faltando na órbita.

Ela observou a enorme estante embutida, com medo do que sabia que encontraria lá: a bibliografia completa de George, arrumada em ordem de data de publicação, as capas brilhando. Tirou aleatoriamente um livro e abriu para ler o recado manuscrito na primeira página. "Para Edgar, editor extraordinário. George." Pegou outro e abriu na mesma página: "Para Edgar. Este livro não seria o que é sem você, nem esse autor. George". E outro: "Para Edgar, meu amigo, meu editor e meu cúmplice nos crimes. George". Ao ler isso, a Sra. March lambeu a página com selvageria antes de fechar o livro e colocá-lo na prateleira. George só fez dedicatórias de seus livros para ela no começo. Não fazia mais sentido mesmo, achava ela, autografar ou fazer dedicatórias para ela, considerando que morava com o autor havia tanto tempo. Além do mais, sempre supôs que estivesse implícito que todos os trabalhos dele eram dedicados a ela, a pessoa a quem George escolhera dedicar a *vida*.

Aquele *cúmplice nos crimes* a incomodou enquanto ela andava pelo chalé, abrindo portas que levavam a quartos pouco mobiliados e armários embolorados, sem encontrar sinais de um tipo específico de vida ali. Cobertores puídos e casacos velhos e sungas desbotadas não contavam histórias, ao menos o tipo de história que a Sra. March queria desvendar.

Ela abriu uma outra porta e encontrou a cozinha – rústica, com panelas de cobre penduradas sobre um fogão antigo de seis bocas. Havia um pouco de comida na geladeira, com a validade suspeita, e ela achou que seria melhor comer na lanchonete.

Havia um suporte para chaves na parede da cozinha junto da porta dos fundos, cheio de chaves. Ela pegou a que tinha o rótulo de "garagem" e saiu. Estacionado dentro da garagem, como um urso hibernando, havia um Jeep velho, verde-escuro, com pneus carecas. Ela imaginou Edgar o dirigindo, George no banco do passageiro, os dois silenciosos no trajeto de volta até o chalé depois de terem matado Sylvia, possivelmente com o corpo no porta-malas. Colocou as mãos em concha na frente do rosto e o encostou na janela do motorista. De impulso, puxou a maçaneta. Abriu-se com uma facilidade tão grande que a Sra. March deu um gritinho. Com o grito ainda ecoando nas paredes da garagem, entrou no carro e sentiu o cheiro do aromatizador em forma de árvore, não mais com cheiro de pinho, pendurado no retrovisor. Ela levantou os tapetes e abriu o porta-luvas, onde encontrou um calendário mal dobrado detalhando a temporada de caça atual. "Um cervo por ano", "Dois ursos por ano". Várias datas estavam circuladas em vermelho. Abriu o porta-malas em busca de sinais de sangue, de cabelos castanhos compridos, de uma pulseira ou colar com monograma, qualquer coisa que pudesse ter pertencido a Sylvia. Mas não encontrou nada.

Ela pensou em pegar a chave do carro e dirigir até a cidade. Estava nervosa com a possibilidade de atrair atenção para si mesma se chamasse mais táxis e desse nomes falsos, mas a ideia de dirigir um carro em estrada aberta a deixava nervosa... sua última aventura atrás do volante tinha sido no clube do pai, em um carrinho de golfe.

Decidiu então que seria prudente andar sempre que possível e que começaria andando até a lanchonete para jantar.

Depois de enrolar o cachecol no rosto, a Sra. March andou em meio às árvores ao lado da estrada, para evitar ser vista, olhando com frequência para a garagem atrás, agora pouco visível. Ela repreendeu a si mesma pela burrice. Acabaria morrendo de hipotermia naquele bosque e seu corpo ficaria escondido por semanas até que um caminhante ou caçador a encontrasse, da mesma forma que encontraram o corpo congelado de Sylvia.

Os pinheiros oscilaram no vento enquanto ela andava até a lanchonete. As árvores daquela área mesmo podiam ter sido cortadas para fazer o papel dos livros de George. Quantas árvores, perguntou-se ela, para imprimir tantos exemplares? Uma floresta inteira esperava ser sacrificada para futuras edições. As árvores ao seu redor pareceram tremer. Ela as imaginou gritando com vozes de mulheres e, quando seus galhos começaram a se debater, correu na direção do letreiro em néon da lanchonete, brilhando ao longe.

A lanchonete estava quase vazia, exceto por um casal idoso e um homem lendo um jornal em um canto. Não era uma espelunca, mas também jamais seria confundido com um estabelecimento de categoria, com aqueles compartimentos com bancos de vinil marrom. Cardápios plastificados estavam apoiados entre frascos de ketchup e mostarda em todas as mesas. O local tinha uma sensação aconchegante, até segura, e a Sra. March se imaginou indo ali jantar todas as noites, passando a conhecer os garçons, se tornando a cliente favorita.

Ela escolheu uma mesa junto à janela com vista para o estacionamento, e um barulhinho de flatulência da almofada de plástico anunciou sua chegada. Ao ouvir o som, um garçom olhou de trás do balcão e assentiu para ela. Sem desejar erguer a voz, ela respondeu com um aceno majestoso.

Ela cheirou os pulsos e se deu conta de que tinha se esquecido de levar perfume. Sentia-se uma estranha sem ele, um fantasma sem cheiro. Sorriu com o pensamento. Se cheiro fosse identidade, não ter um abria novas e empolgantes possibilidades. Ela podia ficar ali em Gentry, uma folha em branco, e recomeçar. Podia ser quem quisesse.

Ela sentiu uma corrente de ar repentina, se virou e viu dois homens entrando na lanchonete. A porta se fechou lentamente e eles seguiram até bancos na frente do balcão. Um deles olhou para ela. Ela sorriu. Ele a ignorou e voltou as costas para ela enquanto o garçom ouvia o pedido.

Com o rosto ficando quente, a Sra. March olhou para o cardápio. Possivelmente foram brutamontes mal-educados assim que mataram Sylvia, e não seu marido. Eles a viram, uma criatura jovem e atraente, comendo sozinha naquela mesma lanchonete, e a sequestraram no estacionamento. A Sra. March olhou para as costas deles com raiva, magoada pela certeza de que aqueles homens jamais olhariam com avidez para ela como deviam ter olhado para Sylvia.

O garçom se aproximou da mesa e, enquanto anotava o pedido, ela tentou repuxar os lábios com sedução depois de escolher um sanduíche de lagosta e um chá quente. Mas ele não a encarou nenhuma vez, só rabiscou no bloco.

Quando terminou o jantar, só restavam os dois homens no balcão e a Sra. March. Ela ficou sentada à mesa, ensaiando na cabeça as formas diferentes com as quais rejeitaria os avanços dos homens se eles a abordassem. No fim das contas, eles nem chegaram perto dela, e quando colocaram os casacos e chapéus, ela jogou algumas cédulas amassadas na mesa e correu para a saída, dando aos homens uma última chance de abordá-la quando eles saíssem. Os homens nem olharam, muito menos seguraram a porta para ela, e o seu rosto ardeu ao sair no frio.

Atravessando o estacionamento, ela esbarrou em um cachorro, ou o cachorro esbarrou nela. Nunca entendeu os cachorros e, tendo vivido na infância com um gato e seus caprichos erráticos, tinha aprendido a temer a natureza imprevisível dos animais em geral. O cachorro encostou o focinho na perna dela e farejou, piscando serenamente. Ela tinha lido em algum lugar que os cachorros costumavam sentir o cheiro dos que estavam doentes ou sofrendo. Ele teria sentido sua angústia? Ela se ajoelhou ao lado do cachorro em um gesto grandioso de apreciação (o dono, indiferente àquela interação, segurava a guia frouxa enquanto ajeitava o cachecol). Ela fez carinho no cachorro e sentiu uma grande conexão. Fechou os dedos no pelo cinza áspero e sussurrou para ele:

– Sim. Sim. Vai ficar tudo bem, não vai?

O cachorro bocejou com a língua para fora, os olhos pretos úmidos focados em um ponto ao longe (por que os cachorros nunca pareciam olhar nos olhos dela?).

O dono pigarreou e a Sra. March soltou uma risadinha baixa, fungou e se levantou.

– Obrigada – disse ela para o dono. – *Obrigada*.

Sem esperar resposta, ela saiu andando pelo estacionamento, com seus mocassins com borlas – o couro agora estragado pela neve e pelo sal – clicando no cimento e sua sombra cortando as luzes lançadas pelos postes.

Naquela noite, enquanto a Sra. March tentava dormir no chalé, foi distraída por uma série de barulhos desconhecidos. As paredes e o piso de madeira gemiam e um relógio escondido tiquetaqueava os minutos. Do lado de fora, o vento soprava, o rugido infinito idêntico ao mar de Cádiz. Quando resvalou para o sono, ela se perguntou se acabaria se afogando.

Em determinado ponto da noite, acordou subitamente, desorientada, e se viu em uma escuridão desconhecida, tão preta que ecoava nos ouvidos. O vento similar a uma onda tinha parado de quebrar e tinha diminuído para uma respiração relaxada. Ouvindo com atenção, a Sra. March detectou uma respiração de verdade, profunda e pesada, quase úmida. É só Kiki. A velha Kiki, com saudades.

Sem saber se estava apertando bem os olhos ou se era só a escuridão, a Sra. March cobriu os ouvidos com um cobertor.

XXXIII

Havia um pato-real de madeira na borda da banheira. A Sra. March olhou para ele e piscou, rezando para que ele não piscasse de volta enquanto ela secava as axilas e entre as pernas com uma toalha puída que tinha encontrado debaixo da pia.

Ela apertou os olhos para a luz forte da manhã entrando pela janela do banheiro. Estava tão forte que era quase branca.

Ela tinha dormido no sofá, em frente à lareira, para mexer no mínimo possível. Para se aquecer, se enrolara em um cobertor grosso que provavelmente tinha sido usado pelo basset hound de Edgar; logo depois de acordar, ela o colocou no chão, perto da cama de cachorro onde o tinha encontrado, e fez uma busca mais detalhada no chalé.

A Sra. March olhou debaixo de camas, em vasos de flores, atrás de privadas e até nos potes de açúcar e farinha na cozinha. Ela bateu em paredes, prestando atenção em partes ocas reveladoras de um aposento secreto. Estava em busca de qualquer coisa que pudesse contradizer a descrição de George e Edgar do chalé. Não encontrou nada.

Naquela manhã, andou até a rua principal de Gentry, uma caminhada longa e gelada de quarenta minutos, com a parte de trás dos mocassins estragados lhe machucando os calcanhares no final. O mercado era um prédio de madeira pintado de branco sujo com uma bandeira puída dos Estados Unidos e uma caixa de correspondência azul. Uma placa na entrada dizia "Mercado Geral de Gentry".

Ao entrar, a Sra. March passou por um display giratório cheio de cartões-postais, por pilhas de produtos de inverno da região (basicamente batata) e um freezer de sorvetes, cujo motor tremia, com caixas ressecadas pelo frio empilhadas lá dentro.

Ela andou pelos corredores estreitos, pegando algumas velas aromáticas para cheirá-las. Não importava o aroma, todas tinham cheiro de poeira.

– Posso ajudar?

Ela se virou e viu o funcionário, um homem gordo e careca com braços peludos, dedos peludos e tufos de pelos na base do pescoço e nas orelhas. Era como se o corpo dele estivesse tentando pedir desculpas pela perda capilar, pensou a Sra. March.

– Ah, oi – disse ela. Ela colocou a vela ("Recheio de Peru") no lugar e andou até o balcão onde ele estava. *Licenças de caça e pesca vendidas aqui!*, declarava um cartaz na parede atrás da registradora. – Eu estava... eu só estava olhando.

– Olhando uma loja só com três corredores? Que peculiar. A maioria das pessoas vem aqui com uma lista quando acabam o leite e os ovos, por exemplo. – A Sra. March olhou para ele sem entender até ele falar: – Bem, olhe o quanto quiser. Ninguém a está apressando. Me avise se precisar de alguma coisa.

– Bem, na verdade... – disse ela, retorcendo as mãos ressecadas. – Eu estava curiosa para saber se você tem alguma informação sobre o que aconteceu, sobre a garota que foi morta.

O funcionário ergueu as sobrancelhas e arregalou os olhos.

– Eu sei que é lúgubre ter curiosidade – explicou a Sra. March apressadamente –, mas é que eu não sou daqui, eu só estava passando, e a história me abalou, bem, porque eu sou mãe – disse ela, corajosamente ganhando convicção enquanto falava –, e eu tenho uma filha, e ela, a Sylvia, me lembra tanto a Susan.

As sobrancelhas do funcionário relaxaram e o rosto dele formou uma expressão que lembrava carinho. Ele olhou da esquerda para a direita de forma um tanto dramática antes de apoiar os cotovelos no balcão.

– *Bem* – disse ele –, tem sido bem difícil para os moradores nessas últimas semanas. Principalmente para mim. Eu a conhecia pessoalmente.

Agora foi a vez da Sra. March erguer as sobrancelhas.

– É mesmo? – perguntou ela, sem fôlego.

– Sabe, ela vinha aqui às vezes. Para comprar leite e pilhas, essas coisas.

– Ah – disse a Sra. March, desanimando.

– Mas eu tenho que dizer, aquela garota era amiga de todo mundo. Bem simpática. Uma das pessoas mais gentis que eu já conheci. Ela era do tipo que dava comida enlatada para os menos afortunados e também roupas usadas. E não só no Natal.

– Minha nossa – disse a Sra. March. – Que perda terrível.

Não é engraçado, pensou ela, como o status de alguém sempre melhora depois da morte? Ela tinha imaginado seu próprio enterro várias vezes: Jonathan, sempre tão imperturbável, finalmente desmoronando em um choro pesado enquanto se agarrava ao caixão da mãe, George ao lado dele em um silêncio chocado que a maioria confundiria com estoicismo, mas que na verdade era arrependimento. As pessoas se lembrariam dela com carinho e se sentiriam mais próximas ali do que na vida. Gostava de imaginar outro autor escrevendo a biografia de George, que incluiria uma seção bem grande sobre a morte prematura dela. Parecia maravilhoso, até ela visualizar o biógrafo xeretando o seu passado, remexendo nos cantos silenciosos de sua vida, elaborando um retrato menos lisonjeiro, outra versão da triste e patética Johanna.

– Ela não devia ter saído tão tarde – disse o funcionário. – Não é seguro. Mesmo em uma cidade assim, em que todo mundo se conhece. É uma pena, mas nem em Gentry é seguro. A minha filha sempre me diz que não é justo as mulheres precisarem ter cuidado quando está escuro. Bem, olha, pode não ser justo, mas o mundo é assim. Sua filha diz isso para você?

A Sra. March levou um segundo para entender que ele estava perguntando sobre a filha inventada.

– A minha Susan é bem caseira – disse ela –, porque ela é muito estudiosa, sabe. Ela acabou de entrar em Harvard. – Mesmo na fantasia, a Sra. March se sentia compelida a manter as aparências.

– Harvard, é? Uau, essa é especial, né?

– É, nós gostamos de pensar que sim – disse a Sra. March, esquecendo a modéstia.

– É. Sorte, muita sorte mesmo.

– Bem, sim, claro que tem sorte no meio – disse ela, tentando corrigir o rumo –, mas cabe perguntar se a *educação* que demos a ela não teve a ver com a pessoa que ela se tornou...

– Claro, claro. Mas nunca se sabe. Nossa filha não faz sentido para nós, não fazia nem quando era criança. A gente não consegue entender a quem ela puxou. Uma coisinha selvagem, você sabe como é. Mas sossegou um pouco depois que encontraram Sylvia...

– Quem foram os caçadores que a encontraram? Você os conhece?

– Não, eles estavam de visita. Uma viagem e tanto, hein. Em um minuto você está procurando pássaros em que atirar, e no seguinte está olhando para um cadáver.

– Que horror – disse a Sra. March. – Quem teria feito uma coisa dessas?

– Ah, está cheio de malucos e esquisitões por aí. Odeio dizer, mas o alvo é quase sempre mulher. Só que a gente vai fazer o quê?

– É possível que Sylvia conhecesse seu agressor?

– Não, as pessoas de Gentry teriam reparado em algo diferente – ele estalou os dentes – *assim*. É uma cidade pequena. Muito pequena. Só pode ter sido alguém de fora.

– Hum.

– Ela está aqui na rua, caso você queira fazer uma homenagem. Foi descansar no Cemitério da Cidade de Gentry.

– Sim, acho que vou. E... a loja dela é aqui perto? A loja onde ela trabalhava? Quero comprar um presente para a minha filha lá, sabe, em solidariedade. Deve ter sido um grande golpe para os colegas de trabalho dela.

– Foi mesmo, principalmente para a Amy, elas eram muito amigas. Amy Bryant, conhece? – falou ele quando a Sra. March franziu a testa ao ouvir o nome. – Ela é filha de uns amigos meus. Muito amiga da Sylvia. Iam juntas para todo lado. Eu as via passar aqui pela loja todas as manhãs, a caminho do trabalho – disse ele, apontando com o polegar para a janela ao lado do balcão. – Eu soube que elas estavam pensando em morar juntas. Sylvia morava com a avó, né. Uma garota da idade dela *precisava* de independência.

– Sabe, acho que vou até a loja para conversar com a pobre Amy – disse a Sra. March.

– Ah, Amy não está trabalhando desde o ocorrido – disse o funcionário. – Fica em casa, não está fazendo nada. Está em péssimo estado.

– Que pena. Que triste.

– Foram dois meses complicados por aqui, tenho que dizer.

– Então essa Amy... ela mora aqui perto?

– Sim, senhora, e você pode ou não entender, mas eu não vou te dar o endereço – disse o funcionário.

– Ah, eu não estava...

– Gentry é uma cidade pequena e nós protegemos os nossos.

A Sra. March ficou ofendida pela suposição de que queria arrancar dele o endereço da amiga... embora fosse isso mesmo que pretendesse. Ela lutou contra a vontade de dizer para o funcionário que, para uma cidade tão protetora, eles tinham permitido que um assassinato horrível acontecesse, mas só disse secamente:

— Suponho que, pelo menos, você pode me dar instruções de como chegar à loja?

Ela reconheceu imediatamente a fachada roxa da loja vista no noticiário. *Baú da Esperança* estava pintado sobre a porta, com letras douradas em estilo antigo. Era um contraste frustrante com o estilo mais moderno dos objetos na vitrine, muitos se passando por antiguidade, mas provavelmente imitações vulgares importadas da China. A vitrine, a Sra. March notou, permanecia idêntica de quando mostraram no noticiário... exceto pelo festão metálico de Natal, que tinha sido removido.

— *Essa pequena comunidade está de luto depois de perder toda a esperança de ver Sylvia viva outra vez* — citou a Sra. March para si mesma, baixinho, enquanto empurrava a porta roxa.

Dentro, a loja era escura e abarrotada; havia badulaques ocupando as paredes e prateleiras lotadas de animais de pelúcia e sabonetes caseiros, com louças de estampas florais no meio de tudo.

A Sra. March andou em silêncio, se espremendo entre as estantes e os móveis, sufocando uma tosse por causa da poeira. Parou em um baú marcado com as iniciais "g.m.m." e uma data: "1798". Parecia ser um baú de casamento. A madeira azul estava lascada e desbotada, mas a Sra. March conseguiu ver as marcas de um buquê verde e amarelo pintado na lateral. Em cima havia dois livros de capa de couro amarrados com barbante. Ao reparar na vendedora parada ali perto, nervosa, ela pegou os livros e perguntou o preço. A garota, atarracada, com nariz de porco e cabelo ralo da cor do peito de um tordo, corou.

— Ah, não estão à venda — disse ela. — Os livros são emprestados da livraria aqui na rua, são só decorativos...

— Achei que fossem — disse a Sra. March.

Enquanto isso, sentiu o pescoço ficar quente embaixo do cachecol.

— Posso ajudar com mais alguma coisa? — perguntou a vendedora.

— Na verdade, sim. Estou procurando uma colega sua, Amy Bryant, que trabalha aqui, acho?

– Amy? Ah... ela não veio hoje.

– Entendi. Bem, eu preciso falar com ela – disse a Sra. March, tomada de uma autoridade calma que até então desconhecia possuir. – É bem importante. Você sabe onde ela mora?

– Bem... eu *gostaria* de ajudar, mas não acho...

– Eu sou do *New York Times*. Estou escrevendo um artigo sobre a Sylvia e seria de grande importância fazer uma entrevista com Amy Bryant, por elas terem sido tão próximas. Elas eram próximas, não eram?

– Ah – disse a garota, o rosto sem graça e sardento se transformando em uma expressão de clareza autêntica. – Ah, nossa, eu entendo, claro. Amy está na casa da avó da Sylvia, elas estão fazendo companhia uma para a outra, sabe, depois do que aconteceu. Você teria que visitá-la lá.

– A casa onde Sylvia morava? – A Sra. March engoliu em seco, a cabeça em turbilhão com a ideia de conseguir entrar na casa onde Sylvia dormia, comia, respirava...

– Está tudo bem? – perguntou a garota, parecendo ansiosa por ter perdido a atenção da Sra. March com essa informação nova. – Eu posso anotar o endereço para você.

A Sra. March ficou tentada a acabar com a farsa toda e confessar, mas a atração da ideia de entrar na casa de Sylvia era grande demais para resistir e, sufocando qualquer objeção moral que restasse, ela disse:

– Sim, obrigada, isso vai ser ótimo – falou com uma imitação precisa do sotaque transatlântico da mãe.

Ela foi para a casa segurando o pedaço de papel no qual o endereço estava escrito numa caligrafia de estudante. Eufórica, imaginou o que encontraria lá e se perguntou se estava levando as desconfianças longe demais ou, lembrando-se de Johanna, não tão longe assim.

XXXIV

A Sra. March bateu à porta da casa de Sylvia, uma estrutura bege sem graça perto da rua principal, em uma via que terminava em um beco sem saída ocupado por uma igreja azul-clara com campanário.

Ela tinha acabado de tirar o lenço da cabeça e enfiado na bolsa, desconfiando que não era algo que uma repórter do *New York Times* fosse usar em um trabalho, quando Amy Bryant atendeu. A Sra. March achou grosseria abrir uma porta que não era dela, mas imaginou que a avó de Sylvia devia estar abalada demais pela situação trágica para reunir forças e ela mesma atender.

Amy Bryant tinha nariz fino, boca e queixo pequenos e olhos duros e brilhosos. Sem dúvida Sylvia tinha feito amizade com ela por ser tão sem graça, refletiu a Sra. March. Embora mais provavelmente tivesse sido a mais inteligente das duas, Amy sempre ficaria para trás em comparação à linda Sylvia, que devia ter usado a discrepância a seu favor.

– Oi, eu sou repórter do *New York Times*. Estou escrevendo um artigo sobre Sylvia Gibbler e gostaria de fazer umas perguntas. Só levaria alguns minutos do seu tempo. Eu sei que deve ser muito difícil, mas você e eu temos um dever com o público de levar os assassinos dela à justiça. Sylvia ia querer isso. – A Sra. March mexeu na bolsa enquanto falava, achando que pareceria mais autêntico (uma repórter ocupada do *Times*, com a agenda cheia) se ela estivesse procurando uma caneta.

Amy abriu mais a porta.

– Claro, sim. Entre.

A Sra. March ficou empolgada com a facilidade de fazer as pessoas falarem, bastando dizer que era do *New York Times*. Ninguém pediu prova, nem mesmo um cartão de visitas, só pela mera possibilidade de aparecer em um artigo do *Times*. Ela abriria a porta para si mesma como Amy estava fazendo agora? Achava que sim. Imaginou-se sentada na frente da repórter, também ela, na sala de seu apartamento em Nova York, oferecendo a si mesma um macaron em um prato de sobremesa.

– Nada sobre o que você não queira falar – disse ela para Amy quando atravessou a soleira da porta de Sylvia Gibbler. – Só estou tentando obter o máximo de informação possível. Para escrever a verdade, sabe. Eu quero pintar uma imagem tão objetiva e verdadeira quanto possível.

– Eu entendo, senhora. Vou tentar ser o mais objetiva que puder...

– Ah, não se preocupe com isso, Srta. Bryant, esse é meu trabalho. Você só deve se concentrar em me contar o que lembra. Você já passou por muita coisa. – Ela voltou seu olhar mais sincero e compassivo para Amy, cujo queixo fraco tremeu e olhos brilhantes lacrimejaram de autopiedade ao ouvir isso.

A Sra. March foi levada até a sala, que ela não pôde deixar de observar de forma crítica. A casa, pelo que tinha visto, era abarrotada e nada combinava. As cortinas estavam manchadas, o piso não estava limpo, os paninhos estavam amarelados, o ar estava embolorado. Ela ficou se coçando para abrir as janelas.

– Por favor... – disse Amy, indicando um sofá, com aparência particularmente gasta, coberto de plástico.

A Sra. March conseguiu dar uma espiada rápida antes de se sentar, tentando passar discretamente a mão embaixo para tirar um amontoado de migalhas e pelos brancos de animal.

Amy se sentou em uma poltrona próxima e disse, alto o bastante para despertar os mortos:

– Ah, Babka, venha se sentar conosco.

Uma mulher velha e sorridente veio andando, sem emitir som algum, de um canto escuro da sala, como uma aparição.

– Ela é repórter, Babka. Veio de Nova York – disse Amy, quase gritando. – Ela quer falar sobre Sylvia.

A Sra. March pegou o caderno e a caneta na bolsa. Clicou na caneta repetidamente, vendo a ponta sair e entrar, sair e entrar, enquanto Babka continuava sorrindo.

– Os pais da Sylvia morreram quando ela era pequena – explicou Amy –, e ela foi morar com a avó depois disso. Babka é da Polônia. Veio para os Estados Unidos quando se casou.

– Sinto muito pela sua perda – disse a Sra. March, e o sorriso da avó virou uma expressão de incompreensão, ao passo que ela inclinou a cabeça para o lado, oferecendo a orelha esquerda para a Sra. March... supostamente, o ouvido bom. – Sinto muito pela sua perda! – repetiu a Sra. March, mais alto desta vez.

Babka se empertigou o máximo que o corpo curvado permitia e fez um gesto com uma das mãos, como se para agradecer à Sra. March pelas condolências. A Sra. March tentou dar um sorriso.

– A Sylvia... – começou a avó; quase uma vida toda morando nos Estados Unidos não tinha feito nada para diluir o sotaque polonês pesado – ... uma garota tão boa. Mas... a vida... tantas coisas podem acontecer.

– Sim – disse a Sra. March, rabiscando no caderno numa imitação do que ela esperava que pudesse se passar por taquigrafia.

– A vida é assim. Complicada, sim, mas... é preciso ir em frente.

– É uma forma muito corajosa de encarar – disse a Sra. March, e a mulher idosa fechou os olhos, repuxou os lábios finos e balançou a cabeça, como se discordando. A Sra. March se perguntou se ela tinha ouvido errado.

– Quer beber alguma coisa? – perguntou Amy. – Café, talvez?

– Sim, eu trazer café! – exclamou Babka, e saiu andando com uma agilidade surpreendente na direção da cozinha.

A Sra. March abriu um sorriso fraco para Amy enquanto as duas esperavam a volta de Babka.

– *Babka* é avó em polonês – disse Amy no silêncio.

– Ah.

Uma bolinha de poeira malva rolou na direção delas e parou na perna de uma cadeira.

– Ela não escuta muito bem pelo ouvido direito. Ela fica muito insegura com isso.

Babka voltou trazendo canecas lascadas com manchas de café e um *cheesecake* que tinha feito "com as próprias mãos", do qual sentia um orgulho óbvio. O coração da Sra. March despencou quando ela teve a percepção horrível de que não teria permissão de sair da casa sem primeiro experimentar o *cheesecake* caseiro. Babka serviu uma porção grande e ofereceu o prato rosa lascado na direção dela até a Sra. March o pegar junto com a colher de sobremesa manchada e, sorrindo, morder o *cheesecake* viscoso. O gosto de laticínio à temperatura ambiente na língua a repugnou. Ela lutou para sufocar imagens de Babka manipulando o *cream cheese* e os ovos crus com as mãos de pele fina e com manchas senis. Mas a Sra. March mastigou a torta estoicamente.

– Nós recebemos atenção nacional – disse Amy –, mas só dois meses se passaram desde que a encontraram. O *corpo* – corrigiu ela, constrangida –, e parece que todo mundo já seguiu em frente, mas nós ainda não sabemos quem fez aquilo. Você acha que esse artigo pode gerar a atenção de que precisamos?

A Sra. March assentiu, mastigando ruidosamente, respirando pela boca, o *cheesecake* grudado no céu da boca. A avó tinha voltado para a cozinha, desinteressada na entrevista, ou sem conseguir ouvi-la, ou ambos. A Sra. March ficou agradecida por isso; a mulher idosa a deixava incomodada, e sua ausência significava que não seria mais necessário comer *cheesecake*.

– Não há suspeitos, então? – perguntou, com a bola de sobremesa na boca. Ela precisaria engolir. Não havia como evitar.

Enquanto isso, Amy explicava que o namorado de Sylvia fora o primeiro suspeito, como namorados costumavam ser, mas que ele foi descartado quando múltiplas testemunhas confirmaram o seu paradeiro durante a noite do desaparecimento de Sylvia e nos dias antes e depois.

– Mas, sinceramente – disse Amy –, todo mundo simplesmente supõe que foi alguém de passagem. Um forasteiro.

Nesse momento, a Sra. March engoliu o *cheesecake*.

– Hum, entendo. Havia alguma coisa no corpo que sugerisse que foi um forasteiro?

– Só a violência e o... estupro – disse Amy. – Nós não temos ninguém capaz disso aqui. Nós todos nos conhecemos.

– Bem, nunca é possível conhecer as pessoas – disse a Sra. March. Amy Bryant apertou os olhos para ela e a Sra. March prosseguiu: – Então Sylvia não conhecia ninguém nem remotamente suspeito? Capaz de uma violência dessas? Talvez alguém que ela conheceu nos dias antes do desaparecimento? Alguém de fora da cidade?

Amy fez que não.

– Eu andei pensando em todas as pessoas que nós conhecemos nas semanas anteriores. Mas não consigo identificar ninguém. – Ela suspirou e olhou para o chão. – Sylvia e eu, nós saíamos às vezes – disse ela baixinho. – Era sempre ideia minha. Nós conhecíamos homens, mas acho que nenhum deles faria uma coisa assim...

A culpa irradiando de Amy Bryant e a tentativa não tão sutil dela de solicitar alguma espécie de absolvição a partir daquela confissão encheram a Sra. March de um orgulho tão grande de sua habilidade de entrevista que ela começou a acreditar na possibilidade de um verdadeiro artigo.

– Nós conhecíamos muitos homens – disse Amy com voz trêmula, os olhos lacrimejando –, mas não acontecia nada; era inocente, você precisa acreditar.

Os olhos da Sra. March se suavizaram de solidariedade e ela assentiu enquanto escrevia a palavra "*piranha*" no caderno, mas, lembrando seu juramento imaginário pela objetividade jornalística, acrescentou um ponto de interrogação depois.

– É tão difícil – disse ela – formar uma imagem real do caso. Formar uma imagem de Sylvia como ela realmente era.

Houve uma pequena pausa e Amy acrescentou timidamente:

– Você pode ver o quarto dela se quiser.

A Sra. March, fingindo uma relutância inicial, concordou e pediu a Amy que a acompanhasse, porque parecia o tipo de coisa que uma repórter faria para manter a integridade (mas na verdade era para Amy continuar a revelar mais coisas sobre a amiga morta).

Elas subiram a escada gasta, seguindo uma linha do tempo, emoldurada, de Sylvia pelos anos. Composta mais de fotos de anuário, a série incluía a primeira fotografia divulgada pela imprensa, a que a Sra. March tinha encontrado no caderno de George. A Sra. March imaginou George subindo aquela mesma escada na calada da noite para um encontro de amantes, o gemido dos degraus abafado pelo tapete cinza-chumbo. Ele tinha passado os dedos pelas bolinhas do corrimão como ela estava fazendo agora?

O quarto de Sylvia era comum, mas entrar nele foi algo quase espiritual, como entrar em uma igreja. Uma luz etérea entrava pela janela em raios inclinados, destacando as partículas de poeira flutuando acima da penteadeira de cedro.

No santuário do quarto de Sylvia, ela procurou manter um distanciamento arqueológico enquanto observava a modesta colcha em tons de azul na cama; as cortinas brancas de babados, já meio cinzentas; o batom pêssego na cômoda ao lado de um frasco de perfume pela metade. Ela anotou o nome no caderno para comprar depois.

A parede mais próxima da porta estava coberta de recortes de jornal, todos com manchetes sobre Sylvia e seu desaparecimento. Babka, disse Amy, tinha cortado cada um e colado na parede nas semanas tensas antes da descoberta horrenda do corpo, quando elas ainda tinham esperança de que Sylvia seria encontrada viva. Abaixo havia uma escrivaninha de pinho com aparência infantil, cheia de livros para colorir, blocos adesivos em forma de estrela, canetas em forma de pena e frascos de purpurina.

– Sylvia não tinha um diário? – perguntou a Sra. March, começando a suar de expectativa.

– Se tinha, ninguém encontrou – disse Amy com segurança. Os braços dela estavam cruzados, e ela observava o quarto como se fosse a guardiã daquele domínio. Quando os seus olhos pousaram em um lencinho dobrado em um canto da escrivaninha de pinho, ela o pegou lentamente, o inspecionou e debateu sobre o que fazer com ele. Por fim, falou: – Olha. Este lenço era dela. Ela sempre o carregava por aí. Mas não estava com ele no dia... no dia em que desapareceu.

A Sra. March pegou o lenço branco nas mãos. Tinha borda de renda e um bordado com as iniciais de Sylvia.

– Examinaram as roupas que ela estava usando? Em busca de digitais? – perguntou ela.

– Sim, examinaram tudo, mas não encontraram nada... acho que porque ela ficou ao ar livre por muito tempo.

Amy cruzou os braços de novo e se virou para a janela, e a Sra. March aproveitou a desatenção para enfiar o lenço no bolso. Ela enrolou, percorrendo com os olhos pilhas coloridas de vinis e um telefone de disco de plástico rosa, até parar em uma estante... uma prateleira inteira era dedicada aos livros de George. Sua visão ficou momentaneamente embaçada, depois se apurou, e o "George March" nas lombadas foi entrando em foco com a precisão de uma lâmina afiada. Limpou a umidade que tinha se formado acima do lábio. Quase salivando de expectativa, pegou um dos livros na prateleira e o abriu. Estava autografado. Autêntico. Ela reconheceria a assinatura preguiçosa de George em qualquer lugar. Engoliu, a garganta seca, e encostou o dedo na tinta, quase esperando que pulsasse, como uma veia envenenada. Passou o dedo no autógrafo pela página. Conjurou uma imagem dos dois se encontrando em uma sessão de leitura, Sylvia na fila para que ele autografasse o livro, George parando no meio de uma frase dedicada a outro fã para olhar em direção a ela por cima dos óculos. Os dois conversando, rindo e flertando, deixando os outros compradores do livro se sentindo preteridos. Talvez Sylvia tivesse deixado o cachecol, para aguçar a atração crescente por ela, e ele tivesse passado a cheirá-lo, só tendo se livrado recentemente da peça para esconder as provas do encontro... será mesmo? E se estivesse em algum lugar da casa dela, o cachecol da garota morta? Onde ele teria escondido? Enfiado atrás de livros em uma prateleira do escritório. Ou, em um ataque de arrogância louca, visível na mesa. Talvez Martha tivesse encontrado e, confundindo com algum dos cachecóis da Sra. March, o colocado em uma gaveta do armário dela, onde agora habitava junto às suas roupas.

Quando Amy se virou da janela, a Sra. March ainda estava com o livro nas mãos.

– Ah, sim, os livros de George March – disse ela. – Sylvia era muito fã. Ela tinha um exemplar antigo que era do pai dela, eu acho. E amava. Aposto que a vi lendo-o umas cem vezes. – Ela parou antes de dizer: – Ela era uma grande leitora. – Ela ponderou sobre o sentimento, talvez precisando de um momentinho para se recuperar de ter feito o elogio. – Quando ele ficou famoso, ela leu em algum lugar que ele passava o verão aqui. Acho que em um chalé que tem aqui. Muita gente o viu na cidade...

– É o editor dele que tem chalé aqui – disse a Sra. March, confiante de que uma jornalista importante do *New York Times* saberia disso.

– Certo, bem, enfim, no verão passado ela ficava esperando nos restaurantes, torcendo para vê-lo.

– E viu? – perguntou a Sra. March quando o que restava do seu fôlego pareceu sumir do corpo.

Amy fez que não.

– Não. Ela nunca conseguiu.

A Sra. March inspirou com avidez.

– Mas este aqui está autografado. – Ela virou o livro para Amy, aberto na página do autógrafo.

– Ah, sim, esse devia ser o do pai dela. Ela nunca se encontrou com George March. Pode acreditar, ela teria me contado se isso tivesse acontecido. Ela era obcecada por esses livros.

Amy explicou que nunca gostou, considerava livros para "gente velha sem nada para fazer", mas a Sra. March tinha parado de ouvir. Folheou o livro procurando alguma pista, um bilhete manuscrito ou um código secreto que consistisse em letras circuladas aleatoriamente, mas a única coisa nas páginas era uma flor prensada e desbotada que se desfez ao toque. Ela abriu na fotografia do autor na aba de trás. Era um retrato antigo de estúdio de George, o que indicava que aquela versão tinha sido publicada antes de Sylvia nascer. Pouco tempo depois, a equipe dele o convenceu a posar para uma nova foto porque os leitores estavam comentando que ele parecia, em termos educados, "intenso". De fato, os ombros encolhidos, as sobrancelhas erguidas, os olhos apertados espiando por cima dos óculos passavam uma imagem meio sinistra do marido, que, pelo menos em pessoa, não era nem de perto ameaçador assim. A Sra. March encarou aqueles olhos, mais escuros ainda em preto e branco, e se perguntou se foram a última coisa que Sylvia viu.

Amy mostrou à Sra. March alguns desenhos que Sylvia tinha feito. Coisas de menina, como pôneis e flores junto com um retrato feio da avó, mas a Sra. March fez questão de admirá-los enquanto parecia descrevê-los em detalhe no caderno.

A Sra. March estava prestes a propor que elas olhassem os outros aposentos (ela achava que talvez houvesse alguma coisa especialmente interessante a ser descoberta no armário de remédios do banheiro) quando Amy disse:

– Acho que você já tem tudo de que precisa.

No andar de baixo, agradeceu a Babka e Amy pelo tempo delas e disse que faria pressão para o artigo ser publicado, mas não dava para saber, avisou, pois seus editores eram instáveis e escravos das modas passageiras. Abriu a porta de entrada, pois ninguém tinha se mexido para abrir para ela, e Amy disse:

– Você pode devolver o lenço?

A Sra. March parou na porta.

– Ah – disse ela. – Eu deixei lá em cima.

– Não, está no seu bolso.

Uma imobilidade se instalou quando a Sra. March olhou para Amy – para a expressão severa dela e nada impressionada, similar à de George Washington – e escutou a própria voz, enquanto tirava o lenço do bolso:

– Sabe, é engraçado, acho que eu confundi com o meu. Eu devo ter deixado o *meu* lá em cima. Que distração minha.

– Desculpe, qual você disse que era seu nome?

A Sra. March empertigou a postura e recuperou o fôlego.

– Johanna – disse ela, e botou os óculos escuros antes de sair pela porta.

O primeiro dia dela em Gentry foi tão frutífero que não foi surpresa que os seguintes transcorressem sem muito progresso. No segundo dia, ela comprou uns sanduíches embrulhados em plástico e pacotes de saltines para mordiscar quando estivesse com fome, para não mexer em nada na cozinha de Edgar. Comeu tudo vorazmente e limpou as migalhas com um dedo úmido.

Ela continuou remexendo nos armários e gavetas em busca de pistas. Fez caminhadas e cochilou. Prendeu uma aranha embaixo de um copo e riu, imaginando o que Edgar acharia.

No terceiro dia, encontrou uma caixa estreita de madeira escondida debaixo de uma pilha de cobertores no armário do quarto principal. Estava trancada com um cadeado pesado. Com a adrenalina disparando, remexeu na caixa de ferramentas na garagem e conseguiu quebrar o cadeado com um martelo. Em vez de uma série de cartas ilícitas entre Sylvia e George, ou o diário de Sylvia, ou os dedos de Sylvia, a Sra. March teve a decepção de encontrar os rifles de caça de Edgar. Ela substituiu o cadeado imediatamente depois de comprar um idêntico na loja, dizendo para o funcionário que sua filha precisava de um para a bicicleta em Harvard.

Na caminhada de volta da loja, encontrou uma gazela em uma clareira. Estava jantando um coelho morto, e o barulho dos ossos do coelho nos dentes da gazela era indistinguível do barulho da neve debaixo das botas que ela tinha encontrado no chalé. A neve caía nas costas da gazela. Com uma mão em concha na têmpora, ela seguiu em frente. A gazela, inabalada, continuou comendo.

No quarto dia, a Sra. March visitou o túmulo de Sylvia. Ela o encontrou com facilidade, pois as pessoas tinham deixado flores, bichinhos de pelúcia e cartas na lápide, tudo em processo de decomposição. O olho de um ursinho de pelúcia estava pendurado por um fio. A Sra. March tentou desenhar no caderno.

Naquela noite, ela ligou para George e contou para ele que estaria em casa na tarde seguinte.

– Tudo bem – disse ele. – Como foi? Como está a sua mãe?

– Não tão bem quanto eu esperava.

– Sinto muito, querida.

– Sim, bem, o que podemos fazer além de suportar, não é mesmo? Eu te vejo amanhã, querido.

– Eu estarei aqui.

◆

Na última noite dela em Gentry, o caderno na bolsa, ela visitou o bar da cidade, um lugar vagabundo com painéis de madeira e piso grudento e duas pistas de boliche velhas na lateral. Bancos com vinil rasgado ocupavam a frente do bar. O feltro da mesa de sinuca estava cheio de queimaduras de cigarro. O ar, palpável e estagnado com o cheiro de fumo, cerveja e corpos, grudou nela assim que ela entrou.

A Sra. March se sentou sozinha em um compartimento, usando os óculos escuros e o lenço na cabeça, bebericando de uma taça de vinho tinto azedo, que o barman serviu de uma garrafa de dois litros. Quando enroscou a tampa, ela perguntou:

– Você já viu aquele escritor famoso na cidade? George March? Ele já bebeu aqui?

A resposta dele foi desencorajadora:

– Eu não leio, moça.

Quando ela perguntou sobre Sylvia, supondo que era um dos lugares que ela e Amy frequentavam quando saíam atrás de homens, o barman não respondeu. Só olhou para trás dela e disse:

– Por que você não pergunta ao namorado dela? Ele está ali.

Ela se virou e viu um jovem bebendo sozinho a uma mesa no fundo.

A Sra. March não ousou se aproximar, mas escolheu um lugar de frente para ele. Observou-o por um tempo enquanto tomava vinho por um canudo, para não ter que botar os lábios na taça, que tinha manchas de dedos. O namorado ficou sentado, suado e pálido, o queixo cheio de acne, tomando cerveja atrás de cerveja enquanto murmurava sozinho, até que finalmente se levantou, apoiando-se em mesas no caminho, e cambaleou para uma área livre no balcão do bar. Ele começou a oscilar suavemente, balançando o corpo para a frente e para trás e inclinando a cabeça para trás, os olhos fechados, a boca aberta. Primeiro, a Sra. March achou que ele estivesse tendo uma convulsão, até ficar claro que ele estava em uma pequena pista de dança inventada por ele. Ela se levantou, a boca parecendo um pedaço de barbante rançoso por causa do vinho, e foi até ele. Ainda de óculos escuros e lenço na cabeça, ela o abraçou. Ele não pareceu notar, nem retribuiu o abraço. Os braços pendiam inertes junto ao corpo, mas ele também não a empurrou... e a Sra. March se balançou com ele, ninando-o como um bebê, sentindo o corpo quente dele no dela. Debaixo do fedor de cerveja, ele tinha cheiro de amaciante de roupas e leite com cereal, como um garoto bem cuidado pela mãe. Ela visualizou Sylvia o abraçando, sentindo o cheiro dele e ouvindo seus batimentos cardíacos através do suéter.

Eles oscilaram delicadamente de um lado para o outro, fora do ritmo da música, até o lugar esvaziar e o barman anunciar a última rodada.

A noite tinha caído quando o táxi parou na frente do prédio dos March. Quando o porteiro da noite saiu de baixo do toldo verde para recebê-la, a Sra. March olhou para a fachada familiar. Seu lar. Alto e imponente na noite escura de inverno, as janelas protegidas como centenas de olhos fechados.

O corredor do sexto andar não demonstrava nada de incomum quando ela seguiu pelo piso acarpetado até o 606. As chaves de metal tilintaram no chaveiro quando ela destrancou a porta, entrou e tornou a trancá-la. O apartamento estava completamente escuro, mas ela sentia como se à sua espera, salivando e alerta na imobilidade, como uma ostra estragada. Ela bateu na parede, procurando o interruptor, e de repente uma expiração alta, mais parecendo um ofego prolongado, soou na escuridão. Queria abrir a porta da frente para que a luz do corredor entrasse, mas viu que não conseguia se mexer. A respiração continuou, um pouco mais alta agora, quase sibilando para ela. Ao ouvir uma descarga ao lado, a Sra. March relaxou e deixou os ombros penderem; era só o som dos canos velhos. Encontrou o interruptor na parede e o virou rapidamente, para o caso de estar enganada e poder surpreender o que estivesse se esgueirando ali. O corredor vazio olhou para ela, inescrutável. Onde estava George? Onde estava Jonathan?

Ela colocou a cabeça em aposentos vazios, chamando o nome deles no escuro, meio que esperando que dessem um pulo para assustá-la. Uma possibilidade assustadora lhe ocorreu: George sabia o que ela tinha feito e fugira, levando Jonathan como proteção. Estava abrindo armários quando ouviu uma chave girando na fechadura e a porta da frente se abrindo atrás dela, deixando entrar uma corrente de ar e vozes alegres.

– Querida! Você chegou! – disse George quando a Sra. March se viu correndo para o filho, limpando com a luva verde uma única lágrima.

– A gente viu um filme, mamãe!

Ela se ajoelhou para receber o corpinho de Jonathan no dela e, quando eles se abraçaram, ela pousou o olhar firme no rosto de George e contou para ele com os olhos, com o sorriso frio e torto, que sabia de tudo. Era imaginação ou, naquele momento, uma coisa (medo, talvez, ou remorso) surgiu nos olhos de George?

XXXV

Depois da viagem ao Maine, da qual ela só tinha trazido de volta uma dor de dente, a Sra. March teve dificuldade de acreditar que tinha feito aquilo: que tinha mentido, tomado um avião sozinha, manipulado uma família de luto para que lhe concedesse uma entrevista de mentira, dançado colada ao peito de um homem que fora o principal suspeito em uma investigação de assassinato. Ela devia ter sonhado.

Uma coisa da qual estava mais e mais certa era a culpa do marido. Ela alimentou essa convicção diariamente garimpando significados escondidos nas coisas que ele fazia, nas coisas que dizia. Uma alusão casual ao seu livro mais recente era um escárnio. O recolhimento no escritório depois de uma menção a Sylvia no noticiário era prova evidente do crime.

Em determinado ponto, concluiu ela, ele vai fazer besteira, deixar escapar uma pista. Uma carta para Sylvia ainda no envelope selado, deixada em uma das gavetas da escrivaninha. Haveria outras vítimas também. Uma pessoa que comete um ato daqueles desenvolve uma compulsão, ela sabia disso. Mas precisava permanecer observadora, ficar paciente. Fazer o trabalho da polícia, na verdade. E, quando chegasse a hora certa, ela o entregaria honradamente para as autoridades. George seria preso e ela seria retratada pela imprensa como a esposa admirável e inocente, ingênua no começo, mas rápida a perceber e corajosa e inteligente para investigar (que coragem!, que determinação!) e levá-lo à justiça sozinha. Já conseguia visualizar o discurso que faria na frente das câmeras, e todos olhando para *ela* daquela vez.

– Em nome das vítimas – diria, usando os óculos escuros e o lenço na cabeça, em demonstração de humildade, pois pareceria vulgar e insensível atrair voluntariamente mais atenção do que as vítimas, e depois pediria perdão, mas a imprensa e o público concordariam com unanimidade que não havia nada de que perdoá-la.

Ela testemunharia no julgamento de George com ar digno. George seria preso. Ela daria umas poucas entrevistas, depois viveria o restante dos dias fora de radar, tricotando cachecóis para os netos.

Uma cena alternativa bem mais sombria em que ela arrancava calmamente uma confissão de George, na qual ele suplicava a ela que se tornasse sua cúmplice, também lhe passou pela cabeça, seguida de imagens dela selecionando e perseguindo as vítimas para ele. Ela sentiu orgulho de admitir que afastou a ideia mais ou menos imediatamente. Também tinha considerado a possibilidade de que George fugisse ao ser confrontado. Imagens fugazes de George como fugitivo: raspando a barba, pintando o cabelo de louro, comendo cheeseburguers gordurosos em quartos sujos de hotéis à beira da estrada, procurando o rosto no noticiário e acabando por se perder nos cantos mais sombrios e imundos da paisagem criminosa americana para que jamais se ouvisse falar dele de novo, exceto na ocasional ligação não rastreável no aniversário de Jonathan.

Ela costumava pesar a moralidade das suas escolhas, de viver com (e expor o filho a) um psicopata perigoso, mas argumentava que não adiantava abandonar George agora, quando ninguém acreditaria nas alegações dela sem provas suficientes. Principalmente com o status literário dele cimentado em todo o mundo. No passado, a Sra. March tinha se deliciado com a fama florescente do marido, quando estranhos se aproximavam em restaurantes para apertar a mão dele e pedir que autografasse livros. Mas, atualmente, cada vez que um estranho se aproximava, o que ela vivenciava menos porque eles raramente saíam juntos, ela se preparava para o medo de ser a pessoa que finalmente perguntaria a George sobre Johanna na frente dela. E George riria, enrolaria e se safaria. Como tinha se safado do assassinato.

◆

Ela estava indo para casa depois de ter resolvido umas coisas na rua de manhã, segurando um saco de papel com o pão de azeitona e sugando uma lasca de gelo para aliviar a dor de dente. A festa de aniversário de George se aproximava e ela estava pensando de que formas poderia superar a noite do ano anterior (um quarteto de cordas, um cardápio inspirado nos jantares políticos oferecidos por Jackie Kennedy) e também como poderia esnobar os convidados que a desrespeitaram daquela vez.

Havia um toque de verde nas árvores apesar do frio, e ela segurava o casaco de pele, fechando-o com uma das mãos. Em um rompante de otimismo, o tinha deixado desabotoado; a manhã pareceu fresca, primorosa. O céu tinha um tom de azul mais profundo e mais forte; finalmente perdera a aparência triste e machucada de linho desbotado, lavado muitas vezes.

Quando chegou perto de um estabelecimento específico, ela parou e enrolou por alguns minutos. Tinha uma janela grande com cortinas vinho luxuosas que costumavam estar fechadas. Ela tinha passado por lá várias vezes e brincado com a ideia de entrar. A palavra *Vidente*, escrita em letra cursiva dourada, estava pendurada na fachada de tijolos. Não acreditava nessas coisas de previsão do futuro, claro. Quando uma jovem Sra. March confessou para a mãe que achava que um fantasma a assombrava à noite (referindo-se a Kiki, embora ela não tivesse especificado na ocasião), ensinaram-lhe a descartar conceitos diferentes dos ensinados pela igreja. Sua mãe fez um som de reprovação, então a segurou pelos ombros e disse para ela, quando se curvou à sua frente:

– Essas coisas não existem. Você entende, né? Não comece a acreditar em coisas bobas assim, senão todo mundo vai rir de você.

Ela falou isso como se o conhecimento viesse da experiência, e a Sra. March ficou se perguntando se tinha sido da sua mãe que riram ou se ela tinha rido de outra pessoa (uma possibilidade bem mais provável; era impossível imaginar a mãe sendo vitimizada).

Ainda assim, quando parou na frente da loja da vidente, soltou um suspiro baixo. Poderia ser divertido receber notícias boas sobre o futuro.

Ela segurou o saco de pão amassado junto ao peito, o óleo das azeitonas manchando seu casaco através do papel, e abriu a porta de vidro da loja.

Dentro, estava silencioso e estranhamente iluminado apesar das cortinas pesadas. Ela ficou um momento em silêncio, contemplando a bola de cristal em uma mesinha redonda. Fechou os olhos e, por alguns segundos, sentiu uma coisa que não sentia havia tanto tempo que as palavras exatas lhe fugiram.

– Bom dia – disse uma voz rouca ao seu lado.

A Sra. March se virou e olhou para uma mulher baixa com cabelo preto grosso absurdamente longo. Enrolava-se na cabeça dela em várias tranças e descia pelo pescoço, caindo até a coluna, onde terminava na cintura em um monte de pontas duplas.

– Eu gostaria de ouvir meu futuro – disse a Sra. March, que tinha decidido que a melhor forma de encarar aquilo era empregar o mesmo tom conciso de ordem que ela usava no açougue.

– Certamente – disse a vidente com um sotaque exagerado do leste europeu. – Mãos? Cartas?

– Ah... cartas.

– Alguma preferência? Rider-Waite?

A Sra. March não entendeu a pergunta e respondeu simplesmente:

– Sim.

– Por aqui, por favor.

A mulher baixa levou a Sra. March por um par de cortinas de veludo para um espaço menor e mais escuro. As paredes estavam cobertas de um tom gritante, algo entre vermelho e fúcsia, com estampa de flores. A Sra. March evitou focar a visão lá por medo da enxaqueca que certamente aquilo provocaria.

A vidente puxou as cortinas para fechá-las, e elas ficaram quase no escuro, iluminadas apenas por algumas velas. A mudança abrupta de iluminação fez a visão da Sra. March escurecer momentaneamente, como se estivesse quase desmaiando.

Com um ar dramático, a vidente fez sinal para uma mesinha com feltro verde em cima, como uma mesa de pôquer, e a Sra. March se sentou em uma cadeirinha de madeira com uma almofada bordada, deixando a bolsa e o pão de azeitona em um banco próximo. A cadeirinha nem rangeu quando ela se sentou, o que a fez relaxar consideravelmente.

A vidente se sentou em frente, em uma cadeira coberta com um lençol estampado. A mão esquerda tinha uma má-formação: vários dedos eram mal desenvolvidos, retorcidos uns sobre os outros como raízes de árvore. A mão direita era perfeita, equipada com dedos compridos e elegantes. Ela usou as duas mãos para embaralhar as cartas e pigarreou enquanto fazia isso. Ela olhou para a Sra. March e disse:

– Você fez uma viagem recentemente, sim?

A Sra. March, se recusando a se impressionar ou demonstrar surpresa, erros de amadores, se mexeu um pouco na cadeira e falou, com a menor intensidade que conseguiu:

– Sim.

– Deu a você o que você estava procurando, essa viagem.

– Eu esperava um pouco mais dela, eu acho – disse a Sra. March, escolhendo as palavras com cuidado.

– Você sabe no coração que encontrou o que estava procurando nessa viagem – disse a vidente.

Ela tinha acabado de dar uma piscadela? Os pensamentos da Sra. March se voltaram para o exemplar assinado do livro de George na estante de Sylvia.

– Talvez você desejasse encontrar outra coisa, mas a verdade é difícil de encarar às vezes. – Depois de uma pausa, ela continuou: – Mas há mais a descobrir e você vai descobrir. Seus instintos, suas desconfianças estavam corretas.

Como a Sra. March se sentiu satisfeita de ouvir essas palavras. Ela teve cólicas em toda parte, como se tivesse acabado de comer muito bolo de sorvete. O papel de parede a envolvia em toda a sua glória estilo bordel, e ela olhou para as mãos, que tinham começado a suar. Sua respiração ficou mais alta.

A médium terminou de embaralhar as cartas e começou a colocá-las viradas para baixo na mesa. As partes de trás estavam impressas com um desenho marrom rachado imitando vidro quebrado. A Sra. March revirou as mãos enquanto, uma a uma, as 22 cartas dos arcanos maiores de Rider-Waite eram arrumadas na frente dela.

A vidente respirou fundo e fechou os olhos. Suas mãos pairaram sobre as cartas, e ela cantarolou (para o constrangimento crescente da Sra. March). Ela continuou produzindo sons por mais alguns segundos desconfortáveis antes de abrir os olhos e dizer:

– Por favor, escolha uma carta.

A Sra. March, que não esperava ser participante ativa, se mexeu na cadeira. Aleatoriamente, bateu na carta mais próxima. A vidente puxou as mangas da túnica pelo braço e, com importância exagerada, a virou. A carta exibia um monstro agachado, composto de um tronco humano e pernas peludas de bode. Estava ladeado por dois humanos nus acorrentados, ambos com chifres e caudas. O DIABO, dizia a carta, sem rodeios, em letras grandes.

– Bom, acho que estou encrencada – disse a Sra. March, tentando usar um tom humorístico. Como a vidente ficou quieta, se inclinou para a frente e perguntou: – O que significa?

– Bom, você vê que a carta está invertida – disse a vidente. – O diabo invertido pode aparecer quando você está se recolhendo para seus lugares mais profundos e sombrios ou quando está escondendo seu eu mais profundo e sombrio dos outros. Você não quer confiar sua alma aos outros porque se sente constrangida, cheia de vergonha, de tão deformada que ficou na escuridão dentro de você. – A Sra. March visualizou sua alma como uma criatura peluda e deformada, acorrentada em um porão escuro, e teve pena de si mesma. – E agora você acha que é tarde demais para verem seu eu verdadeiro.

O que veio em seguida foi um silêncio tão poderoso que quase reverberou nas paredes vermelhas histéricas.

– Ah, que besteira – disse a Sra. March.

Inabalada, a vidente continuou:

– Eu vou dizer como você pode resolver isso. Normalmente, eu não uso duas cartas. É bem incomum. Eu só uso uma. Mas você precisa de todo conselho que puder ter. Momento especial, não é? Você entende? Eu ajudo.

Ela novamente limpou a garganta e fechou os olhos, e, depois que executou o teatro de murmúrios, pediu à Sra. March que escolhesse outra carta. A carta que a vidente virou desta vez foi A SACERDOTISA. A figura de cabelo escuro, com expressão severa e de coroa de chifres, estava sentada com as mãos no colo, uma cruz grande no peito. Atrás dela havia um tapete bordado com palmeiras e romãs.

– A sacerdotisa é a guardiã do subconsciente – disse a vidente. – Tudo que você não diz, tudo que você guarda no fundo aqui e aqui – ela bateu no peito e na têmpora simultaneamente – é protegido por ela com fervor. Ela aparece quando é preciso acessar um conhecimento no fundo da mente subconsciente.

A Sra. March olhou para as duas cartas, uma invertida, a outra na direção certa, em cima da mesa. Eram como desenhos animados, como se fossem para crianças.

– Você não vai virar uma terceira? – perguntou ela.

– Ela está lhe dizendo como consertar – disse a vidente, batendo no rosto da sacerdotisa com um dedo torto. – Não há necessidade de terceira carta. Você não entende? – Como a Sra. March não respondeu, a vidente suspirou e disse: – Você está em perigo. O perigo está ficando mais forte. Está vendo?

A Sra. March *começava* a ver, inclinada para a frente, beliscando a pele da garganta.

– Se você não tomar cuidado... – continuou a vidente –, esse perigo, isso vai ser terrível para você. Você entende o que eu quero dizer?

– Sim, ah, sim – disse a Sra. March, se esquecendo de tudo que a mãe tinha aconselhado. – O que eu posso fazer?

– Você tem que se proteger. Separe-se do que está lhe fazendo mal.

– Ele *vai* me machucar, você quer dizer?

A vidente olhou para ela com olhos castanho-escuros.

– Você já está sofrendo. Mas... talvez não seja tarde demais. Não deixe que a machuque mais. Mais dor é... perigoso. Passa do limite. – Ela sustentou a mão parada no ar e a balançou para cima, representando o limite que não devia ser ultrapassado. – Você entende? Não deixe que a machuque.

– Não vou deixar – disse a Sra. March. – Não vou.

– Se você sentir perigo, peça ajuda.

– Ajuda? – A Sra. March olhou para as mãos feias e rachadas, e para as unhas feias e rachadas, e se perguntou por que nenhuma quantidade de hidratante francês parecia resolver aquele problema. Até as mãos deformadas da vidente eram mais bonitas do que as dela.

– Se você sentir que o perigo está ultrapassando aquela linha – continuou a vidente, a voz mais alta quando ela notou a atenção da cliente diminuindo –, peça ajuda imediatamente.

◆

A Sra. March esperava sair se sentindo animada e se sentia mesmo aliviada, um alívio gerado pela convicção firme de que o marido era culpado, de que ela estava certa de desconfiar dele e de que, o mais importante, não estava nada maluca. Quando fechou a porta de vidro ao passar, chocada com a súbita luz do sol, sentiu que tinha recebido permissão, de certa forma, para continuar nutrindo os sentimentos de raiva e desconfiança. Não ficou pensando no fato de que a vidente podia estar falando de um tumor, considerando como as palavras tinham sido vagas. Também não questionaria nada no apartamento depois, onde pegou em silêncio uma faca de cozinha em uma das gavetas e a escondeu embaixo do travesseiro.

XXXVI

Foi bem exaustivo seguir George. Depois de tentar acompanhá-lo por alguns dias, ela prometeu a si mesma que não o seguiria mais na rua, que não andaria atrás dele para cima e para baixo em Manhattan, que não o perseguiria com cuidado para dentro e para fora de livrarias, onde ele assinava livros, que não se esconderia atrás de araras de roupas na loja de departamentos enquanto ele comprava um cardigã novo e que não ficaria encostada em um prédio de tijolos no frio congelante por horas, esperando que George terminasse uma refeição tranquila com seu consultor de investimentos.

Ela recorreu a observá-lo sempre que ele estava em casa com ela. Contraía-se por reflexo sempre que ele entrava em um aposento ou dizia alguma palavra; observou a forma como ele falava com Jonathan, a forma como costumava evitar Martha. Procurava pistas no escritório dele sempre que possível e uma vez até ouviu uma conversa telefônica com Edgar (durante a qual, para a frustração da Sra. March, eles só discutiram notícias da negociação do contrato de cinema).

Sempre que George saía, a Sra. March adotava outro papel: Sylvia. Dias depois de ter voltado do Maine, ela foi à loja na 75 com a Lexington para comprar a faixa de cabelo de veludo preto. Também tinha comprado, na loja de departamentos, o mesmo perfume que Sylvia usava, o que tinha visto na penteadeira do quarto dela. Estava em liquidação, não podia perder a oportunidade. Para completar a transformação, comprou uma peruca em uma loja no centro e, uma vez por semana, comprava pêssegos do mesmo tamanho e cor daquele que Sylvia segurava na foto de jornal.

Em casa, com a porta do quarto trancada, passou a se tornar Sylvia. Andava de costas eretas, os pés esticados, pelo tapete. Comia os pêssegos na frente do espelho do banheiro, testando sorrisos entre mordidas, vendo o sumo escorrer pelo queixo. Lia revistas de beleza como imaginava que Sylvia faria, lambendo o dedo para virar a página, ou só relaxava olhando para a parede, contemplando a própria morte. Descobriu que Sylvia ficava entediada e impaciente quando relaxava, que ela se sentia mais sensual usando uma camisola de seda do que totalmente vestida. Às vezes, ela fumava, os últimos cigarros da cigarreira roubada, inclinando a mão da forma que Gabriella fazia, segurando o cigarro languidamente entre os dedos indicador e médio.

Depois, ela arejava o quarto, para tirar os cheiros de fumaça e perfume. Por mais vigorosamente que se ensaboasse, a Sra. March ainda sentia o cheiro de Sylvia em si mesma ao longo do dia, um cheiro ardido e provocativamente doce, que parecia esconder uma podridão por baixo, como quando sua mãe borrifava Chanel Nº 5 no banheiro para disfarçar o fedor do cano furado.

A Sra. March lavava o pescoço e os pulsos no banheiro, com a espuma escorrendo entre os seios e pelas costas, a pele delicada da parte interna dos pulsos descascando de tanto ser esfregada, enchendo diariamente o recipiente dourado de sabonete líquido (o qual garantiram a ela, em um antiquário insistente, que tinha pertencido a Babe Paley). Em seguida, sentia o próprio cheiro repetidamente, parando no corredor para se lavar de novo no lavabo. Foi em uma ocasião dessas, depois de ter lavado as mãos cada vez mais rachadas com um sabonete redondo que George tinha trazido do Ritz de Londres, que ela reparou no quadro. O quadro, que antes exibia várias mulheres nuas se banhando em um riacho e se olhando com timidez, viradas parcialmente, agora mostrava as mulheres com as costas completamente viradas.

A toalha caiu das mãos da Sra. March. Ela chegou perto da pintura. Eram as mesmas mulheres, ela conhecia os penteados e as cores de cor, mas os rostos sorridentes e rosados, e os seios redondos de cor pastel, tinham sumido. Agora só apareciam as costas pálidas e as nádegas curvas. Ela ficou olhando, confusa. Eles tinham comprado os dois quadros como conjunto e ela tinha se esquecido daquele? Mas, mesmo que isso fosse verdade (o que era improvável), onde estava o que tinha ficado pendurado naquele banheiro por dez anos? Observou o quadro por vários minutos e tocou nele delicadamente com a ponta do dedo, tentando fazer com que mudasse de volta.

Ela foi para o corredor, perguntando-se se devia contar a George sobre o quadro, contemplando a possibilidade de que ele fosse rir dela. Quando se aproximou do quarto, ouviu vozes. Sussurros. Parou no meio do corredor e inclinou a cabeça para ouvir. As vozes vinham do quarto de Jonathan.

– Esse jogo é chato – ela ouviu Alec dizer. – Vamos jogar outra coisa?

A Sra. March foi até lá nas pontas dos pés e encostou o ouvido na porta. Do outro lado, Alec disse:

– Eu quero ser o policial.

– Tudo bem. Eu vou ser o criminoso – respondeu Jonathan.

– Ladrão?

– Não, alguma coisa melhor. Tipo um assassino.

– Um assassino, nossa.

– Você entregaria um assassino para a polícia? – perguntou Jonathan. – Mesmo que o conhecesse?

A Sra. March cobriu a boca com a mão, a aliança fria nos lábios.

– Como assim?

– Tipo se fosse o seu irmão?

– Mas eu não *tenho* irmão.

– Bom, e se fosse a sua mãe, então?

– Eu não poderia dedurar a minha *mãe* – disse Alec com firmeza, com um toque de orgulho que gerou uma onda de inveja dentro da Sra. March.

– Mas e se fosse a coisa certa a fazer? – perguntou Jonathan.

– Não sei. A gente pode brincar agora?

As vozes pararam e foram substituídas pelo barulho de pés. Armada de determinação, a Sra. March procurou George. Ele estava lendo na sala, a televisão ligada ao fundo. Ela perguntou diretamente:

– Quem mudou o quadro do banheiro?

Ele franziu a testa, mas manteve o olhar no livro. Ela esfregou os pulsos e desligou a televisão, só para ter alguma coisa a fazer.

– Hum? – disse George, mais para o livro do que para ela.

– O quadro do lavabo. Quem mudou?

George pareceu continuar lendo enquanto falou:

– Querida, tenho certeza de que o quadro é o mesmo de todos esses anos.

Como ela não respondeu, ele olhou para ela por cima dos óculos, daquele jeito típico de George que a irritava.

– Você está bem? – perguntou ele.

– Claro que estou – disse ela. – Eu só achei que me lembrava dele como sendo diferente.

– Bem, está lá há tanto tempo, você só não deve ter reparado nos detalhes.

– Sim – disse ela, olhando para ele. – Esse parece ser mesmo o problema.

Trincando os dentes, foi para o quarto e fechou a porta, as mãos tremendo com tanta raiva que suas unhas bateram nos painéis. Ele estava negando, como tinha feito com o pombo morto na banheira. Como tinha feito com tudo.

Ela colocou a peruca, passando os dedos pelas mechas castanhas, se admirando no espelho do banheiro. Ele não a considerava digna de assassinato, de possuí-la de forma tão fervente e urgente. Ele a achava burra, simples, chata, só merecendo humilhação nas páginas de um livro. Uma piada.

Ela colocou a faixa por cima da peruca, o veludo parecendo a virilha macia sob as pontas dos dedos. Suas pupilas se dilataram no espelho.

– Sou eu que você quer, George March – sussurrou ela.

Ela esperava George no escuro quando ele entrou no quarto naquela noite. Ela estava sentada, quem quer que fosse, nas sombras da poltrona no canto.

– George – disse ela.

A voz estava diferente, como se a laringe tivesse sido alterada.

George se virou para ela, apertando os olhos. O luar pela janela só iluminava as suas mãos, cruzadas no colo, em listras suaves.

– Não consegue dormir? – perguntou ele.

Ela se curvou na direção dele e o abraçou, imaginando como uma garota jovem cheia de saudade tendo um caso a distância faria: sentindo cada amassado na camisa dele entre os dedos, absorvendo cada odor dele (uísque, gavetas velhas de madeira). George tocou nas pontas da peruca com hesitação.

– Você mudou o cabelo – disse ele, como se admirasse o esforço.

O quarto pareceu escurecer mais em volta deles em resposta.

Naquela noite, a Sra. March seduziu o marido. Com familiaridade no começo e com estranheza depois... rindo, mordendo a si mesma. George pareceu curioso, primeiro respondendo àquilo tudo com educação e depois de fato apreciando, a barba afiada arranhando o pescoço dela, o coração dele batendo no peito dela. Ela sentiu suas clavículas se projetando mais do que o habitual, ameaçando cortar a pele.

Houve uma dor rápida e intensa entre as pernas quando ele pressionou para penetrá-la. Ela imaginou um buraco de orelha fechado, a pele crescida em cima como o cotoco de um membro amputado.

Batendo no colchão com os punhos, ela sentiu uma trilha de larvas, as larvas de Sylvia, fazerem cócegas dentro dela antes de caírem em nós úmidos e retorcidos.

Ela se balançou para a frente e para trás, cantarolando baixinho, os cachos chocolate de Sylvia roçando em suas clavículas, até Johanna não existir mais.

XXXVII

A cigarreira roubada de Gabriella tinha sumido. A Sra. March a procurou febrilmente nas gavetas: lenços voaram pelo quarto como serpentina, o suor pingando nas lingeries. Depois de segurar as portas do closet temendo o pior, atravessou o corredor e foi procurar no armário de Jonathan.

Com dedos em pinça, ela colocava de lado cuecas com desenhos de personagens quando encontrou os desenhos. Imagens perturbadoras feitas à mão de pássaros bicando corpos nus e ensanguentados de mulheres, as linhas de giz de cera finas sobre rabiscos escuros de pelos pubianos.

Em meio aos desenhos, encontrou não um, mas vários recortes de jornal relacionados ao desaparecimento e assassinato de Sylvia. Estavam manchados de óleo e café, o que indicava que tinham sido retirados da lata de lixo da cozinha. O artigo desaparecido do escritório de George estava entre eles. Quando a Sra. March revirou mais fundo no armário, pegou um dos cadernos debaixo de um suéter marinho. Ela se regozijou a esse reverso de sorte, mas, quando o folheou, se deu conta de que era o caderno que ela tinha levado consigo para o Maine. Era o caderno *dela*.

Quando Jonathan entrou no quarto e encontrou a mãe segurando todos aqueles segredos nas mãos feias e trêmulas, uma onda de raiva cresceu dentro da Sra. March, tão súbita e visceral quanto um acesso de náusea. A verdade era que ela não queria enfrentar as implicações de Jonathan ter lido aquelas coisas horríveis (*estupro, estrangulada* e *piranha?*) escritas com a caligrafia da mãe. O medo de que Jonathan talvez também tivesse achado a peruca castanha, até de tê-la *experimentado*, a abalou tanto que ela teve ânsia de vômito e escondeu o rosto nos casacos pendurados no armário do filho.

Quando tinha se recomposto o suficiente para olhar para o menino, ele estava tão perto que ela deu um pulo e caiu mais para dentro do armário.

– Onde você encontrou isto? – perguntou ela, sacudindo na cara dele o recorte do escritório de George. – *Onde?*

Jonathan deu de ombros.

– Você tem entrado no escritório do papai? Me responda!

– Sei lá. Às vezes.

– O que mais você encontrou? – perguntou ela, os olhos arregalados e começando a lacrimejar. – Você encontrou mais alguma coisa?

Como ele não respondeu, ela o sacudiu.

– Por que você desenhou isto? – perguntou ela, amassando os desenhos. – O papai mandou?

Jonathan, abalado, também chorando agora, balançou a cabeça negativamente.

– Não!

– Ele mandou, não mandou? Não minta para mim!

– Não, foi, foi... – Os olhos de Jonathan não encararam os dela enquanto a mente infantil procurava uma resposta. – Alec.

– Não diga que foi Alec se não foi. Se tiver sido o papai, você tem que me contar.

– Não foi! – Ele a abraçou, os braços na cintura dela, e fungou. – Por favor, não fica com raiva do papai.

A Sra. March não retribuiu o abraço do filho e continuou as perguntas, com bile subindo na garganta.

– Então me conte, Jonathan, por que Alec quis que você desenhasse isso?

Como Jonathan não respondeu, ela perguntou:

– Alec quer que você fique encrencado?

– Quer!

– Por quê?

– Ele... tem inveja porque o papai é famoso.

A Sra. March se ajoelhou na frente do filho e ele a abraçou e apoiou a cabeça no seu ombro. Ela permitiu.

– Jonathan, Alec tem mesmo inveja disso? – perguntou ela, acariciando o cabelo dele.

– Tem – respondeu Jonathan, a respiração quente na curva do pescoço dela. – Ele me disse que você tem raiva do livro do papai e todo mundo sabe.

A Sra. March se curvou, aninhando a cabeça de Jonathan com uma das mãos, abraçando o corpo com a outra. Houve silêncio e ela ouviu, febril e úmido no ouvido, em uma inspiração:

– *Johanna.*

Com um movimento rápido, a Sra. March empurrou Jonathan para longe, e ele cambaleou para trás com olhos enormes e chocados.

Decidida, a Sra. March se levantou, segurou Jonathan pelo pulso e o puxou do quarto. Arrastou-o pelo apartamento até a porta da frente, pelo corredor acarpetado e até o elevador grandioso.

Alguns andares acima, ela bateu à porta dos Miller. Sheila mal tinha aberto a porta quando a Sra. March falou:

– Infelizmente, nossos filhos não vão mais poder ser amigos.

Sheila olhou para ela com uma exibição de surpresa tão pantomímica, com sobrancelhas franzidas e um piscar preocupado, que a Sra. March teve vontade de dar um tapa nela.

– Eu não quero mais que Alec veja Jonathan – disse a Sra. March e, como não obteve reação, ficou mais histérica. – Alec não é bom para ele! Ele está *corrompendo* meu filho!

Agora, Sheila respondeu.

– *Como é?* – disse ela, a voz baixa controlada, os olhos se desviando para Jonathan, que era segurado com firmeza pela mãe.

A expressão de preocupação no rosto dela por Jonathan enfureceu mais a Sra. March, que gritou:

– Você me ouviu! – As palavras dela ecoaram pelo corredor.

– Bem – disse Sheila, deixando os ombros penderem, aliviados de um peso desconhecido –, eu não queria falar disso, principalmente *assim*, mas acontece que eu andei preocupada com o relacionamento dos meninos, principalmente com a influência de Jonathan sobre Alec.

– *De Jonathan...*

– Sim – disse Sheila com rispidez, os olhos penetrando nos da Sra. March. – Jonathan tem... *ideias*. Ideias estranhas que, francamente, me assustam um pouco. E teve também a suspensão do Jonathan e... bem. – Ela balançou a cabeça, ainda olhando para a Sra. March, a voz quase um sussurro: – Eu soube o que Jonathan fez com aquela garotinha.

A Sra. March se inclinou para a frente abruptamente e ficou satisfeita em ver Sheila se encolher.

– Você acha que sabe, mas não sabe de *nada* – disse ela, furiosa, com cuspe voando, os lábios retorcidos tremendo. Ao ouvir o gemido de uma porta atrás, ela virou a cabeça, onde meia dúzia de vizinhos curiosos espiava de seus apartamentos. Tropeçando no capacho de Sheila enquanto arrastava Jonathan até o elevador, gritou: – Nenhum de vocês sabe!

A Sra. March não via nenhuma barata havia semanas, mas, naquela noite, abriu os olhos e deu de cara com coisa pior: percevejos na cama. Um monte em todo o seu corpo, aninhados entre os seios e os dedos dos pés, rastejando neles e para dentro do umbigo. Redondos, vermelho-tijolo e com pernas ásperas, gordos com o sangue dela, saindo de fendas nas paredes e das costuras do colchão para o alimento noturno.

Com um uivo, a Sra. March acendeu a luz na parede ao lado da cama. Os percevejos tinham sumido e foram substituídos por *eles*, ajoelhados no chão em volta da cama: Sheila George a vizinha fofoqueira do supermercado Gabriella Edgar o investidor da festa Jonathan o porteiro diurno Paula e até a velha Marjorie Melrose. Todos. Olhando para ela, boquiabertos, babando.

A Sra. March acordou engasgada e se sentou na cama. Virou a cabeça e viu George ao seu lado. Contou de cinquenta até um, permitindo que seu coração se acalmasse, depois enfiou a mão debaixo do travesseiro para procurar o cabo da faca. Quando seus dedos encontraram o suporte de madeira, rachado de tantas idas para a lava-louças, ela relaxou e se deitou de costas.

Na manhã seguinte, no café, George perguntou se ela tinha tido um pesadelo.

– Eu acordei e voltei a dormir várias vezes, não sabia se estava sonhando – disse ele.

– Não – disse ela com cuidado –, eu não tive pesadelos. Estava com dor de dente, só isso.

E não era mentira, pois a dor tinha mesmo piorado ultimamente, as gengivas agora ardendo com uma dor profunda e intensa que parecia tomá-la do nada, fazendo-a lembrar-se dos espasmos abrasadores e crescentes das contrações que teve horas antes de parir Jonathan.

– Você precisa ir cuidar disso – disse George, com uma expressão que quase, por um segundo, a amoleceu.

— Sim — disse ela.

— Vou pedir a Zelda que marque uma consulta para você com o dentista dela. Ele é o melhor. Tem lista de espera, mas sei que Zelda consegue uma consulta amanhã à tarde para você.

— Não precisa.

— Você tem que ir, querida. — Ele sorriu para ela. — Só vai piorar.

E, com essa ameaça assustadora, foi para o escritório ligar para Zelda.

◆

No dia seguinte, durante o jantar, a Sra. March olhou para Jonathan com expressão austera. Ela estava repugnada pelas sombras roxas debaixo dos olhos dele, pelos cílios grossos e efeminados. Ele tinha ficado gorducho; o suéter azul-marinho da escola ficava esticado sobre a barriga, a calça estava apertada nas coxas e subia pela perna quando ele se sentava. A pele das panturrilhas redondas estava machucada, com um monte de roxos.

A Sra. March decidiu mandá-lo passar o fim de semana fora. Ela estaria protegendo Jonathan, disse para si mesma, de George. Estaria protegendo sua investigação. Fez a mala dele, enchendo-a de meias e cuecas, como se na esperança de ele não voltar, e o mandou para a escola na manhã de sexta. Ela tinha combinado que a mãe de George pegaria Jonathan naquela tarde.

— Ah, eu ficaria muito animada de ficar com Jonathan só para mim um fim de semana inteiro! — exclamou Barbara March ao telefone. — Vocês dois têm planos importantes?

— Nada de especial — disse a Sra. March mais jovem, deixando de contar à mais velha sobre a festa que daria no sábado para comemorar o aniversário de George. Não achava que fosse adequado a simples e corpulenta Barb comparecer. Barb, com as blusas baratas de babado e as calças largas.

Ela beliscou o ombro de Jonathan quando o levou para fora do apartamento naquela manhã, a bolsa do fim de semana batendo na perna dele. *Tum, tum* no elevador. *Tum* na portaria, sufocando o cumprimento do porteiro; *tum, tum, tum* na rua, até o táxi. Eles foram até a escola em silêncio, a fungada ou tosse ocasional de Jonathan deixando a pele dela arrepiada.

Ela não saiu do táxi quando eles chegaram, só olhou do banco de trás quando ele foi andando; ela com os lábios tão apertados e as sobrancelhas tão erguidas que sentiu as têmporas contraírem. Assim que Jonathan desapareceu no meio das crianças no pátio da escola, ela teve ânsia de vômito e limpou no casaco os dedos com os quais tinha tocado no filho.

Quando voltou para o apartamento, ela encontrou Martha parada no corredor com a bolsinha verde pendurada no pulso.

– Eu vim pedir demissão, Sra. March – disse Martha com um tom seco incomum. – Sinto muito.

– O quê? Você vai nos deixar? – disse a Sra. March, pensando na festa que estava chegando, no estado do apartamento. – Quando?

– Infelizmente, hoje é meu último dia.

– Mas isso não é possível. É preciso avisar com duas semanas de antecedência.

– Duas semanas é uma cortesia, mas isso não é exigido legalmente. Eu perguntei ao meu advogado – disse Martha.

Ela parecia estar se esforçando muito para olhar nos olhos da Sra. March.

– Não estou entendendo – disse a Sra. March. – Nós fizemos alguma coisa errada? Alguma coisa que a *ofendesse*? – perguntou ela (a parte final quase *querendo* ofender).

– Não, não, Sra. March, eu... – Martha baixou os olhos para as mãos enrugadas e rosadas, apertadas na frente do corpo, e falou bem baixo: – Eu acho que a senhora precisa procurar ajuda.

Ao ouvir essas palavras, a Sra. March gelou. Martha não estava constrangida, mas parecia quase estar *com medo* dela. Durante todos aqueles anos, a Sra. March teve medo de Martha, teve medo do desdém dela, da crítica. Teria sido o contrário, na verdade?

– Bem, sim, vou ter que procurar, obviamente. Não vou poder cuidar desta casa sem ajuda. O apartamento é grande demais. – A Sra. March falou com segurança, os braços cruzados enquanto olhava para Martha, que abriu a boca para responder, mas pareceu pensar melhor. – Muito bem – disse a Sra. March. Vou ter que pedir que você vá embora agora.

– Obrigada por entender, Sra. March. Por favor, mande lembranças minhas para o Sr. March e para Jonathan. Vou deixar a chave na mesa.

– Não se esqueça da chave da caixa de correspondência – disse a Sra. March.

Se Martha ficou chateada pela sugestão, ainda que sutil, de ser o tipo de pessoa que rouba a correspondência de alguém, ela não demonstrou.

– Obrigada – disse ela, e fechou a porta depois de sair para o corredor.

A Sra. March foi direto até o baú de remédios pegar um dos comprimidos de ervas para acalmar os nervos e, andando pelo saguão, temendo que não estivesse funcionando, tomou quantidade suficiente para encher uma das mãos brancas antes de sair para o dentista.

XXXVIII

– Oi, eu tenho uma consulta no nome March.

A Sra. March se balançou de leve quando apoiou as unhas na mesa da recepção, o casaco desabotoado e a camisa para fora.

– Ah, sim! Você é a esposa de George March – disse a recepcionista loura com empolgação. – Nós adoramos o seu George. Ele é um encanto. Eu sempre falei que ele se safaria até de assassinato! – Ela sorriu e exibiu um conjunto branco ofuscante de jaquetas dentárias.

A Sra. March limpou a garganta.

– Posso entrar para a consulta agora?

O rosto da recepcionista se transformou.

– Por favor, sente-se na sala de espera. Ele a chamará em breve.

A Sra. March se sentou em uma das cadeiras e os outros pacientes ofereceram saudações desanimadas. Ela esperou e esperou, olhando para o teto, depois para os sapatos, depois para os sapatos das outras mulheres. Uma mulher sentada na frente dela passou batom nos lábios enquanto se olhava no espelho compacto: um ato tão íntimo que a Sra. March afastou o olhar.

Ela verificou o relógio e ficou decepcionada de ver que apenas oito minutos tinham se passado desde que ela se sentara. Suspirou e se curvou sobre as revistas brilhantes espalhadas na mesa. Pegou uma aleatoriamente e a folheou com desânimo até dar de cara com George, olhando para ela direto das páginas laqueadas. A manchete dizia: UMA ODE À FEIURA, OU COMO GEORGE MARCH TORNOU A FEIURA BELA. Havia um artigo bajulador em seguida, exaltando a complexidade revigorante da personagem principal do livro, Johanna, que "não era inteligente o suficiente para ser malvada, não era chique o suficiente para nos distrair dos muitos defeitos físicos, mas era deliciosamente abominável de cem jeitinhos horrendos". Ao ler "o leitor é capturado imediatamente, como um participante alegre e quase ativo do declínio dela", a Sra. March fechou a revista e a jogou na mesa, depois a escondeu embaixo de outras publicações. Fechando a gola da blusa como se um estranho estivesse olhando para ela, se levantou e se aproximou da recepção.

— Com licença. Vai demorar? Estou muito nervosa. — As palavras saíram meio arrastadas, mas a recepcionista não pareceu notar.

— Vou dizer a ele que você está passando por um mau momento para ver se conseguimos que entre um pouco mais cedo — disse a recepcionista, e a Sra. March sentiu muita pena de si mesma, com um caroço duro parecendo um saquinho de chá úmido se formando na garganta, lágrimas ardendo nos olhos.

— Gostaria de um pouco de água, Sra. March?

Segundos depois, a Sra. March voltou para seu lugar segurando um copo de plástico com água. Olhou dentro do copo e viu o próprio olho refletido. Quando suspirou, o suspiro saiu em um tremor distorcido, como uma miragem invocada por uma névoa de calor. Pegou outro comprimido do bolso e o engoliu com a água.

Quando seu nome foi finalmente chamado, ela foi levada da sala de espera por um par de portas de vaivém até a sala com a cadeira onde deveria se sentar. Ali, tudo era branco: paredes brancas, máquinas brancas e a cadeira de couro branco. Em um lugar em que havia tanto cuspe, sangue e esmalte amarelado, era quase suspeito tudo ser tão branco.

O dentista apareceu, muito bronzeado, o cabelo louro meio grisalho e unhas imaculadas, e pediu a ela que abrisse a boca. Ela fez isso obedientemente e ele olhou dentro, segurando o queixo dela para mover o rosto com autoridade.

— Ora, Sra. March, nós ignoramos esse problema por tempo demais, não foi?

— Sim — disse a Sra. March da melhor forma que pôde com a boca aberta. O dentista soltou o queixo dela, e ela acrescentou: — Me desculpe, doutor. Eu devia ter vindo antes, mas ir ao dentista me deixa muito nervosa.

— Eu fiquei sabendo do seu nervosismo hoje — respondeu ele, se levantando para pegar as luvas de borracha —, mas não se preocupe. Não vai doer nada. *Poderia* doer, veja bem, mas não vou deixar. Não há motivo algum para você sofrer se pudermos evitar. É para isso que serve a medicina. Nós estamos aqui para ajudá-la, Sra. March, e não para machucá-la. Enfermeira. Canal.

A Sra. March começou a chorar baixinho enquanto a enfermeira amarrava um avental de papel no pescoço dela e o dentista preparava os instrumentos.

– Não vai doer nem um pouco – repetiu ele, e a enfermeira colocou a máscara de borracha no rosto dela.

Por um segundo louco ela pensou que era tudo uma armadilha, que George tinha armado para fazer a morte dela parecer acidental. Esse foi seu último pensamento antes de ficar inconsciente: Ariadne perdendo o rolo de linha, e a si mesmo.

◆

Os comprimidos que ela tinha tomado possivelmente reagiram com o que o dentista lhe deu, pois ela ficou terrivelmente tonta e desorientada no caminho para fora da sala branca, e mais ainda quando pisou lá fora, no frio, tombando para o lado, desnorteada no meio-fio. Sua cabeça parecia cheia, como se o dentista tivesse feito um buraco nela e enchido de algodão. O vento gelado batia em seu rosto e cabelo. A primavera não tinha chegado, afinal; tinha mentido para ela, para todos.

Ela segurava o casaco fechado com uma das mãos e o cabelo com a outra, andando pela rua em busca de um táxi em meio ao tráfego, quando ouviu um homem dizer com voz fria e imparcial, e com tanta clareza, que foi como se estivesse ao lado dela:

– Ela andou pela rua.

Ela se virou, quase perdeu o equilíbrio, mas não conseguiu localizar a fonte da voz. Ele falou de novo com sotaque britânico empolado:

– Ela continuou andando pela rua. – E quando se virou: – Ela se virou.

A Sra. March cambaleou, em outra tentativa de olhar em volta, os pés calçados de mocassins pisando um no outro.

Chamou um táxi enquanto o narrador misterioso descrevia cada ação dela e, com a batida da porta do carro, encontrou consolo imediato no silêncio do banco de trás. Olhou para os pedestres pela janela em busca de uma pista, qualquer coisa, do que estava acontecendo. Os globos oculares vibraram quando o táxi passou em disparada por borrões que eram pessoas... ou eram as pessoas que eram borrões? Ela tocou a bochecha inchada com a mão fria, o que a acalmou. Do banco de trás, se olhou no retrovisor e viu outra pessoa, outra mulher sentada no banco de trás do táxi, e achou que tinha havido um erro terrível, pois, se outra mulher estava no táxi *dela*, fazia sentido que *ela* estivesse no da outra mulher. Mas, ao observar melhor, se deu conta de que a mulher era de fato a Sra. March, só que ela estava sorrindo de forma meio agressiva, e quando a Sra. March fechou os lábios, o reflexo não fez o mesmo. Ficou olhando pela janela do passageiro o restante do trajeto até em casa.

Depois que pagou ao motorista, ela ficou parada na calçada, olhando não para um, mas dois prédios em sua frente, perguntando-se em qual morava. Quando finalmente tomou uma decisão, foi com a animação que costuma acompanhar a clareza, e ela entrou no prédio da esquerda, cumprimentando com alegria o porteiro uniformizado.

No elevador espelhado, seus reflexos múltiplos se recusaram a encará-la, virando o rosto a cada tentativa.

As portas do elevador se abriram no sexto andar, mas ela demorou um tempo para sair, pois queria determinar qual das mulheres nos espelhos era ela; quando levantou uma das mãos até o rosto numa tentativa de se encontrar, todas as outras mulheres a frustraram fazendo o mesmo.

No corredor, ela virou à direita e olhou os números nas portas, mas os algarismos eram absurdos, como se tivessem sido feitos por crianças. Parou na frente do que esperava que fosse o 606 e girou a maçaneta.

O apartamento do outro lado da porta latejava em sincronia com a pulsação atrás dos olhos dela. Quando esfregou os dedos nas órbitas, ouviu o som de respiração com dificuldade, como se alguém estivesse com dor. Ela seguiu os gemidos até a fonte na sala, andando com pés trôpegos. Tentou colocar a mão na parede para se apoiar, mas todas as vezes que fazia isso a parede se movia para longe.

Quando chegou à sala, a luz do dia a cegou, apesar das cortinas entrefechadas. O som estava mais alto, mais urgente. Quando os olhos se ajustaram, viu George em cima do corpo nu de Sylvia, as mãos no pescoço dela. A Sra. March gritou, e George e Sylvia se viraram em sua direção. Sylvia ofegou, tentando respirar, e George arquejou e disse:

— Ah, droga, querida, não era para você ver isso.

Antes que a Sra. March pudesse responder, se sentiu caindo de uma grande altura. A aterrissagem foi surpreendentemente suave, e ela olhou para o teto se perguntando como poderia replicar a iluminação moderna de Sheila, embora, na verdade, qual era o problema com os lustres, pensou.

– Realmente, qual é o problema com os lustres? – perguntou ela a George, que estava puxando a calça com vinco para cima enquanto Sylvia ficava ali deitada, imóvel, o cabelo escuro caído sobre os seios.

Ah, droga mesmo.

Nesse estranho labirinto, para onde devo virar?
Há caminhos para todos os lados enquanto perco o caminho

Mary Wroth,
"A Crown of Sonnets Dedicated to Love"

XXXIX

A Sra. March acordou no quarto. Embora as cortinas pesadas estivessem fechadas, sentiu que agora era noite. George estava sentado na beira da cama, do lado dele, segurando a cabeça com as mãos. O quarto estava pouco iluminado; ele estava sentado na sombra, e ela inicialmente duvidou de que ele estivesse lá. Ela levantou lentamente os lençóis e viu que ainda estava com as roupas do dia. Os rasgos na meia-calça cor de pele pareciam lacerações nas pernas.

Os movimentos dela alertaram George, que virou a cabeça. Quando viu que estava acordada, ele se levantou e andou até o lado dela na cama, na hora que ela se ajeitou para se apoiar na cabeceira.

– Como está se sentindo? – perguntou ele.

Uma raiva súbita de George se acendeu dentro dela, mas ela não sabia bem por quê. Desvencilhou-se dos lençóis e se levantou, oscilando um pouco.

– Querida? – disse George.

Ela andou até o banheiro e acendeu a luz. No espelho, viu que a mandíbula estava só um pouco inchada. Nada que um pouco de gelo não resolvesse, disse para si mesma, e a tempo da festa no dia seguinte. Mas o restante do rosto estava um horror: a pele do queixo estava descascando; o pó tinha saído e revelava várias manchas; rios de rímel preto manchavam as bochechas.

– Querida? – chamou George do quarto. Ela olhou para ele da porta. Ele parou no pé da cama, as mãos nos bolsos. – Acho que a gente precisa conversar. Sobre o que aconteceu hoje. Sobre o que você viu. Sobre tudo, na verdade.

Ela já tinha começado a retocar o rosto, a limpar o rímel com uma bola de algodão úmida e a cobrir uma cicatriz com uma dose caprichada de base.

– Escuta – insistiu George –, você estava completamente fora de si quando chegou em casa e eu não sei bem o que você viu ou o que pensa que viu, mas a verdade é que eu estou tendo um caso.

Ela parou no meio do gesto, a esponja de pó a caminho do rosto. Como se, em solidariedade, seu coração também parecesse ter parado de bater para ouvir as palavras de George. Ela sentiu o olhar dele nela, mas não virou a cabeça para olhá-lo.

– Eu estou saindo com uma pessoa há um tempo – disse George. – E você me pegou, nos pegou, hoje à tarde, e eu sinto muito que tenha descoberto assim. Eu achei que você demoraria a voltar, eu... – Ele balançou a cabeça. – Ou, sei lá, talvez eu quisesse que você descobrisse. A mente subconsciente é uma coisa engraçada, não é?

A Sra. March levou a esponja de pó até a pia.

– Sinto muito, querida, de verdade. Primeiro, eu vi a coisa toda como passageira, uma coisa física, uma crise de meia-idade, se você preferir. Mas infelizmente eu... eu desenvolvi sentimentos reais por essa mulher.

– Gabriella? – disse ela com hesitação.

Sua voz soou baixa, grave, tão diferente do tom suave que olhou para o espelho para ver se era ela mesma.

– Não, não é Gabriella – disse George. – É uma mulher que trabalha para Zelda na agência. Ela é temporária há um tempo...

– Uma *temporária*? – disse a Sra. March, agora mais para grito, enquanto jogava o pó compacto no chão e entrava no quarto. – Você está me dizendo que está tendo um caso com uma *temporária*?

Com a ênfase exagerada que ela deu à palavra, voou uma gota de cuspe na cara de George. O fato de ele parecer quase *aliviado* pela reação visceral dela a irritou mais ainda. Ela desejou poder voltar à apatia elegante, a retocar a maquiagem sem uma gota de sentimento, sem uma gota de fraqueza, a emular a indiferença graciosa da mãe, que ela nunca viu ser rompida. Mas não tinha como reconstruir o muro, o que só a enfureceu mais.

– Sinto muito – disse George. – De verdade. Eu fui tão injusto com você. Mas... – disse ele, apertando a ponta do nariz – nós estamos apaixonados.

A Sra. March apertou nas têmporas as mãos fechadas em punhos, com medo de vomitar. O que saiu foi um gemido roncado e gutural.

– Não, não, não, não, não... seu PORCO! – disse ela. E, com medo de os vizinhos ouvirem, disse, mais baixo: – Seu porco.

– Eu sei, eu sei, é injustificável, então eu não vou nem tentar justificar, mas eu *vou* dizer que, nos últimos dias, você estava distante e eu *tentei*...

Nesse ponto, ela parou de ouvir enquanto, em pensamento, revisitava todas as ocasiões em que George a poderia estar traindo em vez de matando mulheres. Era possível? Seria mesmo possível? Aquilo só podia ser uma desculpa, uma bem plausível até, para encobrir o que ele tinha feito.

– Aquelas vezes que eu falei que estava com Edgar no chalé, na verdade eu estava...

– O quê? – sibilou ela, as gengivas doloridas latejando. – Tipo quando?

– Algumas vezes. Como antes do Natal, quando voltei de mãos vazias... a verdade era que eu estava aqui em Nova York, no Plaza... com a Jennifer. – A Sra. March tremeu quando ouviu o nome. – Não sinto orgulho, sabe, também não senti orgulho na ocasião. Foi por isso que eu voltei antes. Eu queria te contar. Quase contei.

Tudo estava começando a fazer um sentido terrível e estridente. A camisa manchada de George... batom, e não sangue. As expressões estranhas de George... em conflito, e não de ameaça.

– Mas você falou – disse a Sra. March, apontando para o rosto idiota dele, para os óculos idiotas de aro de tartaruga –, você falou que a polícia te perguntou sobre a garota que tinha desaparecido. Você disse que havia folhetos por toda parte. Você disse que a polícia estava lá e perguntou sobre ela. Sobre a *Sylvia*.

George balançou a cabeça, os olhos úmidos.

– Eu nem sei o que eu falei. Eu queria admitir tudo, ali mesmo no corredor. Mas não falei porque, bem... porque o engraçado é que você parecia *saber* que eu estava mentindo, e cheguei ao ponto de pensar que você preferiria que eu mentisse a se envolver em um escândalo. Sei como as aparências são importantes para você. Mas estou cansado de fingir. Você não está?

Ela fez um ruído de surpresa ao ouvir isso, o coração batendo com tanta força que ela apertou a mão no peito, com medo de que explodisse pelas costelas.

– Eu não sabia o que a gente estava fazendo. Não pareceu honesto – continuou ele.

– Mas, mas... – A Sra. March puxou o cabelo com as duas mãos, apertou o crânio com os punhos. – E o recorte de jornal? Você tinha um artigo... no escritório. Sobre Sylvia Gibbler.

– Era uma pesquisa para o meu próximo livro – disse George. E, parecendo se lembrar de algo, perguntou: – Você o pegou no meu escritório?

– Ah, pare de fingir, George. Pare de fingir. – Ela riu. – Você *conhecia* a Sylvia. Autografou os livros dela. Ela tinha exemplares autografados dos seus livros, George!

– O quê? Mas como você... – Ele parou de franzir a testa. – O que você fez?

A Sra. March pensou brevemente no porteiro da noite. Ele tinha sido gentil com ela, portanto devia saber da amante de George, devia ter testemunhado George a beijando quando as portas do elevador se fecharam ou ele enfiando a mão embaixo da saia da outra ao entrar em um táxi. Como ele devia sentir pena dela! Andou em círculos, distraída por esse constrangimento extremo. O que seria dela agora? A Sra. March se imaginou voltando para um apartamento vazio. Conseguiria manter aquele? Ou teria que se mudar? Teria que criar Jonathan sozinha? Se bem que ele escolheria o pai, assim como todo o círculo deles, a maioria dos amigos era de George desde o começo. Ela se via no supermercado, evitando todo mundo (ou todo mundo *a* evitando), e quase se desfez ali, no chão do apartamento.

Mas ainda havia uma chance, disse para si mesma, de ele ser culpado do crime maior. Ele tinha escondido o recorte de jornal no caderno, Jonathan podia atestar isso, e os livros autografados estavam expostos no quarto de Sylvia, Amy Bryant podia confirmar. Havia também a proximidade entre o chalé de Edgar e o local onde fora encontrado o corpo. Era coincidência demais para não ser investigada. Ela podia levar aquelas informações para a polícia. Poderia destruí-lo, mesmo que ele não fosse condenado.

– Eu sei que você matou aquela garota, George! – rosnou ela, sacudindo o dedo na cara dele.

George ergueu as sobrancelhas de surpresa.

– Do que você está falando? – disse ele, a voz baixa tremendo de leve. – Você está me assustando.

– Você matou aquela pobre indefesa...

– Escute, eu sei que a magoei, mas quero ajudar você. Pelo seu próprio bem, pelo bem de Jonathan...

Ele levantou a mão para tocar nela, mas ela se inclinou para trás, para ficar fora do alcance dele.

– Você não vai acabar comigo – disse ela com desprezo, a mandíbula projetada para a frente, os dentes inferiores à mostra.

Ela o empurrou e correu para o seu lado da cama, pensando na possibilidade de se jogar da janela. George colocou a mão no ombro dela. Ela gritou. Ele tentou argumentar com ela. Ela o empurrou de novo, procurando uma saída, qualquer saída, enquanto puxava a cortina, pensando em se enforcar com ela.

– Isso não precisa ser o fim do mundo – disse George acima do gemido lamentoso subindo pela garganta dela. – Pode ser um novo começo. Nós não estávamos felizes. E nós merecemos ser felizes. Nós podemos ter tudo. Só não um com o outro.

Ela o empurrou, arranhou o rosto dele, arrancou os óculos. Quando ele se curvou para pegá-los, ela o empurrou de novo. Ele caiu no chão. Ela bateu nas paredes, chorando, e, enquanto ele se levantava e ia até ela, com os braços esticados, as bochechas sangrando, os ouvidos dela começaram a ecoar. George começou a falar, mas ele estava no mudo agora; ela só ouvia a própria respiração pausada, alta e envolvente.

Ela mirou o canto do quarto, onde encontrou seu próprio olhar. Outra Sra. March estava parada ali, de casaco de pele, meia-calça e mocassins, os braços pendendo inertes. Ao lado dela estava a Sra. March nua da banheira, os seios flácidos pingando no tapete. Seguida pela Sra. March de camisola e de máscara veneziana de bico presa no rosto, com os olhos piscando pelos buracos. E depois pela Sra. March encharcada de sangue que ela tinha visto pela janela, com a boca entreaberta, as sobrancelhas escondidas embaixo do sangue. Um coro grego de Sras. March, todas paradas na frente dela em fila no quarto. Silenciosamente, simultaneamente, elas apontaram para George. A Sra. March olhou para ele. Ele estava gesticulando enquanto falava, olhando para o chão, ajustando os óculos.

Ela olhou para as Sras. March. Ao mesmo tempo, elas levaram a mão direita ao rosto, cobrindo os olhos. A Sra. March sorriu, gostando da brincadeira, imitou o gesto e também levantou a mão direita para colocar sobre os olhos.

XL XL

Quando ela abaixou a mão, o sol matinal estava entrando pela janela ao lado da cama. Sua cabeça latejava e seu corpo (fora a dor da cirurgia dentária) estava dolorido nos lugares mais estranhos: no pescoço, nos braços, nos dedos. Ela xingou silenciosamente o dentista e a anestesia.

– George? – chamou ela.

Ela começou a vestir um roupão, mas lembrou que Martha não voltaria, que jamais voltaria. Poderia andar pelo apartamento descoberta, sem julgamentos.

Ela tomou o café da manhã na sala de estar, cereal frio e croissants velhos, sem se importar com pentear o cabelo ou lavar o rosto. Esperava que George entrasse arrependido, com flores, pois ela se lembrava vagamente de uma briga horrível que eles tinham tido na noite anterior.

O silêncio no apartamento foi interrompido por um zumbido intenso. Havia uma mosca grudada no croissant. As pernas balançando, uma asa arrancada. Era a mesma mosca que ela tinha ouvido e não conseguido encontrar durante a nevasca? Não podia ser, argumentou. Moscas comuns não viviam tanto.

Não houve sinal de George a manhã toda. Ele devia ter saído, mas precisava voltar logo. Eles comemorariam o aniversário dele naquela noite. Cinquenta e três anos, a idade em que George superaria o pai. Ele não perderia a comemoração por causa de umas palavras bobas ditas no calor do momento.

Sentindo-se um pouco mais otimista, a Sra. March marcou cabeleireiro para as treze horas. Molhou o fícus na sala até se dar conta de que era de plástico. Mordeu a barra de manteiga, uma coisa que jamais teria feito se Martha estivesse por perto, correndo o risco de que ela visse as marcas de dentes.

Pensou em almoçar cedo e preparar algo para si, então tirou um pedaço de carne da geladeira, mas estava estragado. Lavou bem as mãos, mas o cheiro pútrido ficou em seus dedos por horas, se espalhou pelo ar, pelo estofado.

Ela saiu com a impressão vagamente reconfortante de que as coisas se resolveriam antes de ela voltar.

O salão estava cheio, parecendo zumbir com as conversas e o barulho agudo dos secadores de cabelo.

A Sra. March foi cumprimentada calorosamente (mas não calorosamente o suficiente, pensou ela) pela recepcionista. Depois que se sentou, pediu um penteado elaborado e, em um capricho nada característico, luzes.

Ela nunca tinha tido coragem de fazer mais do que um corte básico. Pediu um penteado elaborado uma vez, inspirada no de uma cliente que estava saindo bem na hora que a Sra. March entrava no salão, mas os cachos intrincados emolduraram seu rosto de forma nada lisonjeira, parecendo uma peruca barata. Fingiu aprovação só para sair e desfazer o penteado em casa, enfiando a cabeça embaixo da torneira da banheira. Mas, naquele dia, quando se sentou com um avental branco simples, ela teve esperanças.

A tarefa de lavar seu cabelo foi dada ao único cabeleireiro homem. Ele foi educado, mas hesitante, o que indicava que era novo no trabalho. A Sra. March ficou irritada de ter sido jogada para o recém-contratado. O jovem massageou o couro cabeludo sem muito jeito, como se estivesse fazendo carinho em um cachorro. Ele usou xampu demais e a água estava fria demais, mas a Sra. March não disse nada que expressasse seu incômodo e mordeu a parte de dentro da bochecha até sangrar.

Com o cabelo lavado, água fria pingando embaixo do avental e escorrendo pelas costas, ela foi levada por uma cabeleireira até a cadeira e, no caminho, a Sra. March viu uma mulher debaixo de um secador de piso lendo o livro de George, segurando-o com as duas mãos enquanto o secador sugava sua cabeça. Quando a Sra. March olhou para os dois lados da mulher, uma fileira de mulheres no secador entrou em foco. Elas estavam sentadas de pernas cruzadas, os olhos voltados para baixo, todas segurando um exemplar do livro de George nas mãos de unhas feitas.

— Sabia que o marido dela escreveu esse livro aí? — disse a cabeleireira enquanto acomodava a Sra. March em uma cadeira virada para um espelho iluminado.

As mulheres debaixo dos secadores de cabelo viraram a cabeça ao mesmo tempo na direção da Sra. March.

— Você deve sentir tanto orgulho — disse uma.

— Estou quase terminando. Não estrague a história, por favor! — pediu outra.

— Ele tem uma imaginação bem sombria — comentou a mais próxima da Sra. March.

— Ah, você nem imagina — disse a Sra. March, virando-se para se olhar no espelho.

Embora as luzes manchassem a cabeleira com listras questionáveis, parecendo um gambá, ela graciosamente aceitou os elogios da cabeleireira e, inspirada, escolheu um lindo batom cor de pêssego na prateleira atrás da bancada.

— Quer uma maquiagem feita profissionalmente por um dos nossos artistas residentes? — perguntou a mulher na registradora.

A Sra. March olhou a hora no relógio na parede acima do balcão. Por que não? Uma festa era um motivo, disse para si mesma.

— Sim, acho que quero — disse ela, e foi levada novamente até uma cadeira na frente de um espelho.

E foi assim que a Sra. March se viu horas depois sentada na sala de jantar, o rosto cremoso e com cores pastel como um bolo. A mesa se prolongava à frente dela enquanto o relógio de piso marcava os segundos.

Ela tinha chegado a um apartamento vazio, um tanto surpresa de seus problemas não terem desaparecido na sua ausência. Ela não acreditava que ia dar uma festa inteira sozinha. As prateleiras estavam com pó, a cama desfeita. A sala precisava ficar impecável. A comida e o vinho, deliciosos. Tinha ligado para o Tartt's para encomendar a refeição, que tinha sido entregue por um serviço bem caro de entregas (ela forneceu os dados do cartão de George pelo telefone). Os garçons chegariam às 17h30 em ponto. Ela tinha comprado as edições mais recentes de suas revistas favoritas, ou melhor, das revistas que queria que todos acreditassem que eram as favoritas deles, e encheu o revisteiro ao lado da lareira. Tinha tirado a televisão da sala e levado para o quarto. Ligou-a para que fizesse companhia enquanto ela se arrumava. A fotografia de Paula tinha sido exilada novamente para a prateleira mais alta, virada para baixo.

O relógio bateu dezessete horas. Os garçons chegariam logo. Ela olhou para o jogo abandonado de paciência na mesa de jantar de cedro. Havia uma mosca gorda na dama de espadas. Pensou em enxotá-la, mas deixou que subisse em seu polegar de unha recém-pintada.

Ela se levantou (a mosca saiu voando) e tentou falar com George. Tinha ligado para a mãe dele (com o pretexto de falar com Jonathan), para o barbeiro onde ele costumava aparar a barba e até para Edgar (com o pretexto de confirmar a presença dele). Ligou para o clube particular de cavalheiros que ele frequentava às vezes depois de copiar o número de um cartão de visitas que tinha encontrado na sua escrivaninha.

Uma voz seca de homem atendeu.

– Sim, alô. Aqui é a Sra. March. Eu estou ligando para saber se meu marido está no clube. George March. Eu... ele disse que talvez fosse aí esta tarde.

– Certamente, madame, vou ver se ele está – disse o homem, o tom traindo um tédio quase intrínseco.

A Sra. March desconfiava que ele devia estar acostumado a esposas ciumentas ligando para perguntar sobre os maridos. Ele talvez estivesse treinado para retornar com uma desculpa ensaiada em nome dos membros do clube. Ela visualizou George tomando um uísque, o rosto corado e úmido, os olhos vidrados da forma que sempre ficavam quando ele estava bêbado. O homem entediado dizendo "Sua esposa ao telefone, senhor. O que devo dizer a ela?". E George fazendo uma pausa, contemplando o argumento, decidindo puni-la um pouco mais. "Diga que eu acabei de sair daqui. Não, melhor ainda: diga que eu não vim aqui hoje."

– Ele não veio aqui hoje, madame.

Houve uma pausa na linha enquanto a Sra. March absorvia a informação.

– Ah – disse ela. – Tudo bem. Obrigada. – Ela desligou.

A Sra. March retorceu as mãos e, por motivos que não pôde explicar, foi na direção do quarto, na direção do som da televisão.

O quarto estava com cheiro ruim, de mau hálito. Ela abriu as janelas para deixar o ar fresco entrar, como Martha teria feito, e então parou, olhando para os lençóis emaranhados na cama. Nunca tinha gostado de ver uma cama desarrumada, mas alguma coisa naquela cena a incomodou. Evitou a roupa de cama embolada o dia todo, sem olhar duas vezes para ela, mas, o tempo todo, ficou zumbindo nos seus pensamentos mais profundos, como a mosca. Ela encostou a mão trêmula no lençol e puxou. Pareceu estar grudado no colchão. Puxou com mais força até que se desembolou.

Morto havia menos de 24 horas, o corpo já exibia um sutil tom esverdeado e a pele parecia ter se soltado, como uma cobertura frouxa de tábua de passar roupa.

Ela o tinha esfaqueado. Lembrava-se agora. Ela o tinha esfaqueado. Quase carinhosamente no começo, depois com mais força, mais rapidez, o cabo de madeira da faca machucando a pele da mão. Ela estava com bolhas na palma; a manicure do salão comentou sobre elas.

Um grito gorgolejado saiu de si e ela bateu com a mão na boca.

George continuou imóvel. A cabeça dele, a cabeça de George – os olhos vesgos e parecendo vazios –, como a cabeça do porco que serviram uma vez para eles em um restaurante em Madri especializado em vísceras e miúdos. Ela se lembrava do gosto e da textura da moela assada e da língua e das orelhas, a cartilagem crocante na boca. E a cabeça do porco, cozida na própria gordura, tão parecida com a de George, os dentes se projetando de um jeito esquisito da boca aberta, o olhar vazio. O rosto tinha cedido quando eles enfiaram os garfos na carne surpreendentemente macia, que pareceu derreter do crânio.

Ela correu para o corredor e vomitou, deixando uma trilha de vômito no caminho até o lavabo. O quadro sobre a privada agora exibia as mulheres se banhando com seios podres e flácidos, as bocas retorcidas, os olhos sangrando. Ela as ouvia gritando.

A Sra. March vomitou mais uma vez, cuspindo bile preta, densa e brilhante, como piche. Ela sentiu alguma coisa se desalojar do corpo, como uma pedra solta, enquanto ofegava, segurando a borda da privada, e a aliança tilintando ao bater na porcelana.

Ao ouvir os movimentos dos vizinhos pela parede, colocou a mão sobre a boca para sufocar a respiração irregular. Deu descarga duas vezes e foi trôpega para o corredor.

Houve uma batida à porta. A Sra. March abriu e ficou surpresa de ver um grupo de garçons uniformizados, que passaram direto por ela e a ignoraram enquanto se acomodavam na cozinha e começavam a desembrulhar a comida pronta.

Ela olhou para o relógio de piso tiquetaqueando afrontosamente, como um coração delator de madeira. A cara de lua sorridente piscou para ela.

– O quê? – perguntou ela.

Ao ouvir isso, a televisão no quarto explodiu em gargalhadas alegres. Ela seguiu o som com uma certa trepidação até o quarto. Na tela estava passando *The Lawrence Welk Show*, em que um coral vestido de amarelo-canário (vestidos de tafetá para as mulheres, ternos de poliéster para os homens) se balançava de um lado para o outro enquanto cantava *"Although it's always sweet sorrow to part... you know you'll always remain in my heart..."*.*

As cortinas de organza ondularam, etéreas, na brisa pela janela aberta. A Sra. March se sentou ao pé da cama, George em algum lugar atrás dela, a pele inchada se soltando escondida entre os lençóis perolados manchados.

Ela olhou o relógio. Os convidados chegariam a qualquer momento. Tudo bem, pensou ela, tudo bem. Eu consigo fazer isso. Consigo resolver isso. Como Jackie Kennedy, graciosa e digna no luto, testemunhando Johnson fazer o juramento ao assumir o cargo no Air Force One, o sangue do marido manchando a blusa.

Ela se encolheu, os joelhos unidos, os pés apontando em direções opostas, como se em uma posição de balé malformada, e, enquanto esperava os primeiros convidados baterem à porta, o coral da televisão sorriu para ela e, acompanhado de uma flauta brincalhona, lhe desejou boa-noite e adeus.

O som de dedos dobrados na porta pontuou o fim da música. A festa ia começar.

O que você fez, ela perguntou a si mesma. Agatha March, o que você fez?

---

* Em tradução livre, "embora seja sempre uma doce tristeza partir... você sabe que sempre permanecerá em meu coração". (N.E.)

Agradecimentos

Meu primeiro livro é dedicado ao meu pai, que foi meu primeiro contador de histórias, e à minha mãe, que foi minha primeira leitora. Obrigada aos dois por me apoiarem, em todos os sentidos da palavra, desde o nascimento. Por favor, parem de pagar a minha conta de telefone.

Obrigada aos meus irmãos maravilhosos e obsessivos. A Dani, que aguentou muitas ligações prolongadas de voz trêmula. A Oscar, que nos ensinou a seguir nossos sonhos (ainda que com um certo mau humor).

A Kent D. Wolf, cujo compromisso com este livro (e sua autora) é tão inabalável que chega a ser alarmante. *Sra. March* só existiria em uma gaveta se não fosse pelo arguto, hilariante e incrível Kent, que, incidentalmente, também é capaz de usar estampa de zebra lindamente.

Às minhas sensacionais editoras: Gina Iaquinta, que foi tirando de maneira tranquila o melhor de mim, e Helen Garnons-Williams, que sempre encorajou as larvas. Nossas conversas a três nas margens são parte dos momentos mais divertidos deste livro.

Ao grupo malandro do Liveright, que lutou por mim desde o primeiro dia; eu me senti à vontade no meio de vocês na mesma hora. A Anna Kelly e 4th Estate. A María Fasce, da Lumen, pela paixão, gentileza e entusiasmo. A Teresa, que sempre ri das minhas piadas de uma forma tocante. A Lizzie e Lindsey por divulgarem *Sra. March* e por me darem a chance de visualizar essa história de um ângulo diferente. Ao Sr. McNally, leitor e crítico desde que eu tinha quinze anos, que "deu nota" ao primeiro rascunho. A Charles Cumming, que sempre se ofereceu para ajudar (apesar de eu já ter me ajudado).

A Moni, que enviou flores, e a Pachecho, que abriu o champanhe.

Por encima de todo gracias, Lucas. Todo es por y para ti.

Esta obra foi composta em PSFournier Std e
Arbotek e impressa em papel Pólen Natural 70g/m²
pela BMF Gráfica e Editora